A LADY'S LIFE IN THE
ROCKY MOUNTAINS

我渴望疾劲的风

[英]伊莎贝拉·伯德 著　　王知一 译

中信出版集团｜北京

图书在版编目（CIP）数据

我渴望疾劲的风 /（英）伊莎贝拉·伯德著；王知一译 . -- 北京：中信出版社，2024.6
书名原文：A Lady's Life In The Rocky Mountains
ISBN 978-7-5217-5325-7

Ⅰ.①我… Ⅱ.①伊…②王… Ⅲ.①散文集－英国－现代 Ⅳ.① I561.65

中国国家版本馆 CIP 数据核字（2024）第 079423 号

Simplified Chinese translation copyright © 2024 by CITIC Press Corporation
ALL RIGHTS RESERVED
本书仅限中国大陆地区发行销售
本书中文译稿由城邦文化事业股份有限公司马可波罗文化事业部授权使用

我渴望疾劲的风
著者： ［英］伊莎贝拉·伯德
译者： 王知一
出版发行：中信出版集团股份有限公司
（北京市朝阳区东三环北路 27 号嘉铭中心　邮编　100020）
承印者： 北京启航东方印刷有限公司

开本：787mm×1092mm 1/32　　印张：9.75　　字数：142 千字
版次：2024 年 6 月第 1 版　　印次：2024 年 6 月第 1 次印刷
书号：ISBN 978-7-5217-5325-7
定价：59.80 元

版权所有·侵权必究
如有印刷、装订问题，本公司负责调换。
服务热线：400-600-8099
投稿邮箱：author@citicpub.com

伊莎贝拉·露西·伯德
由"埃利奥特和弗里"照相馆拍摄
选自安娜·M.斯托达特《伊莎贝拉·伯德的一生》
伦敦:约翰·默里,1908年

献词

谨以此书

献给我的妹妹

最初这些信是写给她的

现在,我要将它们献给她

伊莎贝拉·伯德的妹妹亨丽埃塔·伯德

选自安娜·M.斯托达特《伊莎贝拉·伯德的一生》

伦敦:约翰·默里,1908年

前言

这些书信,由它们的形式可以明显看出,在当初着笔时,完全没有要出版的意思。去年,应《休闲时刻》编辑的要求,在该杂志刊出,结果极受欢迎,于是我决定以另一种形式将它们出版,作为极有趣味的旅游经验,以及急速消逝的拓荒生活的一个记录。

伊莎贝拉·露西·伯德[1]
1879 年 10 月 21 日

---

[1] 作者全名为伊莎贝拉·露西·伯德,婚后随夫姓毕晓普,简称为伊莎贝拉·伯德。——译者注(本书注释若无特殊说明,则均为译者注)

再版前言

为了其他女性旅行者的利益,我希望对我的"夏威夷骑装"加以解释,那是一种"美国女子的山居装束"——半长的紧身外衣、长及脚踝的裙子,以及土耳其式长裤,裤脚束成褶皱盖在靴子外面——一套实用的女性装束,完全适用于登山及在世界任何地方跋涉旅行。我在此加以解释,并附以素描的原因,是由于11月22日的《泰晤士报》的错误描述[1]。

伊莎贝拉·露西·伯德
1879年11月27日

---

1 "为了方便,她穿着男装。"

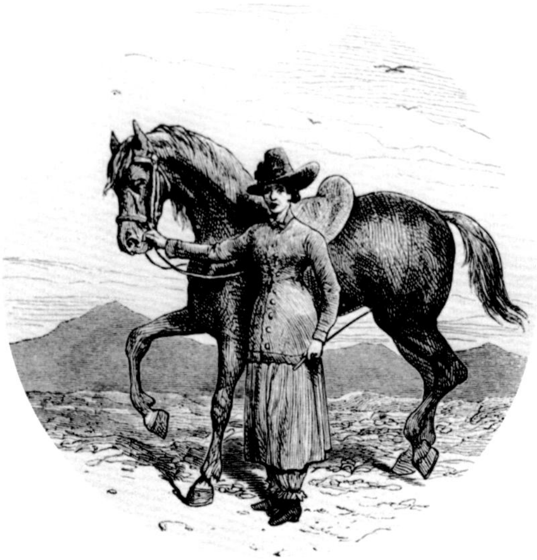

三版前言

由于不小心遗漏了我在落基山区逗留的日期，我要借此机会加以说明。我是在1873年秋天到初冬时，由桑威奇群岛[1]回英国途中，曾在那儿逗留。信中所书，是对当地及六年前该处生活方式的忠实描述。不过，由一些六个月前曾到过科罗拉多[2]旅游的朋友处得知，我第八封信中的预言很快就应验了。小木屋已快速被农舍取代，埃斯蒂斯公园[3]的露湿草地上也失去了鹿和巨角羊的踪迹。

伊莎贝拉·露西·伯德

1880年1月16日于爱丁堡

---

1 夏威夷群岛的旧称，1778年英国海军上校詹姆斯·库克发现该群岛时所起的名字。从19世纪晚期开始，该名称逐渐弃用。——编者注

2 科罗拉多，美国中西部一州，首府丹佛。1876年美国独立百年后加入联邦，成为美国第38个州。本书作者于1873年秋天至此旅游，此时这里还是未开发地区。

3 美国科罗拉多的一座城镇，又译作埃斯蒂斯帕克。——编者注

CONTENT
目 录

第一封信 1

第二封信 17

第三封信 27

第四封信 43

第五封信 53

第六封信 81

第七封信 103

第八封信 123

第九封信　145

第十封信　167

第十一封信　191

第十二封信　205

第十三封信　219

第十四封信　233

第十五封信　247

第十六封信　263

第十七封信　277

附录　伊莎贝拉·伯德小传　291

LETTER I.
第一封信

如果在世界其他地方人们可以随心所欲，
那么在特拉基，你也可以用你自己的方式骑马。

塔霍湖，9月2日

我找到了梦想中的美景，一个人们可能穷其一生都在寻找而且赞叹的地方。它并不如桑威奇群岛那样可爱，却有其独特的美！一种纯北美式的美：缀着白雪的山脉，高大挺拔的苍松、红杉、糖松和银云杉；晶莹透明的空气，层层叠叠浓郁的山色；一面苍松倒悬的湖，湖面映着山青天蓝的美丽倒影。塔霍湖就展现在眼前，湖面22英里[1]长、10英里宽，有的地方深及1 700英尺[2]。它坐落在6 000英尺的高处，周围环绕着8 000~11 000英尺白雪覆盖的山峰。那儿的空气爽利而强劲。除了远处传来的银铃般刀斧砍伐声之外，四周一片寂静。

此情此景，即使只是想象回到了喧闹的旧金山，都使人疲

1　1英里约为1.61千米。

2　1英尺约为30.48厘米。

惫不堪。昨天在清冷的晨雾中，我乘车离开了塔霍湖，到奥克兰渡口。一路穿过路旁堆满了无以计数水果的街道，那些前所未见的硕大瓜果有：哈密瓜、西瓜、番茄、黄瓜、南瓜、梨、葡萄、桃、杏。其他的街道也都堆满了一袋袋的面粉，整夜留置在户外，在这个季节不必担心会下雨。我匆匆走过旅程的前半段，没时间留意周遭的一切。渡过金山湾时，清冷的晨雾有如11月的天气；堆满"餐篮"的车辆看起来像是去参加野宴的车队。最后一次回首凝望这看了将近一年的太平洋，火红的太阳，艳丽的天际，还有人们不称为干旱的漫长"无雨季"，山谷两旁的毒漆树为山谷抹上一片酒红，烟雾迷蒙中的葡萄园，叶间一串串浓郁的紫色果实，以及躺在尘沙地上瓜藤间的肥大瓜果。在无止境丰收的田边，稻谷已在6月收成，现在一袋袋地堆在小径上，等待运送。加利福尼亚是片"流着蜜与乳的土地"，谷仓爆满。尘沙飞扬的果园中，苹果及梨的枝干必须辅以支架，才不会被累累果实压断；硕大的西瓜、番茄、南瓜落在地上，几乎没有人理睬；肥壮的牲口饱餐后，躲在橡树下乘凉；高大俊美的红鬃马，毛色闪闪发光，这身光泽并不是因为照料得宜，而是因为马儿身强体壮，自然毛色焕发。这里的每一块农田，都显示出这个黄金之州的欣欣向荣。然而，不论多么富裕，萨克拉门托河谷却毫不吸引人，萨克拉门托市也使人厌倦：它距离太平洋125英里，海拔只有30英尺，即使是阴凉处，气温仍高达103华氏度（约39摄氏度），白色的细尘也令人窒息难耐。

第一封信

傍晚前，我们开始攀登内华达山脉，它的锯齿状山尖，数英里外就可以看见。肥沃的大地已被抛在身后，山野变得多岩及碎石，夹带着山上金矿冲刷下来泥沙的溪流，在岩石上留下深深的刻痕，把泥沙带到泥尘更多的萨克拉门托。长而断续的山脊及深谷开始出现，然后，当我们登上了空气清新凉爽的地方时，山脊变得越来越长，山谷则越来越深，松柏也越来越浓密高大。下午6点前，最后一丝文明，最后一株阔叶木，都已留在身后。

我在海拔2 400英尺的科尔法克斯车站下车散步，走过火车车身的全长。迎面而来是两座俗丽的车头——灰熊与白狐，它们各自衔接着载满原木的煤水车，车头的排障板上方各有一盏大型反光灯，一堆擦亮的黄铜制品，宽大的玻璃屋，以及供驾驶员坐在厚实座位上用的椅垫。车头及煤水车后面紧跟着是行李车、邮车，以及富国银行[1]的货车，那货车装满了金条、银块及贵重的包裹，由两名列车管理员守卫。每节车厢有45英尺长。再接下来是两节装满桃子及葡萄的车厢；然后是两节"银宫"车厢，各有60英尺长；后面是一节吸烟车厢，里面坐的大部分是中国人；跟着是五节普通客车厢，都有着相同的月台。全部加起来，这列火车一共有700英尺长。前四节车厢的月台上，挤满了掘食族印

---

[1] 富国银行成立于1852年，原从事加州到美国东部之间的运输和银行服务业务，后业务范围扩大到美国其他地区和拉丁美洲。

《在加利福尼亚州的内华达山脉》
1868年,阿尔伯特·比兹塔特 绘
史密森尼美国艺术博物馆

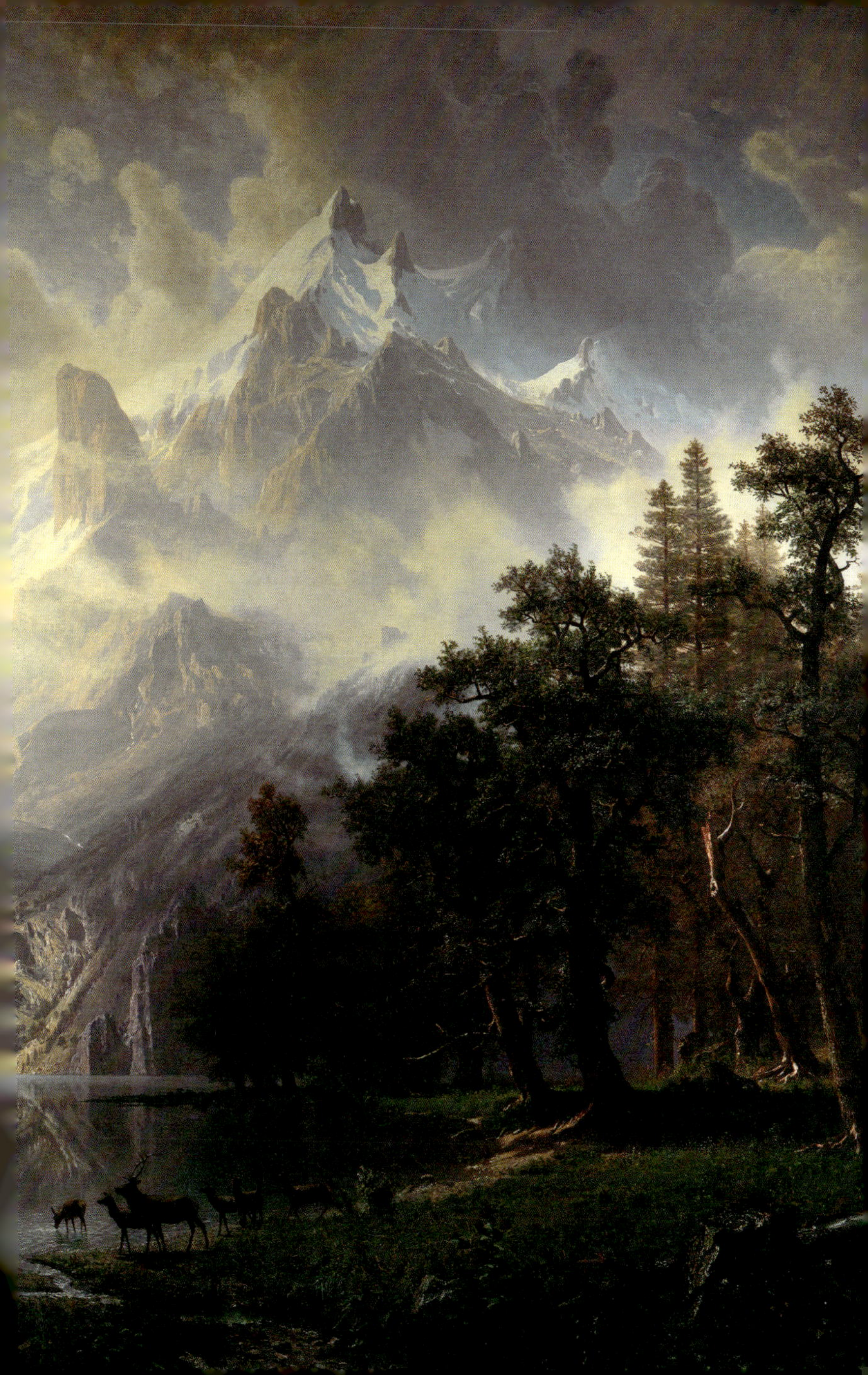

第安人[1]及他们的妻儿和行李。这些人是纯粹的原始人，在他们身上嗅不到文明的气息。他们是美国最落后的部落，逃不过渐渐在白人面前绝种的厄运。他们个子矮小，我想平均身高大约5英尺1英寸[2]（155厘米），鼻子扁平，嘴巴宽阔，黑发在眼睛上方剪成整齐的刘海，其余则披挂下来。印第安妇女以厚厚的松脂浆平头发，从两颊越过鼻梁，涂上一条宽宽的绘饰，把婴儿用板条绑在背上。他们不论男女，都穿着褴褛肮脏的粗糙毛布及兽皮做成的衣服，足履毫无装饰的鹿皮靴。他们个个面目邋遢，身上爬满了虱子。男人都带着短弓及箭，其中一人似乎是首领，有一个猞猁皮的箭囊。少数几人带着鱼钩，可是旁边的人说他们几乎以吃蚱蜢为生。他们是人类万能文明中最不寻常的一群。

落日的霞光在那时候照上了内华达山脉，夜露凝重，静止的空气吐出甜美的芳香。单轨铁道部分在经过山边岩石狭窄的路段，是从山顶用篮子把人徐徐降下去，挂在2 000~3 000英尺深的山壑上挖掘出来的。巨大的火车依轨蜿蜒蛇行而上，偶尔在几间木板屋前停下。此处除了一间小木屋，以及屋外几个徘徊溜达的中国人，没有什么可看的东西。倒是山涧两旁的小径，分别指向上下两方的金矿地带，值得一访。有些地方铁道弯曲得厉害，由车窗望出去，只能看见火车一小部分的车身。在霍恩角，铁道

---

[1] 囿于时代背景，"掘食族印第安人"是彼时对一些北美原住民群体的称呼，"掘食"指以掘食树根等为生。

[2] 1英寸约为2.54厘米。

沿着2 500英尺的悬崖边缘盘旋而上,过程简直惊心动魄,人人都吓得屏息闭目。但我觉得这段路还算好,反而是通过一座架在大角度急转的山壁断层上的桥梁时,才令我十分害怕。这座桥完全被车身挡住,以至于向下望去时,感觉火车像是直接行驶在原始的峡谷之上,其下万丈深处,有急湍奔流。

我们一步步接近山巅冷冽刺骨的空气,颤抖地越过了内华达山脉,进入一道道雪棚般的木廊,足足有50英里长的路段,其中一道雪棚就有27英里长。我们完全看不见如西洋镜般奇幻的美景,对有"内华达山脉之珠"之称的可爱唐纳湖都无法瞥上一眼。数小时之内,气温由103华氏度(约39摄氏度)降到29华氏度(约零下2摄氏度),我们在105英里的路程中海拔上升到了6 987英尺!经过木廊之后,我们清楚地看到几处松林大火,在晚上11点,抵达了特拉基,总共行驶了258英里。特拉基是内华达山脉的伐木区的中心,是人们口中"一个粗野的山镇"。W先生告诉我,该区所有的暴徒都聚集在这里,夜晚酒店里时有枪战等等,不过他坦白说,女士在这儿仍是受尊敬的。G先生大力建议我留下来欣赏这里的湖光山色。我昏昏然地走出车厢,羡慕卧车中的旅客,此刻他们已在舒适的车厢中睡得不省人事。车厢缓缓靠近街上——如果那块有铁道交错的宽阔空地,可以被称为街道的话——月光下,街上四处散落着锯切树木时留下的断干残枝,堆着一摞摞锯好的木块,其间错落着一些檐板歪曲的尖顶板屋。板屋的大门大多敞开着,屋内灯火通明,挤满了寻欢作乐的男人。我们停在一间简陋西部旅店半敞的门前,那是一间酒吧,挤满了抽烟喝酒的客人,于是一时间,大批闲晃的人及乘客穿梭在车厢与酒吧之间。轨道上,火车引擎发出长鸣,缓缓推移,其头上的巨大灯光,使山边阵阵燃烧的森林火光黯然失色。在空旷的区域,松木的营火熊熊燃烧着,一群人围绕营火而坐。一组乐队喧闹地奏乐,邪恶的筒鼓声就在不远处。内华达山脉——许多炉边之梦中的山脉——似乎把这个小镇包围住了,巨大挺立的松柏清晰地映在布满清冷月光与闪闪星辉的夜空。

在这么高的海拔,天寒地冻,冷风刺骨。当一名似乎是旅店派出的"无法约束的黑人",把我及我毡制的行李包安置到一间所谓的客厅时,我十分高兴炉中仍然有些松木碎块在燃烧着。一名男子走了进来,说火车走后他会替我找间房间,不过旅店几乎都已客满,可能没有什么好房间了。客厅里挤满了清一色的男客。此刻已是晚上 11 点半了,从早上 6 点开始,我一餐也没吃。当我渴望地问是否有热饭及茶时,他告诉我,这个时间已经不可能有餐饭了。不过半小时后,那人回来了,带了一杯淡而无味的冷茶,以及一小片似乎已被许多人碰过的面包。

我问那个黑人杂役,是否能租到马,一名男子立刻从酒吧走来,说他可以满足我的需要。此人是个典型的西部拓荒者,欠了欠身后,一屁股坐进摇椅,把痰盂拖到身边,切了块新鲜的口嚼烟草,起劲地嚼了起来,还一面把他那双满是污泥、塞着裤脚的长筒靴翘到火炉上。他说,他有既能慢跑又能急驰的马,还有女士们较喜欢的墨西哥座鞍,可以让我独自骑骋时确保安全。旅途规划确定后,我租了两天的马。这人戴了一个最早期移民加州的先锋的徽章,可是一旦某地对他来说变得过于文明时,他就又迁移到另一个地方。"可是,"他又说道,"特拉基不太可能再有什么改变。"后来有人告诉我,这里的人不太管正常的睡觉时间。对一个有2 000人口,而且大都是男人及临时驻足旅人的小镇而言,可供住宿的地方实在是太少了。[1] 这里的床位,一天24小时内几乎都有人占据。因此我发现,指定给我的房间及床铺都十分杂乱,到处挂着男人的外衣及手杖,脏污的靴子也四处散置,屋角还有一管长枪。房间没有窗户可以透进外面的空气,可是我睡得很好,只有一次被一连串的喧闹声及连发三响的枪声吵醒。

今天早上,特拉基又呈现出一副完全不同的面目。昨晚的人群不见了,营火也只剩下一堆灰烬。一名瞌睡兮兮的德国侍者似乎是屋中唯一的人,开张的酒吧里几乎空无酒客,所谓的街道上也只有少数几个一脸睡意的人闲散地晃荡着——也许因为是星期天,可是他们说这天会有更多的人群及欢闹。公开的礼拜此时已绝迹,星期天也不工作了,这一天完全用来享乐。我放了些必要的东西在袋中,在丝绸裙上又套上夏威夷骑装,外加一件宽大的罩衫,轻轻地穿过广场溜到马房。那间马房是特拉基最大的建筑,有12匹马分别安置在宽阔车道两旁的马厩中。前一晚的朋

---

[1] 人口数依据奈尔森的《中太平洋铁路指南》的数据。——原注

友给我看了三个几乎没有鞍头的绒垫侧骑马鞍,他说有些女士会用墨西哥鞍的鞍头,可是"在这个区域"没有人以这种随性的方式骑马。他的说法令我感到困窘不安。若采用传统的骑马方式,我势必没法走远。就在我准备放弃这趟美好的"践踏"之旅时,这人又说道:"如果在世界其他地方人们可以随心所欲,那么在特拉基,你也可以用你自己的方式骑马。"真要为特拉基欢呼!随即有匹漂亮、高大的灰马被牵了出来,马背上铺有银饰的墨西哥鞍,马镫上垂着皮穗,背上罩着一块黑熊皮。我把丝绸裙系在马鞍上,把罩衫收进小箱篮里,在马主人想出如何让我上马之前,我已经安然骑上了马背。马主人和一旁聚集的闲杂人都没有流露出丝毫惊诧的表情,倒是一副十分佩服的模样。

一旦上了马背,我的羞涩一扫而空。我穿过特拉基不规则的尖顶房舍及简陋小屋,这些房屋坐落在山边的空地,高山森林环绕,像是暂时的营地。穿过太平洋铁路后,沿着蜿蜒的特拉基河走了12英里。这是一条清澈的山间急流,河中搁浅了许多锯好的松木,等待下一次涨潮时可以顺流而下。冰冷的河水喧闹作响,岸边没有下垂的青蕨或葛藤,急湍中植物的翠绿叶片也褪了色。周遭的一切都与明亮的天空和空气一般清澈,一直到了加州后我才看到的闪亮阳光,再加上拂面而来的强劲空气,把所有的疲乏一扫而空,赋予人无穷的精力。在特拉基的两侧,内华达山脉像高墙般升起,山上林立的巨型松柏,如城堡、如布阵、如裙边、如冠帽般铺天盖地,四处蔓生。山墙偶尔分开,露出白雪覆

第一封信

盖的巅峰耸立在蔚蓝无云的天空中。在这6 000英尺的高处，你至少得不讨厌针叶植物才行，因为此处除了有些松柏被砍除的地点长了些白杨，或者山涧的低岸边冒出些河杨之外，放眼所及，就只剩樱桃、覆盆子、醋莓、野葡萄及野茶藨子，其他就一无所有了。不过在特拉基附近是连这些都不长的，我的双眼饱览了一趟巨松翠柏的飨宴。这些松树虽然没有约塞米蒂公园[1]的巨杉那么巨大，却也十分高大，约有250英尺高，呈雪松树干似的暖红色，挺直耸立，主干的三分之一完全没有枝干，主干直径有7~15英尺。它们的外形颇似落叶松，不过松针长而色深，松果有一英尺长。这些松树直冲云霄，劈开天空，只要遇见平坦的地势就一路延伸下去。它们与特拉基或呈直角，或交叉横卧，十分壮观。到处都是树木的残枝断根，平坦的童山濯濯之地，显示了该处有树木被砍伐成断木，然后这些树干会被丢入河中，顺流而下。对他们而言，这片原始的区域是属于本地散居的少数居民的，伐木人尖锐的刀斧砍伐声，早已与山中野兽的吼叫声，以及山间急流的奔腾巨响混杂在一起。

小径是天然的软泥篷车路，在上面骑马很舒服。这匹马对我来说太大了一些，而且喜欢自作主张；不过偶尔路况允许，我试着让它大步慢跑，还蛮有意思的。一路上，我没有遇见任何人，只碰到一辆载了22头牛的载货篷车，由三名俊美的年轻人驱赶

---

[1] 约塞米蒂公园位于加利福尼亚州中东部。

着。交会时，他们颇为困难地让路给我通过。走了 10 英里路后，我走上一个陡坡进入森林，接下来小径突然急转，穿过生长在山谷中的大片暗蓝松林，谷中还躲藏了一条溪流。跟着便瞥见两座山头，约有 11 000 英尺高，灰色的山峰全是白雪。那是一幅令人惊叹的美景，美得让人不觉想弯身膜拜上苍。森林很浓密，有一些矮小的云杉及黑莓灌木，可是马儿开始显得烦躁不安，而且有些"害怕"，于是我打消了抄近路的念头，悠闲地坐在马上，收紧马镫。突然，一头毛茸茸的巨大黑兽在我面前纠结的树丛中站了起来，对着我咆哮。我只瞥了一眼，以为自己看到的幻象是野猪，但那却是如假包换的熊。马儿喷着鼻息狂跳起来，似乎要冲下河去，却不期然地掉转回头，狂跳着奔上一个陡坡。等到我发现自己会摔下来时，我朝右翻下，因为那侧的地面高出很多，不至于摔得太重。我爬了起来，浑身是泥，心中并没有恐惧，身上也没有瘀伤，只是觉得又好气又好笑。大熊朝一边跑去，马朝另一边奔驰。我急急向马儿追去，它停下两次，可是每当我到了它面前，它又转身跑掉。大约在深陷的泥中走了一英里，我先捡到了坐毯，然后是我的背包，最后终于来到它面前，它看着我，浑身颤抖个不停。我以为这次可以逮住它了，可是当我走上前去时，它又转身，踢了几次后蹄，朝小径一路冲下去，绕着圈子不停地飞奔、冲撞，踢踏了好一阵子，然后甩出蹄，像是迎接最后的挑战，随即朝特拉基的方向急驰而去。马鞍挂在它肩上，木马镫在它身侧晃荡，而我则垂头丧气地背着背包，抓着坐毯，带着全身的污泥继续跋涉。

走了将近一个小时，我又热又饿，十分欣喜地发现那支牛车队停在前面隧道的尽头，一名车夫牵着那匹马向我走来。这名年轻人说，看到马跑过来时，他们将整队车横摆在路中间，好不容易才把马拦下来。他们记得有位女士曾经骑着这匹马从他们身旁经过，他们怕发生了意外，刚在自己的马上架好马鞍准备出发来找我。他拿了些水让我洗去脸上的污泥，并帮我把马鞍系好，可是那畜生又踢又嘶了好一会儿，才让我骑上去。由于马儿的步履显得紧张胆怯，那名车夫于是陪我走了一段路，确定一切没问题后才离去。他说，塔霍湖附近最近有很多棕熊及灰熊出没，不过并没有伤人。我让马小跑了一段长路，超过我刚才摔下马的地方，好让它安静下来，但它一直很不安分。

接下来的景色变得更加神奇了，而且充满生命力。头顶羽冠的冠蓝鸦在深暗的松林间穿梭，上百只松鼠在林中到处跳蹿，红蜻蜓有如闪烁的"灯泡"，美丽的花栗鼠在小径两侧跑来跑去，不过只有各处蔓生的蓝色羽扇豆使我想起了纯洁的孩童。然后，河流变得平缓而宽阔，清澈如镜的河水映着高耸的松树倒影，笔直如箭，艳黄浓绿的地衣青苔紧紧攀附在树枝上，冷杉和香脂冷杉夹杂在林间。隧道渐宽，这片群山环绕、糖松俯视的塔霍湖，如诗如画，呈现在我眼前，湖缘的裂口形成了水湾及岬。正午的阳光在群山间焕发出璀璨的笑容，一如15年前只有捕兽者及印第安人知晓这地方那样，全然地原始动人。只有一个人终年住在这里。10月初，湖边的少数居民就收拾离去，这以后的七个月，除非穿上厚重的雪靴，否则无法在此涉足。即使入冬，塔霍湖也不会结冰。在湖边的浓密森林及山脉底部三分之二林相贫瘠的地方，有许多动物族群：灰熊、棕熊、狼、马鹿、鹿、花栗鼠、貂、水鼬、臭鼬、狐狸、松鼠及蛇。在湖边，我看到了一家形状不规则的小木屋酒店，门口停了一辆运材车，上面躺着一头灰熊的尸体，是今天早上在屋后射杀的。本来我打算再走10英里路，可是发现小径有些路段躲在丛林后不可见，而刚好我也为塔霍湖的静谧美景深深着迷，于是决定继续留在这里素描写生，或从小木屋的阳台饱览附近的景色，或单单在林中漫步。在这种高度，一年四季每晚都会降霜，我的手指全都冻僵了。

美景令人狂喜。落日已西沉，悬在西侧岬湾上方的松树，全染上了一层靛蓝，湖水的红光使树间幽暗处变成了骨螺紫色[1]。此时山巅仍沐浴在阳光下，仍是亮丽的玫瑰红，而另一边的山脉则呈现出粉红色泽，连远处白雪覆盖的山巅也染上粉红的光彩。靛蓝、酒红、橘黄的缤纷天色，为巍峨松树下幽暗平静的湖水增添了另类色彩。一个小时后，一轮圆月——不是苍白扁平，而是明亮立体的圆月——由暗红的天空升起。日落带来了不同阶段的美，可见各种璀璨的光彩，既缤纷绚丽，又凄恻柔和，然后进入了幽远梦幻的安详休憩。继之是庄严深远的月光，只有芳香树林中偶尔传来的野兽夜嚎，打破这片静谧。

1　一种红紫色的天然染料。——编者注

LETTER II.

第二封信

而漂成灰色的山巅，
高尖似塔楼，盖着白雪，层叠于其上，闪着金光。

怀俄明夏延镇，9月7日

当寒夜降临，客厅中的火炉吸引了所有人。一位来自旧金山的女人，浓妆艳抹，珠光宝气，身穿镶着布鲁塞尔蕾丝花边的翠绿丝绒装，正被同伴逗得花枝乱颤，咯咯笑个不停。她一口浓重邪气的西部鼻音腔说东道西，毫无顾忌。由于进出越来越容易，最近几年入夏后，塔霍湖就挤满了这类言谈粗俗的人。我承认，我们国家确实有部分妇女是来美国找"合适的汉子"——我有预感自己会成为此女子下一个开玩笑的目标，因此当看起来像英国贵妇的女老板邀我加入酒吧间与她家人闲聊的阵营，我大大松了一口气。我们谈到了附近的环境以及野兽，特别是熊。森林中的熊不少，除非它们受伤、被狗激怒，或者母熊以为你要侵犯小熊，否则它们似乎并不伤人。

晚上我梦到了熊，梦境逼真，直到醒来还觉得有个毛茸茸的东西卡住喉咙，不过我还是觉得神清气爽。早餐后，当我骑上马时，太阳已高高升起，凛冽清新的空气使跨下马儿的头脑也变清醒了。我骑着马上坡下坡地乱跑，一点也不感觉累。真的，空气是生命的万灵丹。我愉快地回到了特拉基。这一路不像昨天那般清静，在森林的深处，马儿突然后肢立起，大声嘶叫。一头红棕色的熊及两头小熊在我面前穿过小径。我试着让马保持安静，免得母熊以为我要侵犯它那蹦蹦跳跳的小熊。我很高兴这一队笨拙的长毛动物终于渡过河去。接着我又遇到了一队人马，驾车的那位男士停下来说，他很高兴我没有去科尼利恩湾，那条路难走极了，他希望我好好享受塔霍湖的风光。另有一对车夫拦下我，问我有没有看到熊。后来又有一个带着枪支的人，可能是个猎人，问我是不是就是昨天"碰到"一头"大灰熊"而跌下马来的那名英国游客。然后我又看到一名伐木工在河中的岩石上吃午餐，他"碰了碰帽檐"致意，并且为我送来一口冰冷的溪水，可是由于那匹暴躁的马，我没喝到半滴。此人还摘了些我很喜欢的粉红色山花送我。我之所以提起这些小事，是要指出这个区域尊重女性的习惯。这些男人尽管有时对独行骑马的女士说话时，语气轻浮随便，但是女性尊严，以及男人对女人的尊重，在原始的西部是十分重要的社交礼仪。

我的马很不安分，于是我躲开特拉基的中心，偷偷由中国人的棚屋区回到马厩，那里有一匹十七掌高的沙色大马，可供我骑到唐纳湖。店主对我像西部高地人那样自得其乐地游荡很感兴趣,我问他附近是否有暴徒,傍晚出游是否有危险。人们传说,两天前有一个人路过特拉基,他马鞍后的袋子里装了个被剁成数块的死人;不管真假,这类恐怖故事一直不断。此人回答说:"是有一堆坏人。不过就是最坏的人也不会碰你一根汗毛。西部人绝看不起抢劫妇女的人。"我必须爬上一只酒桶才上得了马鞍,坐定后,双脚只能碰到马肚子一半的地方。骑在上面,感觉自己像只苍蝇。这条路一开始沿着没有河流的山谷,不过潮湿的土壤孕育出一些沼泽草,这是我在美国第一次看见"绿草"。松树美丽的红色树干,轩昂地拔地而起。我匆匆前行,唐纳湖突然出现在眼前,它的美完全把我震慑住了。湖面大约只有三英里长,一英里半宽,躲在群山间,除了几间废弃不用的伐木工小木屋之外,没有任何人住在那里。[1]它的遗世独立使我心旷神怡。从离开特拉基到我回去,一路上没有看到任何人、兽或鸟。湖边突然升起的山脉,覆盖着浓密的松林,松林中到处凸起奇形怪状的光秃秃灰色岩石,或像城堡,或像针尖。对岸,穿过松林,大约6 000英尺高处,可以看见一条上升的灰线,偶尔有不规律的隆隆声传出。这是太平洋铁道的一座防雪棚,旅客被其遮挡,完全无法看到展现在我面前的这一片美景。此湖以唐纳先生命名。他与他的家人及一队要去加州的移民,在一个秋天抵达特拉基河。由于受到大群牛的拖累,他让其他人先行,只留下自己和16个

---

1 观光客现在可以住在差强人意的山间小旅馆。——原注

人，包括他的太太及四个孩子，在湖边扎营。第二天早上，他们发现自己被厚厚的雪包围住了，商量之后决定，除了身体不适的唐纳先生、他的太太，以及一名德国友人之外，其他人应带着马尝试越山而去。在经历了重重危险之后，他们成功地走了出去。可是暴风雪延续了数周，救援队无法进入山区援救留下的三个人。第二年早春，当雪硬得可以行走时，一队人开始出发去找寻他们。大家认为他们应该还好好地活着，因为有足够的牛供他们补给。经过了几个星期辛苦攀登内华达山脉，他们终于到达了唐纳湖。进入营地后，大伙推开简陋的大门，却发现那名德国人坐在火炉边，手中拿着一只烤熟的人臂正在贪婪地啃食。救援队制服了他，好不容易才从他手中把那只手臂抢下。很快，救援队找到了那名女士的尸体，冻在雪中，少了一只手臂，不过肌肉仍然光滑美好，足见她死时健康并没有问题。救援队带着这名德国人回到加州，他说唐纳先生秋天时就死了，而牛全跑光了，他们只剩下一点点食物，当食物耗尽之后，唐纳太太也死了。这个故事从来没有多少人相信。事实后来慢慢泄露出来，说这个德国人谋杀了唐纳，又凶狠地杀害了他的妻子，夺得了他们的钱财。然而，一切都苦无证据，凶手逃脱了罪名，不过被迫把钱财交还给唐纳留下的孤儿。

当我骑马走向湖泊顶端时，心中回响着这则悲惨的故事。此时，每一刻，景色都在变幻，变得更加壮观，更加可爱得无以名状。太阳落得很快，映着它金色光芒的是覆盖着巍峨绿色松林的山头，重重叠叠的山峰潜藏在氤氲的暗蓝色光影中，而漂成灰色的山巅，高尖似塔楼，盖着白雪，层叠于其上，闪着金光。那股蓝色的山影越来越幽暗，夜露已降，空气中飘散着芳香的气息，山巅仍然闪着生动的光芒，直到世界突然暗沉，留下一抹死灰。在山阴，又冷又黑刺骨的冷空气环绕着我，孤寂霎时排山倒海向我袭来，逼迫我不得不掉转马头，朝特拉基的方向走去。我不时回头张望美得绝尘脱俗的灰暗山头。东边的景色每一刻都在改变，湖面却始终像"一张燃烧着的金纸"，特拉基则深陷在湖泊与钴蓝色山影之中，完全不可见。顷刻之后，似乎是色彩的嘉年华会登场了，我只能形容那是如梦如幻、如痴如醉，一种让人几乎无法承受的喜乐，一种温柔的痛苦，一种无法形容的渴慕，它是一种超自然的神秘音乐，充满爱与崇敬。它持续了一个多钟头，虽然眼前的小径已非常暗淡，载我来此的火车正在快速地攀越内华达山脉，我却只能以比走路快不了多少的速度慢慢前行。

东边的山脉已由本来的灰色变成粉红，接着加深成玫瑰红、酒红，然后一切就如空气般消失，变成了晶莹清澈的纯紫，而此时，重重的山巅及断续的松林，也在一瞬间变成深浓的蓝影，这一切变幻的奇异效果，使周遭的环境成了一幅完美的图画。这幅图画又变得更深、更红，景物融成更加不可思议的景象，而松林下的世界则已是夜晚。这样又过了一小时，多彩的山巅终于也与其他山脉一同归于死寂。许久之后，西天只留下了些许清冷的金霞，衬着纯净的天际的是清晰的松影，而东方隐隐流动的玫瑰红光影中，一轮巨大的圆月孤独地高悬在天边。森林大火的红焰把远近的山头都染成深浓的火红。我意识到"诡异"的夜晚已降临，于是抓紧缰绳疾行，直到进了特拉基才放慢速度。此时镇中喧闹正炽，炉火烧得极旺，酒吧沙龙里人声嘈杂，室内灯火通明，赌台上挤满了人，提琴及班卓琴争相发出不协调的音调，处处让人感到低俗秽邪。

《在加利福尼亚州的唐纳湖》

1871—1872，阿尔伯特·比兹塔特 绘

笛洋博物馆

LETTER III.

第三封信

其他地方却是长而起伏的小丘,像是沉睡静止的海浪。
......
人们就在这片土地上纵马奔驰。

怀俄明夏延镇，9月8日

11点整，巨大的太平洋火车鸣着钟声，隆隆地停在特拉基旅店的门口，在"银宫"车厢双层门前递上了我的车票后，乘务员低声地指引了我的铺位——一张豪华的床，三英尺半宽，有弹簧绒毛垫、高级亚麻床单以及昂贵的加州毛毯。车厢中的24名乘客全都在厚帘后熟睡着，整节车厢就像是梦神之乡，一切设置都是为了让人安睡。四盏银灯由车厢顶吊下，光线低迷。中间走道的两侧是绿色和酒红色相杂的厚重金棱条毛帘，由上方的银杠挂下，直垂到软羊毛地毯上。车厢的温度小心地保持在70华氏度（约21摄氏度）；而外面是29华氏度（约零下2摄氏度）。为防止颠簸，保持安静，车厢采用双层的门和窗，再搭配昂贵而舒适的弹簧绒毛垫，车速每小时不超过18英里。

躺下之后，黑暗松林中的策马疾行、清冷的月亮、森林大火、特拉基的灯火与喧闹，全都随着梦境而消失了。八个小时后，暴露在粉嫩晨光中的是一片贫瘠的区域，灰色的鼠尾草一丛丛长在被碱侵蚀的干裂土地上，两边有凸起的山丘包围着。那一整天，火车在无云的天空下，在阳光耀眼的平原上奔驰，只有两次在孤立的木屋前稍作喘息，一人一美元，换得粗糙油腻而且被苍蝇叮咬过的餐饭。傍晚时分，我们在笔直的铁道上奔驰，穿过大陆，我在最后一节车厢的平台上坐了将近一个钟头，欣赏美丽的落日绝景。从清亮的空气中极目望去，除了沙漠，一无所有，只有山尖覆盖着白雪的洪堡山脉，参差突起，坐落在45英里外的地方，似乎只需骑马慢跑一小段就可以到达。唯一连接东西部文明的闪亮铁轨，与远处所有的东西一样，焕发着紫光。

第二天早上，太阳升起后，服务员没有正式通报就把我们赶下铺位，此时我们正通过被白色的沃萨奇岭包围的大盐湖。湖边，经由灌溉，摩门教徒把土地变成了生长大麦与谷类的良田。我们经过了一些木屋，即使是这么早的时间，教徒们每人都带着两三位妻子，开始一天的工作。摩门教女人都不好看，她们松松垮垮的蓝裙子也很丑。我们在叫奥格登的摩门城换车，再度奔上尘土飞扬、白光耀眼的平原，中间经过一些泥沙淤积的小溪，以及偶尔缩隘成峡谷的贫瘠山谷。大家默契十足地保持窗户紧闭，以免白色含碱的细尘沙飘进来，那会使人的鼻子很不舒服。当我们在这片没有山林为界的广大平原及乱石地上快速爬升时，旅程

第三封信

越来越令人感到疲乏,其间只偶尔出现一两座丘冈[1],打破单调的景色。到犹他的马车轮印下的车道痕迹,经常与铁轨平行,牛的骸骨以及那些在长而干旱的旅程中"暴尸荒原的残骸",全都被日光漂成白色。今天(星期日)破晓时分,我们发现自己已身处 7 000 英尺高的拓荒站拉勒米堡,每个人都在寒气中颤抖。又爬了 1 000 英尺的碎石层,来到铁道的最高点谢尔曼。由此以东,所有的河流都东流入大西洋。这片高原叫作"落基山脉的交会点",可是除了远处两座像牙齿般的山头之外,我看不见任何山脉。天气变得巨冷,有人以为下雪了,可是我只看到滚滚的浓雾。整个早上,孩童们在车厢中穿梭,叫卖报纸、小说、仙人掌、棒棒糖、爆米花、花生,以及一些象牙小饰物。我早已记不起日子了,直到火车在这个极讨厌地方的旅店门口停下时,我才知道今天是星期日。

周围的平原了无止境,却不见青绿,仅有的几株小草早被炎夏暴晒成了干草。此地无林木,连灌木丛也见不到,天是灰的,地是黄的,空气凛冽而多风,刮人肌肤的大片尘沙横扫荒原,淹没了房舍。人们形容夏延镇是一个"被上帝遗弃又遗忘的地方"。很明显,可以看出这片土地也已经忘了上帝。此地因铁道而存在,虽然人口日减,可是它是方圆 300 英里内少数人家日常所需的集散地,物品由四到六匹马或驴,或双倍数目的牛拖着"载货

---

[1] 环绕犹他"沸水谷"的山丘就是这类丘冈的最好例子。——原注

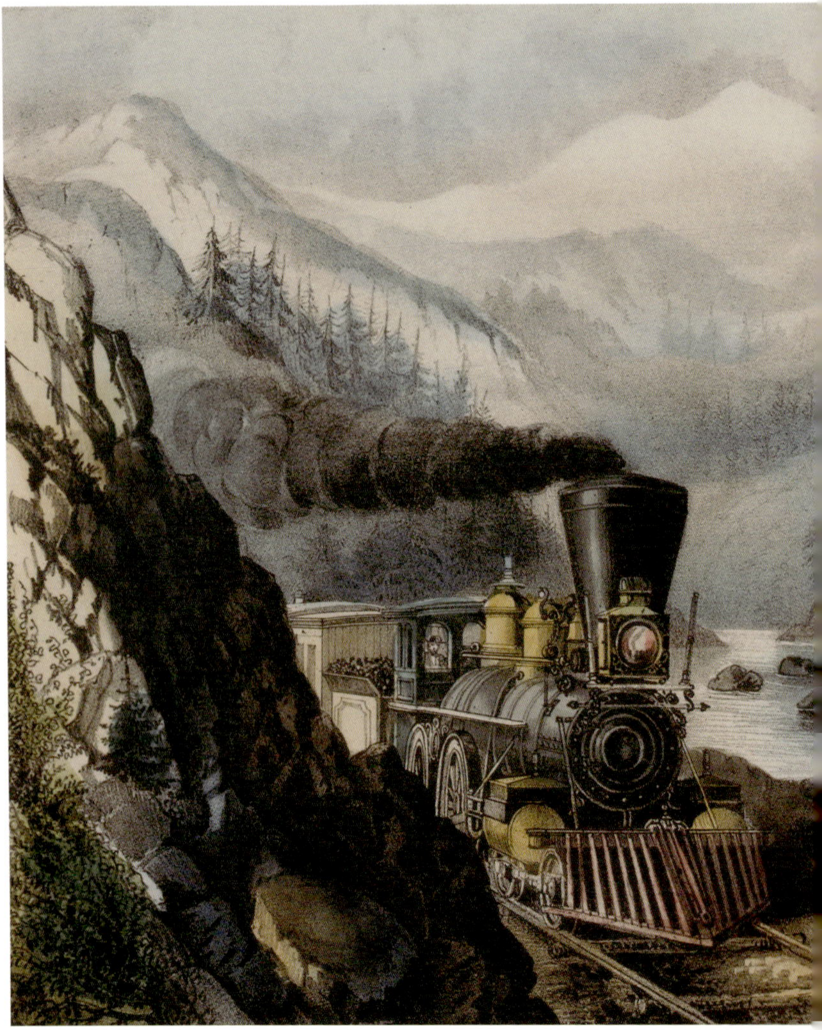

《内华达山脉的特拉基河,通往加利福尼亚州》

1871年,绘制者不详

私人收藏

篷车"而来。有时候一次会有100多辆这类篷车来到夏延,驾车的人则是篷车数量的两倍。不久以前,这里是标准的混杂都会,主要的居民是些粗人及亡命徒,都是文明社会的残渣。谋杀、砍杀、搏斗、枪战,在酒吧中几乎每小时都发生。可是在西部,一旦情况不妙,马上就会有人想出正确的补救方式。那些拓荒者发现事情已到了不可容忍的地步,于是自己组织了一个保安委员会。"私刑法官"[1]带了几英尺粗绳出现在现场,大多数人都团结起来支持法规,对惹是生非的人发出警告。他们把一个人吊死在树上,身上挂着一张潦草的字条,写着:"早上6点之前离开,否则……"那些最坏的亡命徒,只受到比战地军法处置还简单的审讯就被"吊死",然后草草掩埋。有人告诉我,曾经有两个星期内以这种方法处决了120名暴徒的纪录。夏延现在的治安与希洛[2]差不多,在完全没有法律到腐败又无力的美国法律来到这里前,此地的治安可以算是非常好。虔敬绝不是夏延的美德。道路上到处有邪恶的事,酒吧及沙龙的粗暴行为也只是受到抑制,并没有被连根拔除。

这里的人口曾经有过6 000人,现在大约是4 000人。这个

---

[1] 私刑法官(Judge Lynch),Lynch一词来源于18世纪弗吉尼亚州的治安官查尔斯·林奇(Charles Lynch)的姓氏,他在美国独立战争期间对亲英分子实施私刑。该词后来意指私刑,指暴民不按法律程序加刑罚于人。

[2] 夏威夷群岛中夏威夷岛东部滨海城镇。

第三封信

小镇里尽是些乱七八糟的木屋及简陋的房舍。[1]垃圾堆、鹿及羚羊的内脏造成的恶臭久久挥之不去。有些房舍漆成耀眼的白色,有的则没有上漆。这里看不到树丛、花园或任何绿色的东西,只见了无止境的枯黄平原。在极远的天边,可以看到三座尖牙状顶峰。夏延是个肮脏、丑陋、醉鬼散布、生活艰苦的低级小镇。旅店的窗户下,货车不停地转换轨道,可是越过铁道后就只有单调的棕黄平原——现在只有一人骑着马徐徐而行,然后是一队脸上涂着彩绘、头戴羽毛的印第安人,他们受现代文明的影响,带着枪支、骑着瘦马,让妻子跟在驮着行李的马边行走。其后是一群背脊隆起的长角牛群,它们几个月来由得克萨斯州一路吃牧草过来,以及四五名看管牛群的人,他们骑着疲惫小马,头戴尖帽,身披蓝斗篷,脚着长筒靴,身佩左轮手枪和连发步枪。一辆有白色车篷的孤单篷车,由八头牛拉着,车上可能载着打算移民科罗拉多的主人及他的财产。在村落的一个阴僻角落,停着六辆白色篷车,每辆由 12 头牛拉着,一副远行的样子。每件事物似乎都暗示这趟旅行尚未终止。

---

1 自从黑岗发现金矿后,给了此地一些冲击,这里成了开矿的主要出发地,它的人口及重要性一直持续增加。1879 年 7 月。——原注

9月9日

在此地邮局，我收到了一封前领地总督亨特的介绍信，那是金斯利小姐好心为我弄到的。另外还有一封同样重要的信，是"斯普林菲尔德市共和党"的包尔斯先生署名的"认证函"及介绍信，此人的名号在西部几乎家喻户晓。有了这些保障，我可以大胆地向科罗拉多进发了。我被这里的臭气熏得昏晕，还呕吐了。一名本地的"帮手"告诉我，在过去的20天内，有56个人因霍乱死亡。我怀疑，这个区域因贪婪而失去人性了吗？选票可不可以不像其他商品那样用钱就能购买？昨晚我认识了一个从威斯康星州来的病得像鬼魂般的男人，他有个活泼的妻子及一个襁褓中的孩子。他的肺病已经相当严重，医生要他到这平原上来养病，这是治愈他的最后一线希望，可是病情却丝毫没有好转，反而越来越严重。今天清晨，他爬到我房门口，由于吐血，衰弱得几乎说不出话来，他求我去看看他的妻子，医生说她染上了霍乱，孩子也病了一整夜，可是钱及爱心都无法打动任何人去帮他们做任何事情，甚至没有人肯替他们去买药。那位女士脸色发青，因痉挛而疼痛异常；那个还没断奶的可怜孩子，因肚子饿而哭闹不停，却得不到东西。我既找不到热水，也找不到敷药用的芥末，虽然我答应给一个黑人一美元跑腿费，只要他帮忙去买药，但他居然只轻蔑地看了一眼，就哼着小调走开，说是要去等太平洋火车，其实火车要一个钟头后才会抵达。我找遍了夏延也找不到奶瓶。没有一个母亲心软到肯去帮助这名无助的母亲及饥饿的孩子，最后我只好用一小块海绵蘸了牛奶及水，试着安抚那小东西。我帮忙去买药，恰巧碰到那位受欢迎的单身店主，他介绍了一名女孩——在千恩万谢之后，她终于答应以一天两美元的酬劳照顾婴儿，并看顾那位母亲直到她身体好转。一切安置妥当后，我乘车前往平原村落格里利，人们建议我由此开始登山。

科林斯堡，9月10日

在北美大平原上坐车让我有种奇妙的感觉。平原，到处都是平原，全是同一高度的平原，其他地方却是长而起伏的小丘，像是沉睡静止的海浪。原野上覆盖了浅黄色的薄草，一丛丛像西班牙刺刀的枯萎野花，以及蜂窝状小型仙人掌。人们就在这片土地上纵马奔驰。

平原上住满了一窝窝所谓的草原狗，事实上这些狗是土拨鼠，因发出短促尖厉的叫声而得此别称。我们经过不少这样的巢穴，一个个高起的圆洞，直径约有 18 英寸，有通道向下斜入五六英尺。上百个这样的巢穴连在一起，几乎每一个圆洞中都蹲着一只东张西望的红毛小动物，头部看来像是只小海豹。它们的举止看起来像是哨兵，正进行着日光浴。我们经过土拨鼠的家时，每只都发出一声尖叫，摇一摇尾巴，然后滑稽地蹬了蹬后腿，一溜烟冲下洞去。上百只这样的小动物，每只约有18英寸长，全都像狗直立朝拜般，双爪朝下，面向太阳，看起来非常好笑。这些溜滑的小东西天敌很少，而且繁殖能力强。由于它们的数量增加很快，又勤于挖地洞，可以想象，几年之后草原将严重受创，地底将成蜂窝，不适于走马。这些地洞似乎还被猫头鹰分享，有许多人坚称响尾蛇也是居民之一，可是为了这些不伤人的有趣草原狗着想，我希望这只是传说。

朝下坡走了一段时间之后，五座深浓蓝色的山脉层层叠叠地由如浪的大草原上高高耸起，映在暗蓝色的天空中。一节美国的火车厢里，又闷又热地挤满了嚼烟草、吐口水的美国人，这实在不是我来到梦想中山脉的理想方式。虽然我们远在60英里外，而且是从5 000英尺的高处观看这些山脉，但它们仍然壮丽万分。我写此信时，距离它们只有25英里了，我已渐渐被它们攫住，对其他东西视而不见。下午5点钟，开始出现房舍及绿地，火车停下来，同车有两名乘客与我一起下车，我们自己提着行李，风尘仆仆，来到一间简陋的西部小旅馆，经过一番努力，才得以暂住一宿。这个村落叫格里利禁酒殖民地，是最近由一群从东部来的工业移民所建立的，他们全面禁酒，而且政治见解很前卫。他们买下50 000英亩[1]的土地，以围栏为界，建造了一条灌溉水渠，以合理的价钱供水。此地人口已有3 000人，是科罗拉多最兴旺

1　1英亩约为0.40公顷。

的殖民地，完全没有懒惰与罪恶。他们肥沃的田地完全靠人工培植。看了这个区域天生的贫瘠后，真惊讶于有人愿意来这里落脚，仰赖人工运河维生，还要抵抗蝗虫危害农作物的威胁。这个殖民地设立了一条法律，禁止输入、买卖或饮用含酒精的饮料，我听说有名格里利人因为过分投入禁酒运动，最近居然捣毁了邻近他们地界的三间卖酒屋，并把威士忌酒全倒在地上，以防人们冒险把酒带到格里利附近。这项禁酒法规的影响范围极大。由于格里利没有酒吧供人消费，我发现其他地方的人开始狂欢作乐时这里的人就去睡大头觉了。老天对这里很吝啬，此地的生活很艰苦，所有能想象的艰苦生活在这里都找得到。

这趟科罗拉多旅程的最初经验颇为艰辛。在格里利，起先我得到了一间楼上的房间，可是后来让给了一对带了孩子的夫妇，换到楼下，房间小得像壁橱，只挂一块帆布隔开。房间很热，而且到处是黑苍蝇。那名英国女老板的"帮手"刚去世，她忙得一团糟，我只好帮她弄晚餐。晚餐的两大特征是油腻与黑苍蝇。20名穿着工作服的男子，吃完饭随即掉头离开，"没有人开口跟任何人讲话"。女老板介绍我前往山麓小丘，寄居在一个来自佛蒙特州的垦荒者家中，随即她非常好心且不嫌麻烦地替我弄来一匹马。马很多，可是若不是用来当作拖曳马的大种美国马，就是不安驯、半驯化的"布朗科马"——这个名字来自西班牙，意思是永不摧折。这种马几乎都会"奔跳到把人摔下来"，而且据说比骡子更丑、更倔强。整个格里利只有一匹"适合女人骑的马"。

我在月光下——好美的月光——试骑了一匹印第安小马，却发现它的四肢柔弱无力。厨房是唯一的休息室，因此我很早就上床了，可是马上又被无数的小爬虫吵醒。我点亮灯，发现有一大群虫子，只好窝在木椅中极不舒服地瞌睡到天明。科罗拉多的虫害很严重。虫子由土中爬出来，寄生在木板墙里，不管用多少清洁剂都驱除不了。许多谨慎些的主妇，每星期都把床拆开，涂上苯酚。

这是一个清凉晴朗的早晨，落基山脉看起来雄伟壮观。我又再试了一下那匹小马，发现它不适于远行。我那位佛蒙特州的朋友答应让我搭他的篷车到 25 英里外、离山更近的科林斯堡，于是我匆匆收拾了行李与他同行。我们 10 点离开格里利，下午 4 点到达这座小镇，路上停了一个小时吃饭。前半段的行程我很喜欢，可是炙热荼毒的太阳晒在白沙土上，即使我撑开了从离开新西兰后就没有用过的阳伞，后半段的行程还是令人无法忍受。其次是，除了河床上长了一些绿草之外，眼睛看不到任何绿色的东西。我们大部分时间是沿着卡什拉普德尔河前进，该河起源于山中，在提供格里利必需的灌溉之后，流入密苏里河的支流普拉特河。一出了富裕的格里利殖民地的围栏及散落房舍之后，我们就进入一望无际的草原。偶尔有一两个骑着马的人经过，我们也碰到三辆白色篷车。除了草原狗挖了地洞的地区之外，你几乎可以在任何地方行车，而篷车重复留下的车辙就自然地形成了道路。我们涉过浅水渡河，河流沿岸生长了一些河杨及白杨。之后的旅

第三封信

程,除了狗窝及那些精灵小哨兵之外,没有什么可看的东西,可是正前方的景致就十分壮观了。欧洲大陆上由伦巴德平原升起的阿尔卑斯山,是我看过的最动人山脉,却不能与此相比,因为落基山的五座高峰不仅雄伟宏大——每一座都接近勃朗峰[1]的高度,令人目眩的峰巅重叠在众山之上——而且山势浩大,整个坐落在清澈、蔚蓝、没有丝毫阴霾的天空中。这是这个区域独有的特色。缺乏前景是景观上的最大缺陷,没有绿意的景物令人感到沮丧,这使我忆起了夏威夷群岛上令人愉悦的一草一木。只有一次,在我们第二次渡河时,白杨林形成了可爱悦目的景色。我们在木屋停留了一会儿,吃了简单的牛肉配马铃薯的晚餐。使我觉得好笑的是,五名与我们共同进餐的男子一致向我道歉,因为他们都没有穿西装,似乎这是大不敬。

今天是选举日,男人都骑着马在草原上疾走,赶着去登记投票。篷车中的三个人一直都在谈论政治。他们公开而且毫不惭愧地谈论收买选票的价钱,看来不论是哪一边的政客,鲜有人不贪污。我们看到一大群得州牛,数量有 5 000 头之多,正由南得州旅行到艾奥瓦州途中。它们已经上路整整九个月了!由 20 名携带枪械的武装牛仔负责看管,另有一辆轻便的篷车跟着他们,上面载满了备用的枪火弹药。这是必要的装备,因为这一带会有印第安人从各处出没袭击。印第安人气愤他们赖以维生的水牛常常

---

[1] 勃朗峰,位于法国和意大利边境,海拔 4 810 米,是阿尔卑斯山脉的最高峰。

无故遭到杀戮。在平地上有一群群野马、水牛、鹿、羚羊；在山里有熊、狼、鹿、马鹿、山狮、野牛、山羊。你可以看到每一辆篷车中都备有长枪，因为人们总是希望能猎到一些猎物。

当我们到达科林斯堡时，我已经被太阳的热气晒得头晕目眩，却无法在这个十分恶劣的地方找到一处满意的歇脚处。这里以前是军队的驻扎地，光秃而酷热的平原上留下了几间木屋。拓荒者对这里抱有很大的希望，可是希望在哪里？山在这里看起来并不比格里利近，只有看不见山尖，人们才了解山近在眼前。屋子里没有格里利那边的虫灾泛滥，但哪里都是苍蝇。这些新拓荒者都很令人讨厌，全然的功利主义，不停地谈论钱，言语粗俗。这里的食物很恶劣，每一样东西都令人嫌恶，没有一样事物叫人看了满意、令人向往。这间小旅店的底层，除了成千只黑苍蝇之外，还聚集了成群蝗虫。苍蝇在地上停得密密麻麻，人一走过，全都嗡嗡作响地振翅飞起。

伊莎贝拉·伯德

LETTER IV.
第四封信

一条急湍怒吼而过,
落基山脉兜头而下,山脉上长着疏落的松柏。

峡谷，9月12日

事实上，我既疲乏又无聊，于是故意整个下午都在睡觉，以躲避暑气及苍蝇。30名穿着工作服的男子，沉默而忧郁地进来吃晚餐。牛肉既老又油腻，牛油都已融化，不管是牛肉或牛油都盖着一层活的、淹死的或半死的黑苍蝇。油腻的桌布也停满了黑苍蝇，我一点也不奇怪为什么客人们看起来都很不高兴，而且一个个很快就溜走了。我找不到马，可是有人竭力建议我到这里来，寄宿到一个拓荒者家中，他们说此人有一座锯木场，接受旅人寄居。提议的人非常热心，还给了我一封简短的介绍信，告诉我那里山景优美，整个夏天都有许多人来露营，以调养身体。据我所知，自己目前的装束并不适合美国的寄宿环境，于是我决定带着行李及背包，以防万一衣着不够正式而遭到拒绝。第二天一早，我搭乘由健壮阴郁的年轻人驾驶、一匹布朗科马拖曳着的单座马车离去。由于无路可通，他从没到过峡谷。我们一路上没碰到任何人，除了远远看到一只羚羊之外，也没见着什么东西。马车夫的脸越来越阴沉，接着他迷路了。他到处乱跑了大约20英里路，才碰到一条前人留下的小径，最后把我们带到一处肥沃的谷底，那里的人家正在收割草料及大麦，共五六户，看起来如此快乐、满足。我被介绍到两家肯收留陌生人的家里，可是一家堆满了收割机，另一家刚死了小孩。于是我又坐上马车继续前行，很高兴至少已离开了那不友善又平淡无奇的平原殖民地。到这里为止，路途十分孤寂，除了右边的巨山阻拦外，到处是一望无际的草原，我们像极了在海中航行，只是少了一方罗盘罢了。车轮滚过干燥的短草，既不发出声响，也没留下痕迹，更没有悦耳的哒哒马蹄声。天是阴的，空气干热而静止。在一处，我们看到了一匹骡子的残骸，几只秃鹫在上空盘旋，旋即又降下。动物的尸骨处处可见。一带被称为山麓小丘的低矮草丘由平原升起，景色单调无奇，只有一些高山冰雪融化造成的小溪穿流其中。车夫自称他已迷路，变得更加阴沉，他转入一个最开阔的山口，一小时之后，山麓小丘呈现在我们与草海之间，它后面是断断续续的较高山脉，长有一般高度的刚松。小丘的东边无甚可观地由平原升起，西边突然与下一座山脉明显地断开，岩石造就了屏障与高台，经过风化，含金属的矿砂斑渍形成了美丽的色彩，即使在灰暗天空下也光彩夺目。车夫以为自己搞懂了路标，可是他笨得可以，因为河水太深，绕了几英里路才过了河，这会儿我们又到了

《科曼奇附近的落基山脉》
1834—1835，乔治·卡特林 绘
史密森尼美国艺术博物馆

没有通路的峡谷。他为马儿担心,说是以后不管出多少钱,都不能打动他再进山来。但对只要稍微有一点头脑的人来说,事情就会简单得多。

罕见人迹带来的孤寂感渐渐令人沮丧。不过,经过九小时的车程,走了至少45英里路后,布朗科马倒是丝毫没有显出疲态。最后我们终于碰到了一条小河,走上沿着河岸的明显通路后,来到了一处像分成三部分的谷地,谷地里裂开一道曲折惊人的2 000英尺深的峡谷。一条急湍怒吼而过,落基山脉兜头而下,山脉上长着疏落的松柏。再过去一点,峡谷就完全不可及。真叫人兴奋,这无疑是个与世隔绝的世界。有座摇摆不停的桥横在河上,这桥是由松树皮铺在没有固定的圆木上的简陋便桥。布朗科马停下来,嗅了嗅,它不太情愿,可是经过一番鼓励之后,它还是走了过去。桥的另一边是一栋原木小屋,坐落在水边的白毛杨树林中,已半塌,是我见过最破烂的房子,泥糊的屋顶有几个大洞。稍高一点的地方,有一座十分原始的锯木场,也已年久失修,附近散乱地堆着薪柴。锯木场前停放着一辆移民的篷车,以及一顶孤零零的帐篷。帐篷前有堆营火、一口锅子,但是看不出哪间屋子可以寄宿,我感到一阵害怕。车夫走到木屋的另一边,带着阴沉的微笑回来,他的脸更显阴郁了。他说这是查默斯先生的领地,可是连他都没有住的地方,更别提我了!这真是个骗局。我跨下篷车,找到一个破烂不堪的房间,一侧的墙壁已部分坍塌,屋顶破了个大洞,窗户也开了口,除了两把椅子以及两座没有刨平的木架上铺着干草当床外，没有其他家具。这间房连着一间小隔间，里面有一只炉子、一条长凳和一张桌子，用来煮饭、吃饭，这就是所有的物件。一名神情严肃、面露忧愁的妇人打量着我。她说，他们卖牛奶和牛油给在峡谷中露营的人们，除了收留过两个患气喘的老妇之外，从来没收留过其他寄宿的人，不过如果"我能适应"的话，他们愿意让我留下，条件是一星期五美元。马必须喂食，于是我也坐在木箱上吃了些牛肉干及牛奶，考虑这整件事。如果我回到科林斯堡，将更远离山居生活，而且毫无选择的余地，只能去我一直不想去的丹佛，要不就是乘车去纽约。此地的生活艰苦，是我从未有过的体验，而且这里的人们不管是脸色还是态度都对我流露出敌意。但是我想，如果能将就几天，也许就能够穿过峡谷，排除困难抵达埃斯蒂斯公园，这是我此行的目的与希望。于是我决定留下。

9月16日

在这里过了五天，我却并没有更接近埃斯蒂斯公园。我也不知道日子是怎么过的，我对在这里处处受到限制感到厌倦。这是"一种从来没有新鲜事的生活"。当单座马车离去之后，我觉得好像与过去的联系完全断绝了。我坐下来打了一阵子毛线——这是我沮丧时的排遣方法。我实在不知道自己该怎么继续下去。这里没有桌子，没有床，没有脸盆，没有毛巾，没有玻璃，没有窗，没有门闩。屋顶千疮百孔，木段叠成的墙也处处有缝隙，小屋的一端还是塌的！生活已经简化到最低程度。我走出去，他们全家人都有事可干，没人理睬我。我又走回来，看到一个16岁的笨拙女孩，头发没梳，脸部表情痛苦地扭曲，她坐在木头上瞪着我有半小时之久。我试着和她谈话，可她只是扭着手指，断续地蹦出一两个单调的音节。我怀疑，自己真能适应吗？日子就这么过了。我穿上夏威夷装，袖子卷到手肘，就像这里人的装扮。傍晚，家人都回来吃饭，他们送了一些牛肉干和牛奶到我的门口。这家人都睡在树下，天黑以前，拿了一袋袋干草去做床。那晚，我学他们幕天席地。更准确地说是他们睡觉，我看北斗七星。不过从那次以后，我还是决定睡在有屋顶的铺了毯子的地上。他们既无灯也无蜡烛，如果我要在天黑后做什么事情，就只能借着松木碎片颤动的火光。由于这里夜晚很凉，没有虫子，又加上我费了不少体力，因此睡得很沉。傍晚，我打理好地上的床，到河中汲取一桶冰冷的水；那家人到树下准备就寝。我可以向你保证，这山里孤单的感觉实在很诡异，于是我堆上一垛木柴，足够烧上大半夜。夜里各种声响（狼嚎）此起彼伏，地板下有东西不断翻搅，另外还有一些我不知道是什么的隐隐怪声。一晚，有只野兽（狐狸或臭鼬）从木屋坍塌的一端闯了进来，一溜烟又从窗户跑了出去，它的毛几乎刷到我的脸；还有一晚，一条蛇从地板缝隙里钻出来大约三四英寸的前身，与我近在咫尺，真是可怕极了。我用表盒磨光的一面做镜子。太阳升起后,查默斯太太会进来(如果说进到一个几乎是敞开的屋篷算是"进来"的话)生火,因为她以为我笨到连火都不会生,而且这间房是他们的起居室。7点钟,我穿好衣服,叠好被子,把地扫干净,她会放些面包牛奶或燕麦粥在门边的一个箱子上。吃过早饭后,我会再打几桶水,每天洗几件衣服,这样就没有人会注意到我对此毫无经验。昨天有头小牛把我的一件衣服咬得稀烂。其余时间我用来补缀、编织、给你写信,以及做些一个人生活必须自理的琐事。每天12点和下午6点,他们会放些食物在门边的箱子上,天快黑时,我们便铺床准备入睡。一名穷困的移民妇人,在河边暂居的屋棚里刚生下了一个孩子,我每天都会去帮些忙。我已与附近所有操劳忧苦、挣扎着生活的垦荒者都熟识了,他们都是为了身体健康而来。虽然这些人的居所不过是一辆篷车或一条绑在四根木杆上的毯子,但是大部分人的健康状况都有所改善。科罗拉多的气候是北美洲最好的,患肺痨、气喘、消化不良或精神方面疾病的人,成百上千地来到这儿,有的参加为时三四个月的集体治疗营,有的则在此安顿定居下来。一年中有六个月,人们可以在户外露宿。平地约在海拔4 000~6 000英尺高,而一些已开发的"公园"或山谷,则在8 000~10 000英尺的高处。空气十分稀薄,也十分干燥。雨水远比全美平均雨量要少,鲜有露水,雾更是没听说过。阳光几乎终年不断,一天中有四分之三的时间无云。此地的牛奶、牛肉和面包都很好。天气冬暖夏凉,就算白天热的日子，到了夜晚也很凉快。较低的山脉很少有雪，马和牛在冬天也不必关到室内喂食。当然，稀薄的空气使人呼吸加快。所有这些都是听来的。[1] 然而不论是生理或心理状况，目前我都不太好，感觉格外疲劳，多花了气力就累个半死，不过人们说这只是所谓的轻度"高山症"，是暂时性的。我正计划进山去，希望下一封信我会比较有生气。今天早晨在屋子附近听见响声，结果我打死了一条响尾蛇，一共有十一节长。此地过多的蛇类使我的日子过得难受——响尾蛇及食鱼蝮都有毒，足以致命；花斑蟒蛇及青蛇也是出了名的危险；水蛇、树蛇及鼠蛇虽然无毒，却也都十分可憎。从我来此之后，已在屋外打死过七条响尾蛇。曾经有一条三英尺长的蛇被发现盘蜷在一名生病妇人的枕头下。我在所有的枯枝上都看到过蛇，只要听到"树叶摇曳的声音"，我立刻拔腿就跑。除了蛇之外，不论是地里或空气中，到处都充满了昆虫的生息，大的、小的，它们发出刺人声、嗡嗡声、嘶嘶声、袭击声、聒噪声，甚至吞食声！

---

[1] 科罗拉多的气候有治病的功效不是虚言。在旅行过这个区域之后，我发现定居此地的十人中有九人是复原的病人。根据医学及统计的资料，科罗拉多目前的气候是全世界最适合疗养身体的。——原注

LETTER V.

第五封信

无论如何,我都要抵达那片深蓝的地方,
甚至站到那有闪亮白雪的朗斯峰之上。

峡谷，9 月

  这封信没日期，由此你大概就能了解我的处境了。他们没报纸，我没日历，神父这一天不在家，没人能帮我这个忙，而且当我问及此事时，他们全都轻蔑地看着我。单调的日子明天就会结束了，因为查默斯答应做我进山到埃斯蒂斯公园的向导，而且他还说服他的妻子"一起为享乐去旅行一次"。她嘀嘀咕咕地说浪费时间，又啰唆地说了许多危险与损失，最后才勉强同意陪他一起去。这里的人们开始对我感兴趣后，生活就没那么无聊了，在我已经能适应之后，我们彼此都还算友善。然而，我第一次伸出友谊之手时，却遭到冷遇。几天之前，我做完了自己的工作后，要去帮忙洗餐具，可是查默斯太太用比言语更具穿透力的眼神看了我一眼，皱了皱鼻子，带着鼻音不屑地说："我想你会越帮越忙，看看你那双手啊！（此刻它们又黑又粗。）它们看来没什么大用处，我猜你从没做过这些活。"然后她对她那个笨女儿说："这女人说她要洗碗！哈！哈！瞧瞧她的臂膀和那双手！"这是我听过她最接近笑的一次，我甚至从没见过她微笑。后来，我用一小把破布放进一罐肥油中，做了一个夏威夷式的临时台灯，他们对我的评价稍微提高了些。自此以后，他们居然降格相从，肯跟我一起坐到星星出来。另一件提高我身价的事，是我正在给你编织的一条贝壳花样的拼花被。那个女孩说："我要它。"然后把它从我手中抢走，显然是拿到营地去了，几天后，渐渐有人开始喜欢它。这使我成立了编织班，那女人、她已婚的女儿，以及营地的一个女人是我的学生。之后我又取得了男人的好感，因为我能驯马并为它加鞍。我常常记起我喜爱的一句诗——

不要走上绝路；在最黑暗的日子里，
努力撑到明天，一切都会消失无影。

可是啊！我现在接触的是何等艰辛狭窄的生活！一种狭窄且缺乏吸引力但我相信是真实的信仰，一种热忱但狭窄的爱国心，这些是唯有的影响力。查默斯九年前从伊利诺伊州搬迁至此，当时医生说他的肺病已经相当严重，然而两年之内他就康复了。他们这家人很奇怪，在某些远僻的高山地区，我曾见过这种人。他的头型瘦长，憔悴嶙峋，而且缺一只眼。如果走在英国街上，人们会认为他是饥饿、危险的乞丐。他还算有知识，非常有主见，希望被视为见识广泛的人，其实他根本称不上。他属于最严格的长老会教派（"唱赞美诗者"），对任何事都极端偏激、主观，这是他们最大的特色。他很残酷地要把来自费城的仁慈的史都华先生踢出聚会时唱赞美诗的团体，还以此为乐。他最自夸的是，他的祖先是苏格兰长老会誓约的支持者。他自认是个很好的神学家，晚上坐在松木块上跟我谈论永恒的智慧与天命的神秘。科罗拉多的进步与将来，也是他不变的话题。他憎恨英国到咬牙切齿的地步，我所说的有关维多利亚女王时代的进步，他就认为是对他个人的侮辱。他深信有生之年可以看到英国王室的衰败，以及帝国的分裂。他很喜欢说话，问了我很多有关旅行的事，可是只要我提到任何其他国家的环境、气候或人文有多好，他就认为这是在轻视科罗拉多。

他们有 160 英亩地，一纸合法居住公地证书，以及无价的水源。他是个木匠，有座非常原始的锯木厂。我注意到，他每天都会出一些状况，而且一直都是这样。如果他要运木头下山，总是会有一两头牛找不着，或是木头已在运送途中，车轮或马具又突然断裂了，然后一耽搁就是好几天。木屋实在无法遮风避雨，但它尚能一直维持原貌，因为另一间有板壁的屋子的地基已挖好。马总是因缺了蹄钉而跛着足，或者马鞍因缺环扣而无法使用，篷车及马具是临时棚栏中的一景，用几股绳索不甚牢固地绑住。要使用这些器具设备时，没有一样东西是准备就绪或完整的。不过查默斯是个节俭、朴素又勤劳的人，他和他儿子以及一名雇工总是早早就起身，一直工作到傍晚。如果他们不做到很晚才休息，这伙人真的就舍不得多吃。这样无效工作九年的结果，仅能维持最基本的生活，并不令人意外。

至于查默斯太太，我没什么好说的。她很像我们小时候穷苦的英国女人——清瘦、干净、无牙，就像她们那样以尖锐不满的声音说话，好像总是在叱责别人。只要她醒着，总戴着一顶遮阳帽。她从没有一分钟是停下来的，严厉刚硬，除了工作之外，排斥所有的事情。我想，她是受了丈夫生性疏散的拖累。她提到我的时候，总是说"这个女人"或"那个女人"。他们家有个成年的儿子，是个懒散、面目可憎的年轻人，可能一心渴望着更狂野的生活；还有一个16岁的女孩，乖戾而不讨喜，举止懒散得像只猪；再下来就是三个刁蛮得不像孩子的小小孩。对这一家人而言，礼貌及温柔的举止或言谈，就算不被认为是"魔鬼的杰作"，也是"人性虚伪的表现"。他们把别人的东西打翻，从来不会道歉或帮忙捡起来；当我向他们道谢时，不管是什么事，他们似乎都觉得惊诧好笑。我觉得，他们认为我不像他们那样劳碌工作是罪恶的，我希望自己能将更好的做事方法证明给他们看。贪婪、不顾他人、一心追求自我利益，以及对不利己的事物漠不关心的态度，正蚕食着整个西部的家庭生活及人与人之间的情感。我很不愿意这么写，但这是在美国体验了几乎整整两年的生活之后，才有感而发。他们似乎没有"星期天上教堂的服装"，也没有多少其他的衣服。缝衣机就像其他东西一样，坏了不能用。全家人只有一把梳子。查默斯太太衣着清爽，食物虽然不好，却很干净。工作，工作，工作，是他们的一天也是一辈子的生活。他们完全不和气，对任何不是来自他们原乡的人，都抱着怀疑的态度。查默斯先生虽然是严厉的清教徒，却是这里人的传教英雄。他们畜养的牲畜包括两匹衰疲的马、一匹不错的小种牝马、四头杂种公牛、四头看起来干瘦饥饿的母牛、几只奇怪好动的猪，以及一大群家禽。旧马鞍是用粗绳绑住的，马辔的一边是一条破旧不堪的皮带，另一边是根绳子。他们穿靴子，可是脚上的两只靴子从来不成对，当然也不上鞋油，而且不穿袜子。除了天气极冷的几个月，他们认为睡在屋里很没有男子气概。他们有个已婚的女儿住在河对岸，跟她母亲一样严厉、不讨喜、守旧、劳碌。每天早晨7点一过，我扫过房间之后，他们一家子就进来"做礼拜"。查默斯以最悲伤、最哀愁的语调"评述"一首赞美诗，然后他们轮流念一章节，他再祷告。如果他的祈祷文用的是诅咒赞美诗的语调，他也拥有最高的决定权；而如果他的祷告带了点法利赛人[1]致谢辞的味道，这点并不意外，因为他总是自喜于自己不像这个区域的其他人那样信从无神论。

　　星期天真是可怕的一天。他们一家谨遵圣诫，不做任何事。礼拜会进行两次，而且比平时要长。除了神学书以及两三册乏味的旅行书籍，查默斯不准任何书进屋，因此查默斯太太及孩子们

1　法利赛人，公元前2世纪至2世纪犹太教的一派，标榜墨守传统礼仪。

几乎整天睡觉。他曾企图念一本已经很破旧的《波士顿的四态》，可是很快就睡着了，他们只有在吃饭的时候才起来。星期五、星期六的天气都颇为凉快，夜晚还结霜，可是星期天晚上天就变了，从我离开新西兰之后，从没感觉像星期天这么热过，虽然温度计并没有超过91华氏度（约33摄氏度）。阳光的热力令人眩晕，让人感觉炙烤、熔化，无法忍受。这真是糟透的一天，好像永远过不完。木屋是泥顶，而且有树木遮阴，略可避暑，但是他们一家人都在里面，而我渴望不被打扰。我拿了一本《效法基督》，走到峡谷的枯枝碎叶间，在恐惧蛇袭的阴影下，躺在一张过路移民留下的桌子上，很快地睡着了。醒来时，才只是中午，阳光白亮得像镁光灯，邪恶极了。一条大树蛇（无害的）挂在我乘凉的松树上，似乎要掉到我身上。我全身盖满了黑苍蝇，周围充满了虫蛇恼人的嗡嗡声，蝗虫、黄蜂、苍蝇及蚱蜢都在这燥热的暑气中骚动。我真怀疑托马斯·肯皮斯[1]崇高的哲理，是否也会因这种环境而屈服？一整天，我依稀听到希洛湾溪水清澈如笑的水流声，以及科纳阵雨[2]的滴答声，眼中全是迎风的夏威夷群岛翠绿的幻影。午后，我走回木屋。傍晚时，整整有两个钟头，听他们辱骂我的国家，责难所有"唱赞美诗者"以外的宗教。这

---

1 托马斯·肯皮斯，德意志天主教修士，受神职后终身从事抄写书稿和辅导新修士的工作，疑为灵修著作《效法基督》的作者。

2 科纳阵雨，指冬季稳定少动的副热带气旋造成的雨水，科纳风暴又称背风面风暴，专门出现于夏威夷群岛。

真令我激动、痛苦,然而,我要对查默斯说的,就如霍兰德博士所言:

> 如果有一天我能到达天堂的家,
> 我虔诚地希望与祈祷那是我安息的地方,
> 在宽恕的伴同下,
> 我一定会见到老丹尼尔·格雷。

夜晚并没有让这里更凉快些,可是星期一白天,在火炉边又很舒服了。你现在对我所处的环境有些概念了。这里的生活,是一种道德严格、艰苦、没有爱、不讨喜、没有喘息的机会、不美好又折磨人的生活。此地人们生活困苦,缺乏那种似乎英国人独具的惬意与雅致。像我们这种外国人,起码会把自己的木屋加上些别出心裁而雅洁的布置,若是夏威夷或南海的岛民,至少也会把自己的草屋弄得美丽而有品位。另外值得一提的是,我的住处附近有一座巨大的峡谷,无法从高处或低处出入,四周山岳屏障,唯一的缺口位于浩瀚的草海外数英里处。[1]

大约离这里半英里的小坡的另一侧,住着一位英国医生。大伙认为他是个"极端固执"的家伙。查默斯嘲笑他是个"厚脑壳

---

[1] 我没有简化对科罗拉多拓荒者困苦生活的描述,因为除了颓废及清教主义之外,这种艰辛而没有修饰的生活,是我在这个区域居住期间最常接触的一种生活形态。——原注

的英国人"(意为愚笨),"有教养又文雅"。在这里说一个人"文雅",等于给这人加了一个坏名声。他还责难医生的观点败坏所有的道德。不管这些,我认为医生可能会有地图,所以怂恿查默斯太太陪我过去找他。她把这看成是正式的晨访,可她还是必不可少地戴上她的遮阳帽,像做清扫时那样把衣服系起来。我却到了大门口才发现自己穿着夏威夷骑装及马刺,因为早上我曾试骑了一匹马!医生的房子坐落在一座草原山谷中,是河流穿过大峡谷的开口处。山麓小丘火红色的光滑岩石在阳光下闪闪发光,一整片纯绿色的天空,娇柔地弯曲在柔和的黄昏景色之上。习惯了垦荒者难看简陋的房舍之后,此刻我很高兴见到这类寻常的木屋,占据了小房子的底下一层,小屋像极了瑞士山中的屋舍。小屋四周都是菜园,旁边有灌溉的水渠,外面是农舍及牛棚。一位年轻的瑞士女孩正慢慢地把牛从山坡上赶回来,一个穿着印花布衣服的英国女人抱着婴儿站在篱笆旁,另外还有个穿着宽大条纹衬衫、裤管塞在靴子里的英俊英国男子正在剥玉米。休斯太太一开口,我就觉得她真是位贤淑的女士。她邀我们进屋时,那细致、有礼、优雅的英国风度是多么清新悦人!入口门楣很低,要穿过一道几乎被"野黄瓜"爬满了的漂亮门廊。室内虽然看起来简陋,但很像个家,不像一般等待政府许可证的居民的住处。一个旧铁罐插满了高雅的铁线莲,夹杂着一束束五叶地锦,窗上垂吊着平纹细布窗帘,最棒的是有整整两架精选书籍,所有的一切赋予了这房间一种几乎可称为雅致的感觉。为什么我要说几乎呢？这简直像是沙漠中的绿洲。我与"受过教育的人"失去联系才仅仅三周，男女主人一开口就让我自觉已与文明隔绝了有一年之久。查默斯太太待了一个半小时后就回家放牛了，我们却越聊越投机，话题一个接一个。他们说他们已有两年没见过受过教育的女子，要我常常去看他们。天黑后我骑了休斯家的马回去，发现木屋中既无火也无灯。查默斯太太回去后说："那些英国人讲话就像野蛮人，我一个字也听不懂。"我生了火，用油脂、碎布弄了一盏临时的灯，接着查默斯进来与我讨论这趟造访，好奇地问了我一大堆有关这家人的问题。他说我曾告诉过他，我在这一带不认得任何人，可是他的女人告诉他，休斯医生与我一直提到一个"格伦迪太太"[1]，我们两人都认得这个人，谈话中不断提到她，同时都不喜欢她，而且我们还说此人就住在附近！他说他是这座峡谷的拓荒者先驱，却从没听过这号人物，而且这里有个朗蒙特来的人，也说这附近绝对没有一个叫"格伦迪太太"的人，除非有个女人有两个名字！他太太及家人随后都进来了，令我十分窘迫。我真想告诉查默斯，不管在哪里，像他这样心地狭窄、言语怀恨、观念偏激、轻视个人独特性格、阻挡合法的言论自由、要每一个人为他所说的每一个字辩护的人，就是彻头彻尾的"格伦迪太太"。可是我忍住了。至于我如何脱困，真是不提

---

[1] 英国剧作家托马斯·莫顿创作的喜剧《快快耕田》中主角的邻居，此主角事事都怕这个格伦迪太太说闲话，整天发问："格伦迪太太会怎么说？"后来人们就拿格伦迪太太比喻"一般世人"。

也罢。那晚后来的时间都在计划如何进山。查默斯说他对路途很熟,明晚此刻我们将睡在朗斯峰的山脚下。查默斯太太很后悔同意与我们同行,她忧心忡忡,不断幻想家中没有大人的情景,以及牛和鸡没有人照顾的惨状。我真想告诉她,他们的大儿子和那名雇工已经暗中计划要关闭锯木场,好出发去打猎、钓鱼、探险,届时牛都会走失,人人尊称的"臭鼬先生"则会把鸡舍弄得乱七八糟。

落基山中的无名地带,9月

这儿实在远僻。除了冒纳罗亚火山[1]的冰封尖顶之外,我似乎还没到过距你如此远的地方。这里的人工俗物少之又少,如果有人必须单独居住于此,他绝对可以说这里到处都是熊、鹿、马鹿,而且"驯良得令人吃惊"。这真是"大猎物"的世界。刚刚一只大角马鹿,角枝分叉延伸足足有三英尺长,就站在我面前瞪着我,一会儿又疾行而去。它就站在我跟前,我甚至可以听到它脚下青草上白霜碎裂的声音。昨晚大熊在离我们几码[2]远的地方,把野樱桃树丛啃个精光。现在两只头顶羽冠的可爱蓝鸟,就在一石之遥的地方觅食。这是一片人间净土,直到最近才成为印

---

1 美国夏威夷岛中部的一座著名活火山。

2 1码约0.91米。

第安人的猎场,因为缺乏水源,还没有人来此开垦或旅行。只有一名猎人在此建造了一栋小木屋,他为了猎马鹿而住了几周。不过这整个区域都没有经过勘查,大部分地区也无人造访过。现在是早上 7 点,太阳还没有高到可以让白霜融化,空气洁净,清冽而寒冷。周遭一片寂静,除了我们昨晚花了两个钟头要找的一道深谷,谷中河流神秘的急湍声之外,我什么也听不见。马儿走失了,如果我用这两个同伴用在我身上的字眼,我应该愤愤地写道:"那个男人"和"那个女人"去找它们了。

到目前为止,景观奇妙无比,雄伟壮丽,在纯净流动的空气中,我的疲劳一扫而空。这不是一般观光客及女人来的地方,偶尔只有几个猎马鹿及熊的人出现,此地不受人工污染的清新带给了我新的生命。我无法以任何文字向你形容,这个与你我所见过的完全不同的美景。这是一处坐落在高地上、有花有草、有沼泽有斜坡的山谷,干涸的小河床上布满野樱桃丛,一簇簇的松树很艺术化地生长着,山边则是浓密的松林,不规则地伸入"公园"的边缘,群山的巅峰,灰色巨岩高耸地插向蔚蓝的天空。一座翠绿草地的幽谷中,丛丛火红的矮小毒漆树铺展开来,像是一张柔柔的天竺葵大床,向西斜去,仿佛就是导向我们要寻找的河流。大而深的峡谷延展向西,全都沐浴在紫色的光影中。松木覆盖的山岳突然拔起,形成了暴雨峰的尖端,也都向西延伸,所有这些美景都只是为了衬托——穿入云霄,如珠光般幽然纯净,孕育着暖阳微红的光芒——有"北科罗拉多勃朗峰"之称的朗斯峰,它

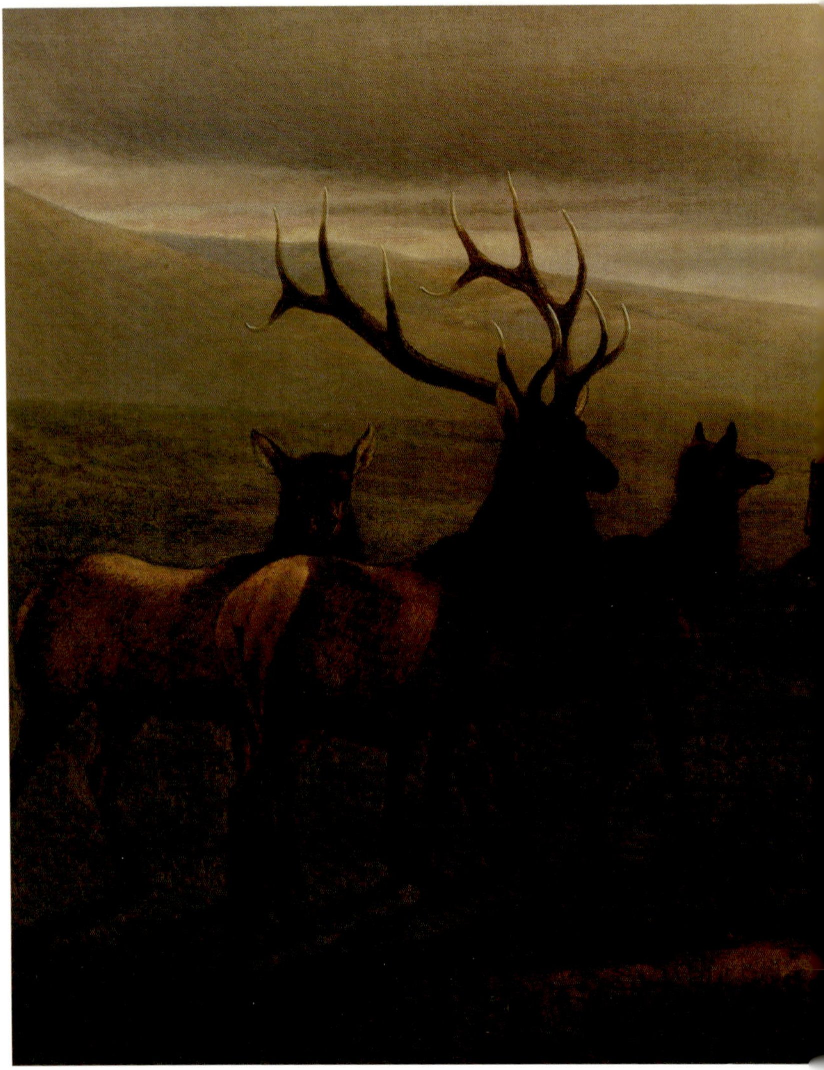

《美国的马鹿》

1865年,威廉·雅各布·海斯 绘

私人收藏

高尖、孤立、可怕、宏伟的挺拔双峰。[1]

这里的完美景色真是增一分太多，减一分太少。是一个人经常感叹身处"纷乱、污秽、繁杂的困境"，所渴求的"辽阔荒原中的宁静小屋"。不管约翰逊医生怎么说，这些"巨大的隆起物"的确会"激发想象，增进了解"。这景色洗涤了我的灵魂。啊！落基山脉实现了——不，超过了——我幼时的梦想。它美妙极了，它的空气赋予人生命之火。我真愿意在这高处多待一些时间，可是我知道后果将会是一趟失败的探险之旅，因为里面掺杂了查默斯的愚蠢与顽固。

在 7 500 英尺的高处，有一个富于诗意的地方叫埃斯蒂斯公园。我们可以下行到平地，然后涉过圣弗兰峡谷到达那里，不过距离有 55 英里。查默斯自信可以带我越山而过，据他推测，路程将缩短为 20 英里。我们昨天中午离开，我抱着强烈的期望，希望自己不必再回到这里。星期二，一整天查默斯太太都在准备她所谓的"干粮"，加上"一大堆睡垫"，打算驮负在一匹骡子的背上。可是当我们出发的时候，我很不高兴地发现查默斯骑在本应驮物的骡子身上，而两块拼花的厚棉布"毯子"则垫在我的马鞍下，马鞍于是加宽也变高了，而且极不舒服。任何人若看到我们如此破天荒、可笑地出发探险，必定会笑破肚皮。给我的是一匹很老的铁灰色马，它的下唇衰弱地垮下，露出剩下的几颗牙，

---

[1] 格雷峰与派克斯峰各自拥有不少拥戴者，但在拜访过所有的美丽地方后，在我的记忆里，群山中就属朗斯峰最为雄伟壮丽。——原注

前蹄僵直地前伸，两只快瞎的眼睛不断流出眼屎。把它带到牧草丰盛的地方实在是件仁慈的事。我座下的马鞍是个老麦克莱伦骑兵式马鞍，有个用坏了的铜头，缰绳一边是烂皮带，一边是绳子。拼花棉毯盖在这匹老马身上，从鬃毛一直到尾巴。查默斯太太穿着一条旧印花布裙，外加旧短衫、印花围裙，以及一顶遮阳帽，帽带一直垂到腰部，看起来跟往常一样干净、愁苦。她的马鞍内角钩断了，外侧的一个角钩挂着一口锅子及一包衣服。我们出发时，她的马肚带已经快断掉了。

我的行李包加上那把旧伞，放在马鞍后面。因为太阳实在太灼人，我穿了那套夏威夷骑装，还在脸上绑了一块手帕，并把伞上的遮阳布折叠后绑在帽子上。一行人里面，最古怪的是那位未来的向导。独眼，憔悴消瘦的体形，加上褴褛的服装，看起来更像是游手好闲的拾荒者，而不是诚实认真的拓荒人。他像只是跨坐在那匹瘦骡子身上，而不是骑着它。骡子的尾巴被剪得只剩下尖端的一小撮毛。两只破了口的面粉袋绑在马鞍后，两条拼花棉毯垫在马鞍下，我的帆布包、一个旧水罐、一口炒锅、两条绳索都挂在角钩上。他的一只脚穿着旧高筒靴，裤管塞在里面，另一只脚则穿着破粗靴，脚趾都露在外面。

我们向上爬了四个小时，穿过一条通往这美丽"公园"的山涧。走了不少路，才看到突然展开在眼前的景色。这浩瀚的山岳大得像星空，令人无法想象。从这里看，我想至少有250英里宽，而且中间几乎没有间断，像是从北极圈一直延伸到麦哲伦

《科罗拉多的朗斯峰》

1874年，威廉·亨利·霍姆斯 绘

史密森尼美国艺术博物馆

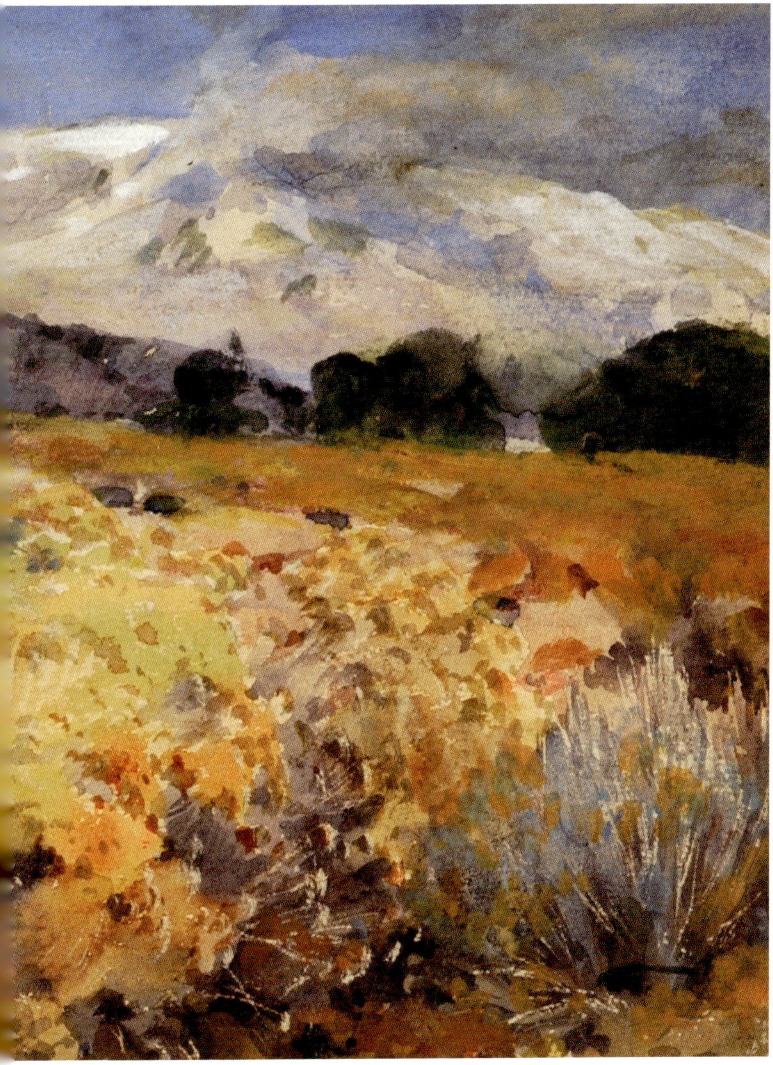

海峡。在极短的距离内，从朗斯峰的顶端开始，就能看见22座超过12 000英尺的高峰，而美洲大陆的分水岭，白雪覆盖的雪岭，可以清楚看见它们蜿蜒穿梭在荒野的群山之中。河流由此开始，分别注入两大洋。从我们离开峡谷穿越第一座山后，便可以看到一座接一座被深谷割断的独特山岳景观，椭圆形的山谷中长满了丰盛的青草。目力所及，每一片坡地都款摆着肥美的草浪，等待大镰刀的收割，但这都是野生动物的粮食。这些山脉都长满了浓密的刚松，下行到草坡时，坡上的松树仿佛是经过园艺匠刻意安排过似的。远处，经由峡谷的开口，我们可以看见海洋般的草原；经由另一方向的开口，远处是雪岭闪闪发光的外缘。可是在我们抵达此地之前，景色却十分单调，不过整体而言颇为壮观：放眼望去不是灰绿就是黄绿，中间穿插了一些颜色鲜艳的大岩石，仅有松树的墨绿画龙点睛地给了一点变化。这种松，不像内华达山脉庄严的锥形松树，反而比较像天然生长的欧洲赤松。离我们几英里外是北公园，听说那个区域有藏量丰富的金矿，可是到那儿去发财的人，鲜有回来的。那里是印第安人部落的集聚地，他们对白人以及部落彼此之间，都有很深的敌意。

在这高处，最带有人工特征的东西是一座粗陋的木搭营地，冬天时会有猎羚羊的人入住，现在则空无一人。查默斯毫不犹豫地取下锁。我们生起了火，煮了些茶，煎些咸肉，饱餐一顿后，继续上马朝埃斯蒂斯公园进发。为了找到必须涉过的大汤普森河，我们疲惫地走了四个小时，寻找各处低洼的地方。搜寻让人

第五封信

越来越不耐烦,然而闪着紫光的朗斯峰仍然像个标志物般立在我们面前;它的脚下仍然是一片深蓝,我知道埃斯蒂斯公园就躺在那里了。然而在到达公园之前,横阻在我们之间的遥远无聊的路途,一点也没比之前短少。太阳日渐西斜,阴影拉得更长了,而原来自信傲慢、嘴巴动个不停的查默斯也更加昏乱了。他妻子的声音越来越尖细,更叫人受不了,我原本步履蹒跚的马也更不稳,但我的决心却更为坚定(就像此刻的我一样),无论如何,我都要抵达那片深蓝的地方,甚至站到那有闪亮白雪的朗斯峰之上。事情变得越来越严重,查默斯的无能带来了危机。他前去勘察回来之后,神态更加傲慢,他说他知道一切都不会有问题,他找到了一条小径,在天黑以前我们可以渡过河,然后扎营。于是他带领我们走进一条深陡崎岖的山间小径,我们必须下马行走,因为到处都是横倒的大树,光秃的岩石上几乎没有落脚的地方。老旧的路径尚依稀可辨,地上残枝败叶都被踩得细碎。啊!这真是片蛮荒大地。我的马最先摔倒,滚了两转,弄断了马鞍。在它第二次翻转时,把我摔到三英尺下的斜坡上。跟着查默斯太太的马和那匹骡子也摔成一团,爬起来时,它们彼此咬伤对方。山涧变成了深谷,那是可怕的湍流干涸后的河床。河床上满布层层的大岩石,两边也悬着大石头,还有横倒的大树,雪松的针叶及仙人掌的尖刺扎伤了脚,另外还有一个500英尺深的悬崖!这条小径事实上是熊觅食野樱桃时所踩出来的路径,这一带有很多野樱桃!

当挣扎着爬上这个我们精疲力竭才走下来的深谷时，天色已近黄昏。马儿又摔了几次，虽然我尽力帮忙，却几乎无法使它重新站立起来。我也已经遍体鳞伤。有根仙人掌的刺扎进了我的脚，颈后也被不知名的东西割伤。可怜的查默斯太太也撞得浑身是伤，我真同情她，因为她不像我，旅行对她毫无乐趣可言。这趟爬得真是辛苦。当我们爬出深谷后，查默斯已完全糊涂了，他走错了方向，在兜了一个小时之后，由于我的坚定主张，才找回正确的路。对于他无能的吹嘘，说是闭了眼睛都能把我们带到埃斯蒂斯公园，我原可以很生气，可是我觉得他也很可怜，所以也就没说什么。为了迁就我疲惫的马，我还得蜿蜒绕道而行。天黑时，我们终于到达了峡谷的开口，天开始飘起雪花，风也变得强劲，虽然营地又黑又冷，却也大受欢迎。我们没有食物，但生了火。我躺在干草上，把马鞍翻过来当枕头，睡得很熟，直到刺骨的寒意及浑身的疼痛弄醒了我。查默斯答应我们早上6点钟重新出发，于是我5点就叫醒他，而现在8点半了，却还只有我一个人！我跟他讲了好几次，叮嘱他把马绑在树桩上，否则它们就会跑掉。"哦，"他总是说，"它们没问题的。"事实上是他没有尖桩。现在，马儿高高兴兴地往回家的路上跑去。两小时前，我看到它们在两英里外，而查默斯在后面追。他的妻子一边追着他，一边怒吼道："他是我见过最笨、最不负责、最一无是处的人。"听了这话，我想了想，觉得他本意还是好的。这里有一口像井一样的东西，可是我们用完下午茶，并喂马喝水后，就把它汲干了，从昨天开始我们没有喝过任何东西。至于水壶，一开始就没有盖子，骡子摔倒时里面的水就全洒光了。我生起一堆烈火，但是干渴及不耐烦叫人难以忍受，而原本可以防止的意外弄到如今这地步，更令人感到厌烦。我找到一个熊的胃，里面全是樱桃核，花了一个小时才把它们捡干净。啊！你瞧，9点半了，我才看到那个挨骂的人和他妻子领着马儿走回来！

下峡谷，9月21日

我们一直没能到达埃斯蒂斯公园。根本没有什么小径，也从来没有马儿走过。我们10点钟由营地出发，花了四个钟头找通道。查默斯又是一个深谷一个深谷地探寻，每次失败之后，他的自信就减弱一些。有时候该往西走，他却朝东行，总是碰到悬崖之类不可能通过的障碍。最后他单枪匹马前去搜寻，很高兴地回来说找到了通道。很快我们走上了明显的小径，是猎人拖着动物尸体留下来的痕迹。我跟他说，我们该朝西南方前进，现在却是往东北走，而且我们在上坡，而不是下坡，可是他不听。"喔，没问题的，我们马上就会碰到水了。"他总是这么回答。有两个小时的时间，我们穿过浓密的白杨林，空气越来越冷，小径也越来越不明显，渐渐失去了踪迹。接着是一个开口，可以看见不远处暴雨峰的顶端，离我们并不远，只不过在11 000英尺的高处。

《夜晚,印第安人的营地》
1876—1877,阿尔伯特·比兹塔特 绘
惠特尼美术馆

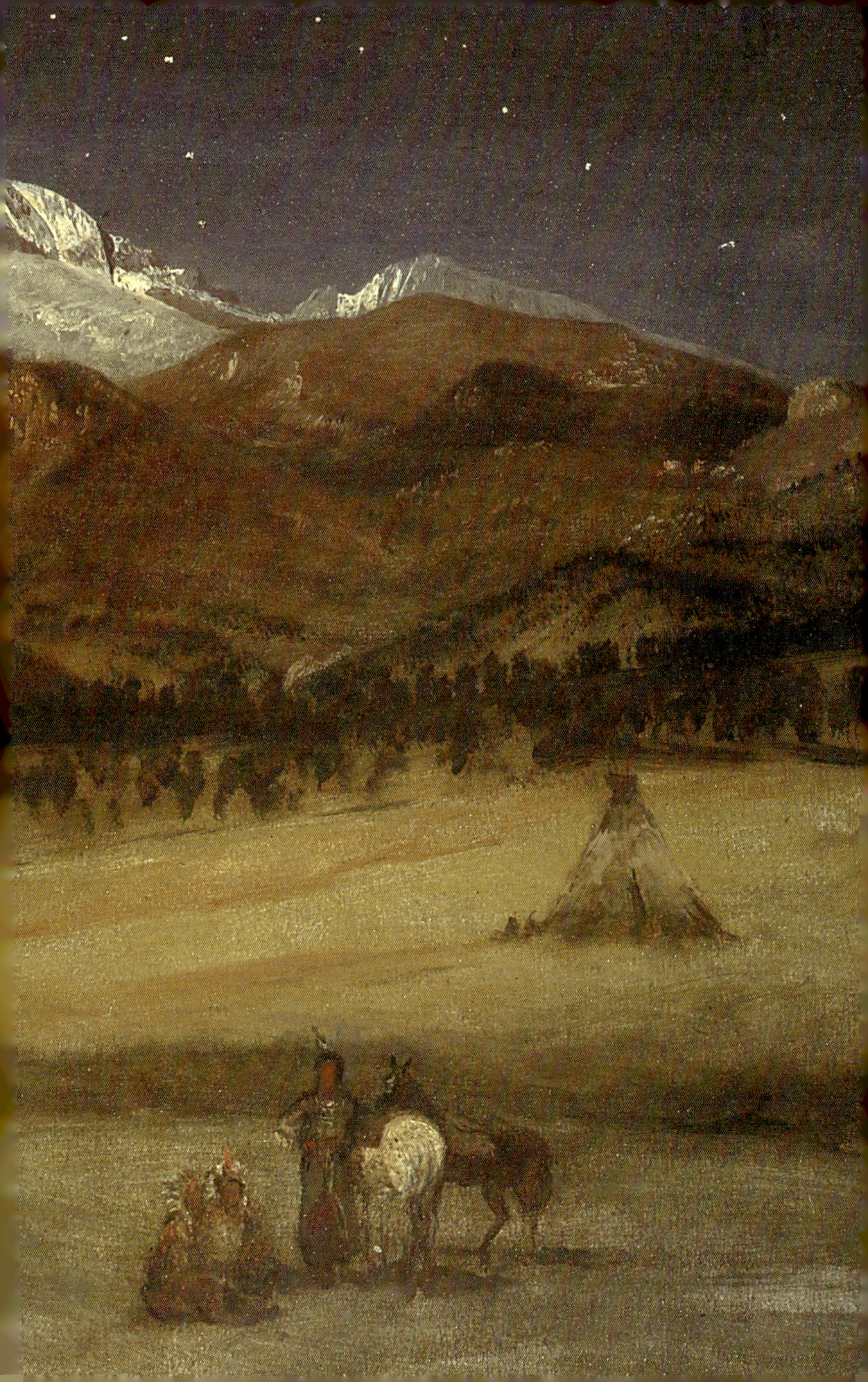

我实在忍不住了,大笑起来。他故意转身背向埃斯蒂斯公园。后来他承认迷路了,找不到回去的路。他的妻子坐下来大哭。我们吃了一些干面包,然后我说我有丰富的旅行经验,由我来领队。大伙同意之后,我们开始漫长的下坡路。没过多久,他的妻子摔下马来,因为害怕与懊恼,再次大哭起来。不一会儿骡子的肚带也断了,缺少了肚带,马鞍滑过骡子的头掉了下来,面粉都撒了。接着那妇人的马肚带也断了,她也滑过马头掉了下来。然后那男人开始无助地乱走,一直嘲骂英国,而我则绑紧马鞍,带路回到公园的一个出口。我们生起火,吃了些面包与咸肉,然后花了将近两小时找水,结果找到一池泥潭,可以清楚地判断出这里曾被上百只马鹿、熊、山猫、鹿和其他野兽的蹄爪践踏过,里面只剩几加仑[1]的水,而且浓得像豌豆汤。我们就用这水喂了动物,并煮了一些浓茶。

当我们启程赶四小时的路回家时,太阳正闪着金光落下,空气更冷了,这使我们碰撞擦伤的四肢更加疼痛。我很同情查默斯太太,她摔了好几次,但很有耐心地忍着痛,而且好心地跟丈夫说了好几次:"我对这个女人感到抱歉。"我受不了马儿上下颠簸,而且四肢也冻得僵硬,最后的一两个小时我是步行的;至于查默斯,似乎为了掩盖他的失败,他不断地大声说话,责骂所有其他宗教的信徒,以最粗鲁的美国方式嘲骂英国。毕竟,他们都

---

[1] 1加仑(美)约为3.79升。

不是坏人；虽然他失败得可笑，但那是因为他能力不足，他已尽了最大的努力。破木屋中的火此时真令人感到欢愉，我让它整夜都燃烧着，一边由破屋顶的洞口观望星星，一边想着朗斯峰的壮丽独特，并且决定，不论遇到什么困难，我一定会到达埃斯蒂斯公园。

伊莎贝拉·伯德

LETTER VI.

第六封信

我刚刚不期然地进入了我梦寐以求的地方,
不过它的每一处都超乎我的梦想。

下峡谷，9月25日

这是另一个世界，我一踏入此地就有这种感觉。查默斯以合理的价钱卖给我一匹布朗科马，它是一匹不太健壮、年纪又小的坏东西，我试着骑它到这里来，正当要离去时，它却因受惊而开始跳踢起来。我用脚碰它时，这匹小母马居然跃过一堆木材，弄断了肚带。旁观的人告诉我，当它跃起之际，我便顺由它的尾部，高高地摔在硬石子地上，掉下来的时候膝盖又被这坏东西踢个正着。他们不敢相信，我居然没有摔断骨头。我的左臂像摔烂的果冻，不过用冷水敷过后，很快就好了；后背的一个伤口流了很多血。失血，加上身上的伤，以及受到惊吓，使我感到衰弱，不过情况不容我小题大做，而且我真的认为骑装上的破口才是这场意外最严重的后果。

这里的环境使人愉悦。靠近清澈急流的山谷中有一座木屋，木屋顶的房间建有瑞士式陡斜雕花的屋脊。这条湍流源自较高的一处无法抵达的壮丽深壑。山谷的一面是大块的斑岩悬崖，岩色红得像最红的新砖，尤其是日落时分，更被照成耀眼的朱红。由近处山脉的间隙中，可以看到松柏覆盖的尖顶，光线渐暗时，便会经历所有深浅不一的紫色。每个傍晚，天与地组合成绝妙的仙境。如许浓郁又轻柔的酒红与深紫；天可以是橘黄、深绿与朱红；云则渲染成猩红与翠绿。空气干燥清纯，夕照把天地幻化成一片迷离仙境！以颜色而论，落基山脉是我见过最美的景色。空气虽然寒冷，但过去几天阳光却是明亮炽热。

我的东道主的故事十分不幸，它说明了谁不该来科罗拉多。[1] 他和妻子两人都还未满 35 岁。休斯医生是伦敦一家大诊所的医生的儿子，受过很好的教育，学问渊博，成就非凡，原本在英国第二大城与人合开诊所，可是他出现肺病的征兆。在不当的时机，他听说科罗拉多"有无可匹敌的良好环境，以及无穷尽的资源"之类的话，受到这些物质条件的吸引，而他又能根据自己先进的社会理论创建或改造社会，于是他们成了移民。休斯太太是我见过最迷人、最有教养的可爱女人，他们是理想的一对。在任何社会，他们都会十分出众，可是他们两人一点都没有理家或耕

---

[1] 故事现在已经结束了。在我造访后的几个月，休斯太太在生产几天后去世，葬在荒凉的山坡上，留给丈夫五个不满 6 岁的孩子。而休斯医生现在是阳光灿烂的太平洋群岛上一名成功的医生，娶了热爱他的瑞士朋友作为他第二任妻子。——原注

种的知识。休斯医生不知道如何替马上鞍,也不会驾马车。休斯太太煮蛋时不知道该把蛋放在冷水还是热水里!他们来到朗蒙特,买下这块土地,只是因为景色宜人,而不是为了实质的考虑。他们不论购买什么——土地、物品、牛——全都吃了亏,上了当。对那些不诚实的垦荒者而言,这么做并没有什么不对。因此虽然他们"起早贪黑、开源节流",日子仍然过得很艰辛,没有一件事是顺利的。一个热爱他们夫妻的瑞士女孩跟他们一样辛勤地工作。他们有一匹马,没有篷车,还有几只鸡、几头牛,但没有"雇工"。这是我见过的受过教育的人最艰苦又最不成功的挣扎。他们得学习所有的事情,付出的代价是金钱的损失与生活的困苦。然而,他们居然学到了那么多,着实令我惊奇。休斯医生与两位女士在毫无外援的情况下,搭建了楼上的房间及屋子加盖的部分。他自己开垦了田地,也学会了难度系数很高的挤牛奶。休斯太太自己缝制一家六口遮身保暖的衣服,傍晚时分,在一天的劳累工作之后,她又忙着缝缝补补。每一天都是漫长的折磨,没有休息、享受,也没有与有教养的人社交的乐趣。偶尔"正巧"到来的访客,全是有钱拓荒者的小气老婆,她们充满了主妇的骄傲,唯一的目的就是贬低休斯太太。我希望她能对刚出生的小牛、南瓜的丰收、牛油的供给量及价钱真正感兴趣,虽然她学会了做很美味的牛油与面包,但这些都不是她真正的兴趣所在。孩子们都很讨喜。小男孩们文静有礼,像是小绅士,言语行动处处显示对父母的关爱。屋里听不见一句粗话。可是这些幼小的孩子已受到困苦生活环境的影响,事事都为母亲着想:一旦牛油存货低,就不用牛油;帮忙搬对他们而言过重的木头与水;急切地观察冬天的气候与谷物的收成。然而,他们仍保有孩童的纯真及幼稚。

在西部最令人痛苦的是磨灭了的童年。我从没见过一个真正的儿童,他们都是小大人,有着贪婪自私的恶习,10岁就完全脱离父母独立。他们成长的环境教会他们的是贪婪、邪恶,使他们没有信仰,还经常做出渎神的举动。这样的结果,导致任何甜美的事物在这里都像是沙漠中的花朵。

除了不管在哪里都能把生活带至理想境界的爱以外,休斯医生一家的生活是困苦的。可怜的农作物一次又一次地被蝗虫摧毁,这里所谓的聪明人在所有买卖上都占休斯医生的便宜,使他除了孩子们的食物之外,几乎一无所有。经验是由各处得来的,这个失败的例子,对一个没有农事经验的专业人员是很有效的警告——不要到科罗拉多来以农事维生。

这个有趣的家庭让我感到遗憾与焦虑,但我在这里的时光是愉快的。如果不是因为他们把草垫让给我当床,让休斯太太和她羸弱的婴儿睡在我房间的地上,休斯医生睡在楼下的地上,我还会再待久一点——夜晚已经降霜,十分寒冷。工作是他们白天必行的任务,我也一样。晚上,当孩子们睡了以后,我们三个女人就忙着补衣服、做衬衫,休斯医生则诵念丁尼生的诗,或者我们会轻声谈论有教养的世界及高贵的事情,言语间这里似乎成了

第六封信

"极遥远的地方"。有时休斯太太会放下手边的活,念几分钟我以前很少听过又令人喜爱的散文或诗句,她的语调优美而富有感染力,很快就能表达作者字里行间蕴含的意义,她温柔会说话的双眼因感情与悲怜而湿润。这就是我们平静的时刻:忘了明天的生活所需;忘了人们依旧做着欺骗的买卖,依旧急切地淘金;忘了我们身在落基山脉;忘了时间已近午夜。然而,炎热又疲惫的早晨来临,永远做不完的工作令人窒息,休斯医生会因为头晕目眩而从田地里回来两三趟,他们会彼此安慰,这让我觉得科罗拉多的拓荒者应该更强壮、更能适应环境才行。

今天对我而言是愉快的一天,虽然从早上9点到现在我才第一次坐下来,而现在已是下午5点钟。我安排那名认真工作的瑞士女孩,带两个孩子搭邻人的篷车到附近的另一处垦荒区待上一整天,并将休斯医生及太太送上楼,让他们一整个下午都用来睡觉和休息,而我则独揽起一天的工作,清理洒扫一番。我自己有一大堆清洗的工作要做,是因为上礼拜我手臂受伤堆积起来的,不过用螺丝固定在盆子一边的绞衣机帮了不少忙。我把衣服叠好再通过绞衣机,这样就不会绞皱,也不用熨烫了。在烘好面包、彻底清洗了牛油桶及搅拌器之后,我开始清理锅罐。由于锅罐十分油腻,清洗起来相当困难。正刷刷洗洗了一半,一个人进来问路,何处可让他及他的牛群涉水过河,我指路给他看时,他同情地看着我说:"你是新雇的女仆吗?老天,你的个子真小!"

昨天我们留了 300 磅[1]的番茄供冬天食用，另外还有两吨的南瓜可用作牛的饲料，其中有两个南瓜重达 140 磅。我收割了将近四分之一英亩的玉米，不过产量并不好，谷包里很多都是空的。我宁可操持农务，而不喜欢清洗油腻的锅盘或洗衣服，更不喜欢缝补或写作。

这里不是世外桃源。"机诈"包括用各种方法欺骗邻居，只要没有不合法，此地比比皆是这样的骗棍，他们崇拜的是财神爷。我们这一代被教以礼敬单一的神，而他们却崇拜另一个，实在叫人无可奈何。像在这种教会规条鞭长莫及的地区，人们有三种办法打发星期天：一种是访友、打猎、钓鱼；另一种则是睡觉，严守不做事的戒条；第三种，是继续日常的工作，因此可以看到有人仍在收割粮食、砍伐并拖运木材。上一个星期天，有人来此装修一扇门，他说他既不信《圣经》，也不信神，他可不愿为了古老的陋规，牺牲他孩子的面包。他们不重视高高在上的法律戒条——"报应、慈悲与信仰"。可是大部分的垦荒者都颇为靠谱，很少有凶残不道德之士，勤勉是生活的准则。生命财产在此远比在英格兰或苏格兰安全，尊敬妇女的一般律法更是被执行得相当彻底。

现在的日子白天阳光普照，夜晚却严寒。人们已开始准备过冬。东部来的旅客都停留在丹佛市，勘察队也从山上下来了。高山上已开始下雪，我前往埃斯蒂斯公园的希望也降到了零点。

---

[1] 1 磅约为 0.45 千克。

第六封信

朗蒙特，9月25日

昨天一切都很完美。阳光普照，空气清冷，令人神清气爽。我感觉好多了，在一天辛劳的工作过后，傍晚与朋友在美丽的夕阳下散了一会儿步。晚上上床时，心情十分愉快，希望这里的环境对我的健康会有助力。今天早上起来，浑身疲倦，外出时，一反昨天的清朗，天气是令人窒息的炙热，只有火热（不是明朗）的骄阳、令人焦躁的热风。我感到神经痛、双眼红肿、极度的疲倦袭来，我那水土已服的屋主也有同样的症状。清澈明朗的空气，昨天美丽的色彩，都消失了。我们借了一辆篷车，可是休斯医生强壮但慵懒的马，再加上一个体弱的雇工，使这趟旅程糟透了。虽然从这里到山下的草原只有22英里路，我们倦懒的马，加上迷了三次路，让我们在炙阳下足足忍受了八个半钟头。在草原上，我每次认路都认错，休斯医生也好不到哪里去。我们走错了路，车子缠上了围栏，陷在了灌溉水渠的淤泥里，弄得我们意气消沉。在骄阳下坐在草料堆上，实在不舒服。半路上，我们停在一条现在只剩几个泥窟的河边，我在遮阴不佳的白杨树下睡着了，梦到了在尘沙满布、热风席卷、酷阳照射的草原上痛苦地颠簸。一整天，我们没有看见任何人或是野兽。

这里是"芝加哥殖民区"，听说在一开始的土地欺诈之后，正趋向繁荣。它与科林斯堡一样不讨人喜欢。我们首先看到的是土色的木壳屋，零星地散落在黄土平原上，每栋房子都连着一块小麦或大麦地，所结的谷物若非是天上雨水的产物，便是"二号灌溉渠"溢出的泥水造成的结果。随后是一条许多篷车走出的马路，轧硬后延伸出来的街道，两旁有几间小店及一些耀眼的木屋。其中，一座最白、最耀眼且与其他房子一样没有门廊的两层楼房是"圣弗兰旅店"，名字取自圣弗兰河，灌溉沟渠源自此河，朗蒙特也赖以存在。每样东西都在西斜的阳光下沸腾，毫无遮阴的木屋也被暴晒了一整天。屋里的热气比外面更令人不舒服，而且所有东西上都布满了黑苍蝇，包括人脸。我们全坐在我的房间里与黑苍蝇战斗，因为我的房间比别处凉快，直到约10英里外的落基山脉的美丽落日使我们不得不外出去欣赏。接下来是西部式的晚餐，没有桌布，所有"彼此没有关系的"朗蒙特人都进来安静而迅速地吃饭。有茶喝真是一大享受，我已经有两星期没有尝过茶的滋味了。房东是个和气可亲的人。我告诉他我的计划何以没能实现，以及我是如何不情愿在没有看到埃斯蒂斯公园的情况下，明天经丹佛前往纽约。他说仍有可能今晚会有人来打算上山。不一会儿他又到我房间来问我能做什么——我怕冷吗？能"吃苦"吗？能"骑马跑"吗？他说："埃斯蒂斯公园一带是科罗拉多景色最美的地方，如果你不去一趟，实在很可惜。"我们刚要坐下来喝茶，他又进来说："这次你运气好，刚刚来了两个人，他们明早要上山。"我真是太高兴了，于是租了三天的马。不过我不敢抱太大的希望，因为我被热气熏得几乎要病了，而且上次的摔伤还没有痊愈，从那以后我还没有骑过马，25英里半的路途可不算短。同时我又怕住处会跟查默斯那里一样糟，没有独处的可能。天黑之后，我们外出散步，同时呼吸一下稍稍流动的空气。

埃斯蒂斯公园！！！9月28日

我真希望能把这三个惊叹号代替信寄给你。它们代表了所有的惊喜、愉悦、伟大、快乐、健康、享受、新奇、自由等等。我刚刚不期然地进入了我梦寐以求的地方，不过它的每一处都超乎我的梦想。每一口吸进的空气都是新鲜的。我已经感觉好多了，早上7点爬起来吃早饭已毫无困难。一切都很舒适——是我喜欢的那种方式。我自己一个人拥有一幢用六根柱子架起来的小木屋，屋下有一个臭鼬穴，附近有一座小湖。每晚都降霜，白天也凉得要生起熊熊的炉火。牧场的主人，半猎半牧，夫妻俩性情都很温和诚恳，是兰贝里斯来的威尔士人，他们笑起来有那种英国式的豪爽愉快，连最小的孩子都有歌唱的才能，他们坦诚好客，粗陋的大火炉中堆满了刚松木块。自我来到后，每晚都有新鲜肉食、每日烘焙的美味面包、可口的马铃薯、茶及咖啡，还有供应不乏、如奶酪般的鲜美牛奶。我有一张铺了六条毯子的清洁干草床，既无虫蚁，也无苍蝇。我们抬头仰望，四周都是我前所未见的美景。大部分人都建议我去科罗拉多泉，只有一个人提到朗蒙

《从埃斯蒂斯公园遥望朗斯峰》

1915年,查尔斯·帕特里奇·亚当斯 绘

私人收藏

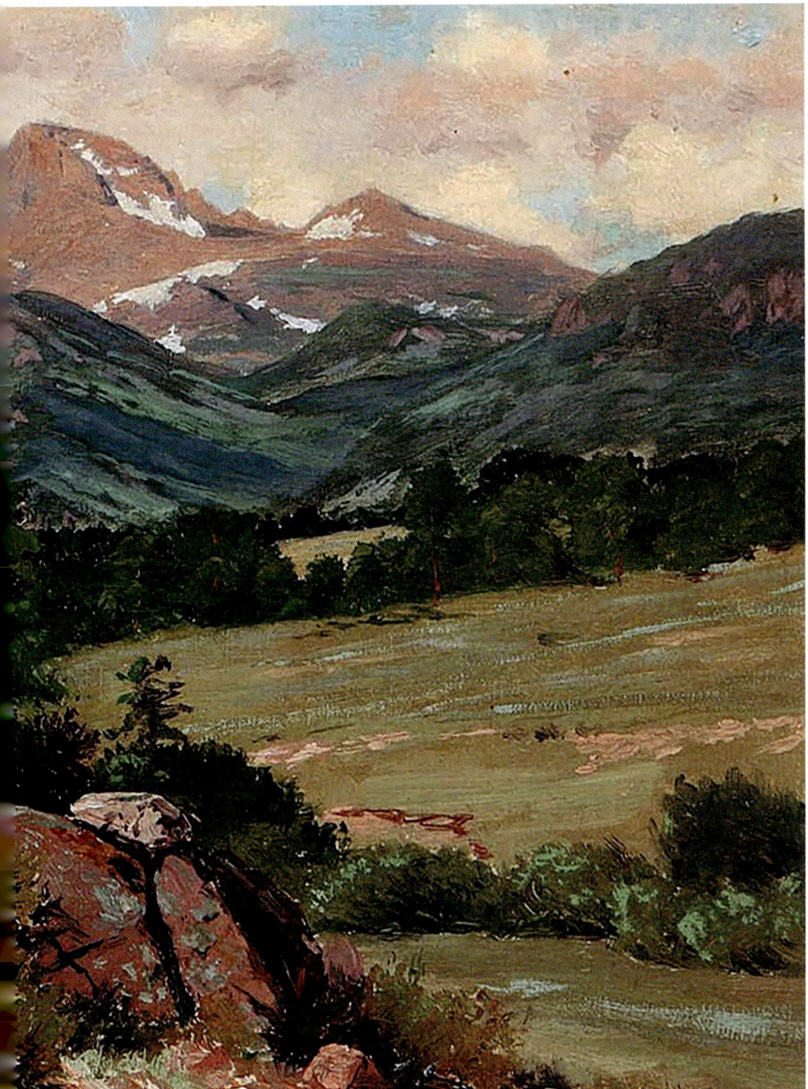

特这个地方。在我来到朗蒙特之前，我从没遇见过这里的人，但是仅看它坐落的位置，就知道这地方绝对美极了。可是，人们说这里出入困难，而且季节已过。在旅行时，必须理性分析人们所说的话，这些话都会根据当事人的能力或说话的对象被着色，只有尽可能在各方面更合理地探寻后，继续坚持下去，不动声色地默默执行你预定的计划。这里完美极了，具备了所有利于健康的条件，还有足够的马，以及供马奔驰的草地。

经过 10 小时骑马跋涉，实在不容易坐下来写封信，尤其是在挤满人的屋内，而且全身的疲劳使我的信平淡乏味，无法显得兴致盎然。由于窒闷的酷热，我在朗蒙特一夜未眠，起身时既紧张又烦躁，几乎打消来此的念头。可是平原上的日出，落基山脉美妙的朝红，以及反映在东方天空的美丽色彩，又把我的精神提振了起来。房东弄来了一匹马，可是不能保证它会安驯。在峡谷的那次坠马把我弄怕了，真希望《格里利论坛报》没有喧嚷我的骑术，这项声誉一直追随我到这里。他说，要当我向导的那名年轻人"看起来很天真"，我还没体会出这句话是否正确。当那匹马 8 点半出现在街上时，我惊慌地发现那是一匹出身马厩的漂亮纯种马，鼻子、眼睛、耳朵都不停抖动。我的行李就像在夏威夷一样，绑在墨西哥马鞍后面，帆布袋则挂在角钩上，可是这匹马看起来不像是能"提供服务"的样子，而且还得仰赖两个人使劲抓住又哄又劝。附近总有些闲晃的人，让我有点不好意思穿着我的旧夏威夷骑装上马出去，休斯医生及休斯太太向我保证，我看起来"十分不惹人注意"。我们终于在9点钟离开,房东不停地说着:"啊!你真是个女英雄!"

万里无云,天空一片深亮的蔚蓝,阳光虽然炙热,但空气新鲜清爽。这趟骑行所带来的得意与愉悦,足以媲美夏威夷的哈纳莱及冒纳凯阿火山之旅。我立刻感觉神清气爽,马的步调与脾气也好极了——强健有力,富有弹性,步履轻盈快捷,只要一拉颈部的缰绳,它就会优雅地轻轻跳动。真是个快乐讨喜的家伙,与它在山中逗留一天实在是一种享受。它真是温柔,我跨下马步行时,它无须牵引就会自行跟来,也不介意我从哪一边上马。它除了动作迷人,还有着与夏威夷马相同的如猫般稳定的步伐,不论是在河床崎岖的急流中涉水,在乱石残枝间跑动,还是下陡坡,它都步伐稳健。骑着它行百英里路,就像走25英里般轻松如意。我们才相处两天,就已经成为亲密的友伴,而且彼此了解甚深。在长途的山旅中,我可以不需要另找同伴。这匹马儿的所有表现,都是因为自小在没有棍棒、鞭子或芒刺的环境中成长,仅仅是靠声音训练、受人善待的结果。令人高兴的是,西部大部分的马都是在这种情形下长大的。因此,除了布朗科马之外,这些马儿都以智慧为人们提供服务,就像是朋友,而不是机器般呆板地工作。

我不仅心情为之轻松愉快,也因为它愉快的步调而感到兴奋。太阳在我们后面,一股清凉涌动的空气由前面壮丽的山上倾泻而下。我们在草原上快走了六英里,来到了美丽的圣弗兰峡谷，在它的开口处，有一带狭长多林木的谷地，一条我们多次穿涉的明亮急流穿梭其中，蜿蜒曲折不知尽头。噢，那闪耀阳光下舞动的水波，那似吟似唱的潺潺水声，多么像夏威夷迎风的小溪啊！虽然那个看起来很"天真"的年轻人来过此地，我们却一次又一次迷路。事实上，真需要一点天赋才可能记住并熟悉这些错综复杂的羊肠小道，不过在紧要关头总有割草的垦荒者出现，把我们带回正路。在看过枯黄的平原之后，感觉这里真美，而且变幻无穷。白杨树是翠绿的，杨柳颤动着金光，野葡萄藤拖着柠檬黄的枝叶在地面攀爬，五叶地锦深红色的小枝条点缀其间，把绿与金衬托得更加耀目。在彩色缤纷的树荫枝叶间，我们不知不觉地穿过了凉爽的圣弗兰，然后沿着它的边缘、高耸的悬崖前行，在光彩夺目的岩石间穿梭。这些岩石罩着、缀着、洒着各色的洋红、朱红、银绿，以及任何艺术家都表现不出来的蓝、黄、橘、紫、暗红等色彩，我根本无法以这支秃笔加以形容。在这之前，闪耀在绿影之上的美妙的朗斯峰，突然不见了，20英里之内找不到它的踪迹。我们进入了一个爬升的谷地。这里，刚松的蓝色浓荫使岩石的彩色更加华丽，然后我们走上一条朝西北方向的小径，把柔美的世界以及带有任何人工意味的东西都抛在身后，踏入了落基山脉。

我引领胯下马儿上升到美妙的高处：变幻莫测的景象持续出现，带来不断的惊喜，每踏出一英里，空气就更加凛冽清纯，遗世独立的感觉也更加奇妙。在岩石与松柏间急速上升到9 000英尺高处，我们来到一条穿过石墙的七尺宽的通道，然后陡然下降2 000英尺，又再拔高。我不禁回头一瞥，从没见过如此怪异的景色。我们通过的是一条刀锋般的山脊，完全由像红砖似的鲜红大岩石天然堆砌成，有些岩石大如爱丁堡的皇家学会，由泰坦神一块又一块地层层堆叠起来。刚松由岩石的裂隙间伸出，但没有泥土的痕迹。这之后是一道又一道的岩墙，一层又一层更高的山脊，直冲蔚蓝的天空。大山脊过去15英里有余，出现了一些幽暗狭窄的林荫小径，我们必须走在小溪挖空的河床上。硕大的金字塔形的岩石底部周围镶着松树，直指长空，穿入美丽的高地"公园"。一堆堆猩红色的毒漆树，如此美丽地被大自然安排在其间，让我以为自己走进了一座大庄园，不过一整个下午，这一切都属于头戴羽冠的冠蓝鸦以及花栗鼠。清晨，花鹿、巨角羊及庄重的马鹿会来这里觅食；而那边，夜晚时分，则是咆哮潜行的落基山狮、大灰熊及虚伪野狼的天下。这里有很深的山涧，松树靛蓝色的幽光使它们看起来格外阴暗，山脉的尖峰闪烁着雪光，景色由可爱到令人昏乱，由壮大到令人生畏，还有小溪及浅水潭，以及阴森的树荫。山外还是山，浓密的松林中，成片的杨柳闪烁着金光。山谷中，黄色的白杨与猩红的毒漆树纠缠不清，如此美景，一幕接一幕，直到这条偶尔会失去踪迹的漫长林荫小径变成清晰的小路，我们便踏进了一条松树包围、绿草如茵的宽广长谷。

一匹貌美、跛行的牡马正在吃草，一条长毛的柯利牧羊犬对着我们直吠，小径不远处的矮树丛间，露出一幢简陋的小木屋，残陋得不知能否遮蔽风雨，屋顶及窗户都冒着烟。我们走上通向此屋的岔道，不管这是不是出了名的无赖汉或亡命徒的家或窝。我的一个同伴数小时前失去了踪影，另一个则是城市长大的年轻人。我急欲找一个爱山的人说说话。我叫这屋棚为"窝"——它看起来像是野兽的窝。那条大狗趴在门外，露出警戒的神色，不断咆哮。泥屋顶上盖满了晾晒的猞猁、河狸及其他动物的毛皮。河狸的爪子被钉在木条上，一只鹿的残骸挂在木屋的一端，一只剥了皮的河狸放在门内一堆毛皮上面，鹿角、旧马蹄以及许多动物内脏等废弃物散落在小屋各处。被狗的狂吠唤起，主人走了出来，是一个宽阔结实的人，中等身材，头戴一顶旧帽子，穿着破烂的旧猎装（事实上几乎已破成碎片），腰缠掘食族围巾，皮带上插了一把刀，"一个亲密的伙伴"——一把左轮手枪——从他外衣前襟的口袋中露出。他显得瘦小的赤脚穿着一双马皮制的破拖鞋。令人惊异的是，真不知他是如何把衣服挂在身上的，腰间的那条围巾必定有所作用。他的相貌引人注目，年约45岁，十分英俊。他原有一对蓝灰色的大眼睛，脸部轮廓很深，浓眉，英挺的鹰钩鼻，以及十分漂亮的嘴。除了一撮小胡子和下唇下方的皇帝须之外，脸刮得很干净。没有梳理的茶黄色薄细卷发垂在猎帽下的衣领上。但他失去了一只大眼睛，使他半边脸看起来很可怕，另半边脸却英挺如大理石像。"亡命徒"的字样大大写满了他全身。我几乎有点后悔要与他相识。他的第一反应是要骂狗，只是一见是位女士，立即克制住，踢了狗一脚，然后迎上前来，对我提了提帽子,露出了英俊的眉眼,很礼貌地问我有什么他可以帮忙的。我要了一些水,他用一只打坏的水罐装来给我,一边客气地道歉没有更好的容器。于是我们开始交谈,他说话时我完全忘了他的名声和容貌,因为他的态度像个侠义的君子,声调优美,词语流利文雅。我询问了一下正在晾干的河狸爪子,片刻之后它们已挂在我马鞍的角钩上。至于这个区域的野兽,他告诉我,他失去的眼睛就是最近遭遇的一头大灰熊造成的。灰熊扑向他之后,把他抓咬得遍体鳞伤,弄断了他的手臂,抓出了他的眼珠,想置他于死地。我们离去时,太阳正要下山,他礼貌地说:"你不是美国人,我从你的口音知道你是我的女性同胞。希望你能允许我有幸与你交往。"[1]此地的人们称他为"落基山的吉姆",或更简单的"山中的吉姆",他是这片平原上赫赫有名的侦察兵,也是有关印第安人边界权益故事中勇猛的人物原型。到目前为止我所听到的是,他这样的人现在已无立身之处,因为在科罗拉多,打打杀杀的历史已成过去,许多勇猛的探险者的名声被犯罪行为玷污了,而这些罪行在这里不容易被人遗忘。他现在有一张"政府公地合法居留证",却靠捕兽及贩卖皮毛维生,全然就是

---

[1] 这个不幸的人,九个月后在距他木屋不到两英里的地方被枪打死。在以后的信件里,只有他出现在我面前时,我才提他。毫无疑问,他的生命受到罪行与邪恶深深的污染,他的恶名是自招的。可是在我与他交往期间,他表现出的是高贵的本性,而不是性格黑暗的一面。他性格中的阴沉,不管是对人或对己都十分不幸,而在他悲剧的死亡时刻,这个性格显现出最丑恶的一面。在我离开科罗拉多之后——事实上是在他死后——我才听到他性格最坏的一面。——原注

个山里的孩子。至于他对妇女的真诚与侠义是毋庸置疑的，只是他的性格冲动偏激，动不动就勃然发怒。大家认为最好还是躲开他，同时也觉得他住在公园唯一的入口，实在是件很糟的事，因为他有枪支，如果他不在那儿会比较安全些。由我屋主对他的论断可以听出他易犯的罪行："清醒的时候，吉姆是个标准的君子；可是一旦喝了酒，他可就成了科罗拉多最可怕的暴徒。"

从这道深谷外 9 000 英尺高的山脊上，我们终于看到了 1 500 英尺下、沐浴在夕阳光辉中的埃斯蒂斯公园。那是个不规则的盆地，被湍急的汤普森河的水光点亮，巍巍巨山龙盘虎踞，朗斯峰高耸其上，庄严不可攀。而雪岭与树木茂密的支脉冲着公园倾泻而下，中途被浸淫在紫色幽光中的巨谷割裂。急湍似血红，朗斯峰如火般闪耀，天堂的灿烂光辉在地上重现。不论在何处，我从未看过可与埃斯蒂斯公园相媲美的美景。那些"坐落在遥远地方"的山脉现在都近在眼前，比远眺更令人惊叹，更加逼真，跳脱了想象。对山的热爱攫住了我，在给了我毫不疲惫的马一声鼓励之后，它一溜烟地在平滑的草地上跑了一英里。可是我饿了，空气清冽冰冷，我开始想象这块迷人之地的食宿会是如何。正在此时，我们突然来到一面小湖跟前，湖边有间平泥顶的光洁木屋，以及四栋比它小的木屋。附近风景如画，散落着两个畜栏、一座长棚（长棚前有人正在宰杀一头牡牛）、一座有水轮的木造牛奶棚、一些干草堆，以及许多舒适生活的痕迹。两个骑着马的人正赶来几头乳牛，准备挤牛奶。一个矮小带笑的人向我

《灰熊》

约 1923 年，卡尔·朗吉厄斯 绘

惠特尼美术馆

跑来，开心地跟我握手，令我十分惊奇。不过他后来跟我说，黄昏暗弱的光线使他误以为我是"山中的吉姆"穿上了女装！我看出他是我的同胞，他自我介绍叫格里夫·埃文斯，是从威尔士兰贝里斯附近石矿来的。木屋的门打开时，我看到一间大房间，不过缝隙没有填满，窗是要命的玻璃，可以两面看透；一座粗糙的石壁炉，里面正烧着有我一半高的薪柴；地上铺了地板，摆了一张圆桌、两把摇椅，以及一把罩了毛毡的原木长椅；兽皮、印第安弓箭、贝壳装饰的腰带、鹿角等很巧妙地装饰在粗糙的墙上，长枪也同样巧妙地堆在角落。七个男人抽着烟，散开躺坐在地上，一名病人躺在长椅上，还有一位中年女子坐在桌边书写。我走出去问埃文斯能否让我寄宿，本以为他会对我摇摇头，但令人喜出望外地，他告诉我可以给我一个人一栋距他自己住处两分钟路程的木屋。于是，在这美丽绝伦的高山上，背倚着山中的松林，面迎着清澈的小湖，在"朗斯峰山脚下的深蓝幽谷"中，在草地终年每晚结霜的海拔 7 500 英尺的高处，我找到了超过我梦寐以求千百倍的梦境。

伊莎贝拉·伯德

LETTER VII.

第七封信

和平降临到这山巅晴朗的日子里,如同世外桃源:
无雨、无冰、无雪,也无风暴之地。

科罗拉多埃斯蒂斯公园，10月

直到此时，我才决定提笔写下攀登朗斯峰时无法写的信，我很不情愿写这封信，尤其我根本没有能力描述朗斯峰的恢宏壮丽、庞大孤独，以及那令人无以名状的惊叹，好使旁人能略窥我从星期一开始逗留了三天的绝景。

朗斯峰，14 700英尺高，阻隔了埃斯蒂斯公园的一端，相比之下，附近的山峰全成了侏儒。白雪覆盖的一侧，发源了明朗的圣弗兰河，以及大小汤普森河。在日光或月光下，河水闪耀着银灰色的晶莹光芒，牢牢吸引了人的视线。不论是马鹿、巨角羊、臭鼬或是大灰熊，都无法令你移开目光。所有的暴风雪也都源于此，闪电在它头顶欢腾，仿佛欲加荣耀于其上。这是最高贵的一座山，然而在人们的想象中，它已不仅仅是一座山，而拥有了一种特殊的人格特质。人们可以幻想，在它众多的洞穴和深渊中，创造出阵阵强风,接续不断,然后在最疯狂时加以释放。雷是它的声音,闪电向它臣服。其他的山峰在晨曦的轻吻后,立即转为苍白,而它却能保有第一道曙光,令其在它头顶停留至少一个小时,然后欣然地由玫瑰红转为深蓝。夕阳更是对它意乱情迷,久久不肯离去。在这里几乎无法吹动松针的柔风,在它屹立不摇的巅峰四周却发出狂呼怒号。它有火的标记,如活火山一般隆起,但少了夏威夷活火山的生气蓬勃。在它的阴影下,人们可以自然习得对于大自然的崇敬。大自然给予人们心灵的慰藉,是无与伦比的。

朗斯峰,有人称它为"美洲的马特峰"[1],五年前首次被人类征服。我想要试一试,而在星期一埃文斯赴丹佛之前,这计划被浇了冷水——我出行时季节已经太晚,风很可能太强,等等。可是就在他离去之前,埃文斯说天气好像已经稳定下来,如果我不超过树木生长线的话,还是值得一试的。他离去后不久,"山中的吉姆"来了,他说他可以当向导,两个与我一起由朗蒙特来的年轻人以及我本人都十分赞同这个建议。爱德华兹太太立刻烘焙了三天所需的面包,并由挂在一旁方便割取的牡牛身上切下牛排,另外还慷慨地补充了茶、糖及牛油。我们的野餐干粮并不豪华,也并非"十全十美",为了省下驮物骡子的费用,我们的行李仅限于马能负载的分量。我的马鞍后面带了三床露营用毛毯及

---

1 马特峰,阿尔卑斯山脉最著名的高山之一。

第七封信

一条拼花被，堆到我肩膀一般高。我的靴子已经破得不像样，即使在公园附近行走，脚也很痛，因此埃文斯借给我一双打猎靴，挂在我的马鞍角钩上。由于我们必须有足够的御寒装备，那两名年轻人的马也同样载满了东西。吉姆的样子令人吃惊：他足蹬旧高筒靴子，下身是松垮的鹿皮裤，用一条围巾绑住；一件皮衬衫，上面套着三四件缺纽扣的破烂短外套；一顶扁旧的便帽下，露出他茶黄色的卷发；加上他的独眼与长马刺，刀插在皮带上，左轮手枪放在外衣口袋里，鞍上盖了一张河狸皮，皮上垂着狸爪；他的露营毛毯放在身后，长枪横在身前，斧头、水壶及一些其他装备挂在角钩上。他是你见过的最丑的坏蛋，然而他骑的却是一匹阿拉伯小牝马，极美、易惊、活泼、温柔。但总体而言，那马对他来说太轻巧了，而且他不断激怒马儿要它表现自己。

我们的马都满载装备而行，半英里长的平坦草地，吉姆一开始放马慢行，接着他一拍马臀追了上来，以优雅的态度与我交谈，我很快就忘了他的外貌，一谈就是三个多小时，没有留意旅途中经历的无数次涉水、窄径单行、突然的上坡下坡，以及其他许多小事。这趟旅行是对公园与林间的小空地，对湖泊与溪流，对重重叠叠的山峦的一连串感叹与惊喜。这种感觉在我们翻越了一座 11 000 英尺高的边山，看到朗斯峰裂开的尖峰时，沸腾到顶点。在这里，朗斯峰看起来更宏伟、更令人敬畏。西斜的太阳，每小时都为它增添不同的美景。黑色的松林映着柠檬色的天空，灰色的山巅染上了霞红，而烟云似幻的深壑则是深不见底的蓝，金光闪烁涌入万丈深谷，周遭的一切是绝对的纯净，偶尔近处的白杨与杨柳炫耀着它们的红与金，使松树的幽蓝更加浓郁。潺潺的溪水镶上了冰柱，飒飒的强风在松顶吹袭——不似低地沙沙的叹吟，而是高处孤绝冰冻的怒吼。由埃斯蒂斯公园枯黄的草地，我们走上一条松柏倒悬深谷边的小径，爬上了一座长满松树的陡坡，下行到一个小山谷，盖满了被太阳晒干的、约18英寸高的细草，四周高山矗立，最幽深的山谷中有一潭长满了野百合的湖泊，真是名副其实的"百合湖"。啊！湖水沉睡之时，美如魔幻，那边黑松倒映在静止不动的浅金里，这边百合的白玉杯与深绿的叶子娇懒地躺在一带暗紫色的湖水中！

从这里开始，我们上升进入闪着幽暗紫光的大松林，松林围绕着群山直到大约 11 000 英尺。在清冷孤寂的广大松林深处，我们瞥见了金气翻涌的玫瑰红山头，不是在极遥远的地方，而是近在咫尺，更显示出它的雄壮。而且，穿过远处紫色深谷的裂口，可以瞥见无垠的平原完美地躺在夕阳下，那片棕色的广大土地，好似迷蒙的金波，在日落时的大海中不停地翻腾。

我们在幽暗的光线中继续经由一条林中标出的陡峭小径上行，我全副精力都放在避免被岔出的树枝拖下马，或是不让毛毯像其他人的一样，被尖利如刀的枯枝扯破——这些枝干几乎把小径盖得无处可行。马儿几乎喘不过气来，每隔几码就要停一下，除了我以外，其他人都下马徒步。这片阴暗、浓密、古老、寂静的森林，让我生出无限敬畏。这样的傍晚，除了枝叶在微风中的

《冰碛公园的日落(埃斯蒂斯公园)》
1900 年,查尔斯·帕特里奇·亚当斯 绘
私人收藏

抖动声、腐枝断落声,以及自松顶传来的、似近处瀑布的细吟声之外,一片幽静,所有这些宁静声响营造出一种怪异及不同于苦痛的悲怆气氛。伐木者的刀斧从未在此挥落,树木过了生长期后,依然直立,然后死亡光秃,直到强劲的山风把它们横倒。越往上走,松树越小而稀疏,最后一批挣扎而出的树,像是经历了战火的摧残。过了林木生长线后,稍高处有一片朝西南倾斜的草坡,坡下是一条夹着冰块与小冰柱的潺潺溪流,那里矗立着一丛高耸的银杉,而那就是我们的营地。这里的树都很矮小,但如此独特的排列,让人禁不住要问,是哪位艺术家的双手栽植了它们,让它们散落在这儿、聚集在那儿,又把它们的细枝干修剪得指向天堂。自此以后,每当我忆起令人惊叹的景色,由这个营地望出去的景色就映入眼帘。向东望去,峡谷开向远处的平原,然后消失在紫灰雾色中。山脉由松树围绕的底部绵延升起,或孤独地展现出它们的灰色山头。离我们3 000英尺之上,是朗斯峰高秃的灰岩,它沐浴在红色阳光下的巨崖,久久留在我们的眼中。靠近我们一边,山顶有凹洞的一面,由于它的高度,终年积雪。很快地,夕阳剩下了余晖,在它消失之前,一钩半月出现在天际,月光穿透银蓝的松针射向背后的白雪,把一切变成仙境。随信附上的照片是一位勇敢的丹佛艺术家的作品。就在我抵达之前,他企图登高,可是在林木生长线露营了一个星期,被暴风雪阻挡,只好回头下山,在离顶峰3 000英尺的地方,留下了一些十分昂贵的器材。

卸下马鞍，拴牢马儿，以幼松枝铺成床，拖了些木头过来当燃料，使我们大家都温暖起来。吉姆生了一堆熊熊烈火，没多久我们就围着它吃起了晚餐。我们不在乎喝用打坏的肉罐子煮的茶，也不在乎没有刀叉碗盘来吃用松枝熏烤的牛肉条。

"以对待绅士的态度对待吉姆，他也会报以绅士的态度"，人们如此告诉我。虽然他的态度比一般绅士要大胆放任，但没有什么逾矩的地方。他的举止像个有教养的人，又不失孩童的纯真，令人乐于亲近，完全不见他凶恶的一面。非常幸运地，他对我仁慈有礼，而那两名年轻人连最基本的礼貌都不懂。那天晚上我认识了他那只号称科罗拉多最好的猎犬"铃"，它有牧羊犬的躯体与四肢，近乎猛獒的头，高贵的上脸挂着人类深思的表情，一双我从没在动物身上见过的忠诚的眼睛。如果它的主人有爱的话，无疑是爱它的，但他在脾气暴烈的时候也会虐待它。"铃"对主人的忠心并没有因此转向，它那双忠诚的眼睛极少离开主人的脸。它有近乎人类的智慧，除非受到指示，除了吉姆它不会注意任何人。它的主人以对人的口吻指着我对它说："铃，到那位女士身边去，今晚都不要离开她。""铃"立刻过来，注视我的脸，把头靠到我肩上，然后在我身边躺下，头放在我腿上，可是目光一刻也不离开吉姆的脸。

松树的长影躺在霜冷的草上，一束极光起起伏伏地闪现，明亮的月光洒在我们松木堆跳动的红色火焰旁，不禁显得有些苍白。火光映在我们的行李和身上，以及"铃"忠诚的脸上。一名年轻人唱了首拉丁学生情歌，以及两首黑人歌曲，另一人则唱了《甜蜜的圣灵，请听我的祈祷》。吉姆以奇特的假声唱了首摩尔的歌，随后大家合唱《星条旗之歌》与《红，白，蓝》。然后，吉姆又朗诵了一首他自己作的诗，讲了些吓人的印第安故事。离火较远的一丛小银杉是我睡觉的地方。上天艺术的手把矮枝织成了一张树帘，提供了一个避风又隐蔽的处所。厚厚的幼松枝上盖了毛毯，马鞍翻过来当枕头，我做成了一张舒适的床。晚上9点时，温度计显示20华氏度（约零下7摄氏度）。吉姆再次巡视了马之后，又生起了一堆大火，在火边躺下，而"铃"躺在我背后替我保暖。我一夜无眠，但这一夜过得很快。我为明晨的攀坡感到焦虑，因为劲风的怒响阵阵掠过松林。接着，野兽开始吼叫，"铃"对此颇为烦躁。看见这个声名狼藉、满手血腥的亡命徒睡得如此沉静无邪，实在是很奇怪的感觉。不过无论如何，躺在这里，只有一张松树帘遮挡，在11 000英尺的高山上，在落基山脉的心脏，在20华氏度的气温下，远闻狼嚎，闪烁的星星透过松香眨眼，笔直的松干为床柱，营火的红焰为夜灯，此情此景还是令人兴奋。

太阳还迟迟未升起，天就已经亮了，亮起一派清纯的柠檬黄。其他人都在照顾马儿，年轻学生中的一人跑来告诉我，得快赶往斜坡下面，因为吉姆说从未看过如此的日出。从头顶冷灰的巅峰，从终年的积雪上，从银色的松树间，穿越一层层深紫的山脉，我们看到静止的平原，一片蓝灰，好似晨光中的海洋推向远处的地平线。突然，先是一缕炫光，再迅速扩大成一枚耀目的球体，太阳滚出了灰色的地平线，光彩夺目犹如宇宙初创。吉姆本能而恭敬地取下帽子，赞叹道："我相信上帝的存在！"我感觉自己像是拜火教信徒，有一股非得礼拜的冲动。平原的灰变成了紫，天空是一片玫瑰红的光彩，上面浮着朱红的云丝。嶙峋的山峰像红宝石般闪烁着，天与地初创。当然，"最高的居所不在人手所造的庙宇"！整整一小时，那些平原就像是海洋，倾泻一片无垠的紫，轻拂过峭壁、岩石和隆起的土地。

7点钟，早餐用毕，进入更可怕的孤寂。我尽可能骑马走到所谓的"火山岩床"——不管这称呼是对是错——那是一大片大大小小的岩石，裂隙中藏着白雪。真冷，我们走过的溪水大都已经冻住，硬得可以行马。吉姆劝我不要把自己包裹起来，而我的夏威夷骑装只适合热带气候，刺骨的冷风不停地穿透，稀薄的空气使我们呼吸急促。我发现埃文斯的靴子太大了，我的脚无法着力。幸运的是，在真正艰难的攀登开始之前，我们在岩石下找到了一双小一点的套鞋，可能是海登探险队留下的，刚好可以将就一天。当我们在岩石间跳进时，吉姆说："我晚上在想你一个人单独旅行的事，很好奇你把大口径短筒手枪放在哪里，我看不出来。"我告诉他我没有携带武器旅行，他简直不能相信，恳求我立刻去弄一把左轮手枪。

抵达"V字标记"的地方（岩石真正的门），发现我们身处刀锋般的山脊上，也就是朗斯峰的背脊，只有几英尺宽，盖满了巨岩及碎石，一边陡直下斜，一块块雪地绵延3 000英尺，把低处装点成一幅美丽的图画，其中包括一汪翡翠色的湖泊。稍远处，还有些湖泊藏在浓密的松林间，我们身后耸立着山巅，大约有500英尺是光滑、看似不可攀的巨岩。穿过"V字标记"的地方，我们仰望峰顶几乎不能攀登的一面，这里由巨石和形状、大小不一的残砾所组成，从这些岩石的缝隙中，可以看见红色花岗岩宽阔光滑的石纹，它们看起来像是托举着顶端那块巨岩。通常我不喜欢鸟瞰或纵观全景，不过，现在虽然是从山上望去，所见却非全景。没比我们矮多少的山脊，一层又一层地隆起，纯净安宁，绵延铺展至视野之外，或断裂成冰雪覆盖的深壑，或隆起成冷硬贫瘠的灰色高峰，刺向蔚蓝的天空，绵延不断，直到最远的山头变成银白的雪峰。还有美丽的湖泊倒映深色的松林，峡谷中黑蓝的松柏浓郁连绵。白雪削出的山尖、冷漠的高地，衬托出蓊郁水秀的迷人的夏末公园。北公园融入远处的蓝雾，中公园要到下一季才开放。埃斯蒂斯公园向阳的山坡，迂回蜿蜒，消失在大分水岭雪封的山脊中，而大分水岭明亮的河水则向大西洋及太平洋寻找它们的出路。山下远处，一连串闪闪的晶亮显示有湍流，它流经神秘的科罗拉多，带着满腔的疑问，迷失在太平洋的潮水中；近处源于融雪的汤普森河，夹着冰雪，奋勇地开始它流向墨西哥湾的旅程。大自然十分放纵地以宏大、孤独、崇高、美丽、无量的声音感叹道："上帝，你衷心顾念、不时探访的人类，究竟是什么？"那是永难忘怀的荣耀，烙在我心底不可磨灭，连续六小时的可怕经历。你知道我笨手笨脚，根本不应该梦想登山。如果我知道再往上爬是真正的攀登考验，是绝对不会有此念头的。即使如此，我仍对自己的成功感到惭愧，因为这纯粹是吉姆用他的蛮力，把我像拖行李那样拖上去的。在"V字标记"的地方，真正的攀登才算开始。2 000英尺的完整岩石在我们上方，4 000英尺的陡峭碎岩在我们下方。到处是光滑的花岗岩，几乎没有落脚的地方。雪融了又冻，反复几次，造成更大的障碍。岩石松动，一触就滚落。对我而言，那真是恐怖的经历。我和吉姆用绳索联结，但这没有多大用处，我的脚僵住了，在光滑的岩石上不断打滑，他说这样不行，于是我们又折回来。知道我会拖累整个团体，我欲回到"V字标记"的地方，而且其中一位年轻人很明白地说，女人是危险的累赘。可是那个猎人简单扼要地回答道，如果不带女士上去，他就不去了。他去探察了一下，回来说登顶的正确路线遭冰封阻碍，于是我们又花了两个小时下坡，冒着落石的危险，用手把身体从4 000英尺、冰雪覆盖的大岩石陡坡一点一点移下去。如果不是吉姆不管我愿不愿意，本着我应该登顶的信念，耐心十足又技巧丰富地硬把我拖着，否则以我疲劳、眩晕的身体，以及撞伤的、疼痛不堪的脚踝和半脱臼的手臂，我是连一半路都走不到的。在下行了2 000英尺，躲开了冰雪之后，我们进到没有路的那一侧的深谷，谷中一部分被冰雪封存，一部分被不时滚落的碎石填充，落脚十分不稳。这两个小时对我而言，除了痛苦之外，也充满百般的不情愿，我只能屈从不可避免的事实。我颤抖、摔跌，因用力过猛而受伤，在最意想不到的情况下遇到滑冰，无用地恳求独自留下，让其他人继续前行。吉姆总是说前面没有危险，只有一小段不好走的路程，就算他背我，也应该上去！

跌跌撞撞、蹒跚而行，在稀薄的空气中辛苦地呼吸，心脏阵阵悸动，还不停地气喘，我们到达了深谷的顶端，勉强挤过两块碎裂的大岩石的间隙，即一条名为"狗打洞"的通道，然后我踩在一个人的肩头，再被拉上去。我们眼前突然由峰顶的西南面转入一条颇长的窄崖径，崎岖不平，有的地方顶上悬崖倒挂，我们必须蹲下才能通过。头顶，朗斯峰几乎是垂直地耸立着，有400英尺高；脚下，是我从未见过的绝壁深崖。这里一般被认为是登峰最危险的一段，但在我看来并非如此，因为落脚处颇为稳固，用双手就可以抓牢。反倒是最后的那段攀爬，我认为最是困难，只要一失足，瞬间就会摔死在3 000英尺之下，血肉模糊！"铃"拒绝穿过岩石的缝隙，留在"狗打洞"，可怜地嚎叫。

从这里开始，视野就比在"V字标记"的地方更加美得惊人。我们脚下的峭壁之下，有一面林木环抱的可爱湖泊，清澈的圣弗兰河和一些不知名的溪流由此起源。我在想，它们清冷的河水畅流在土地上，何以会变得浑浊不明，或许是由于炎阳的曝晒吧。这些水流最后汇聚成大洋河，冲击着遥远岛屿的岸滩，使它们逐渐变得宜居。一层又一层的白雪山脊延伸到天边，冷漠地包围着美丽的中公园。大约100英里外的派克斯峰，高举着它大而不成形的山峰，成为南科罗拉多的地标。雪原、雪痕、雪渊、荒凉污浊的雪、洁净炫目的雪，在所有山脉披着的紫色松袍上，闪着晶莹剔透的光。而在一望无际的东方，是无垠的灰绿色大平原。到处耸立着巨大的嶙峋山峰。从这以后，只需一眼，就能望出300英里——往西、往北、往南，都是10 000~13 000英尺的高山，而主峰群如朗斯峰、格雷斯峰、派克斯峰都有几近勃朗峰的高度！在大平原上，我们靠白杨树丛寻找河流的踪迹，直到发现远处的普拉特河。横亘在我们与普拉特河之间的是壮丽的山脉、峡谷及湖泊，沉睡在令人销魂的深浓蓝紫的山光水影中。

爬绕过一块凸出的岩石之后，我看到让我头晕目眩的终点——朗斯峰峰巅的真面目——那是一块表面光滑绽裂的粉红色巨岩，陡峭垂直，几乎不可攀登，真不愧为"美洲的马特峰"。[1]

登上云梯，而不是攀爬，恐怕是最后这段上坡最好的形容词。花了一小时才完成了500英尺，每一两分钟就得停下来喘气。仅有的落脚处是狭窄的缝隙，或是岩石微小的凸出。一边膝手并用地爬，一边把脚趾塞进裂隙或不明显的凸出处，还要忍受口渴、气喘、挣扎呼吸的煎熬，这就是攀爬的经过。最后顶峰被征服了。这是一座轮廓分明的雄伟山巅，有将近一英亩的平坦岩地，四周全是峭壁，我们上来的路线是唯一可以攀登的路线。

---

[1] 请真正的登山者不要受我的描述的诱惑去攀登朗斯峰。对我而言这是可怕的经历，但对高山俱乐部的会员来说，恐怕根本没什么大不了的，不值得一试。——原注

我们不能待得太久。有个年轻人严重警觉到肺部可能出血，而且在将近 15 000 英尺的高处，空气极端干燥稀薄，使呼吸变得相当痛苦。山顶上到处是水，可是冻得像岩石一样硬，吮吸冰块或雪块会口渴得更厉害。我们全都严重缺水，不停的喘息使我们口舌干燥，连发音都有困难，说话变得极其不自然。

在峰顶，视野是无与伦比的，一眼可看尽我们一路上来所享受的美景。终于站在这落基山脉孤独的风暴裂口、北美洲大陆的脊柱顶上，看着两大洋水流的起源，实在是一种难以形容的感觉。超越爱与恨以及感情的风暴，宁静存在永恒的寂静中，和风缓缓吹动，沐浴着鲜活的蓝空，和平降临到这山巅晴朗的日子里，如同世外桃源：

无雨、无冰、无雪，
也无风暴之地。

我们把大伙的名字、攀登的日期写下，放进裂缝中的一个罐头里，然后下坡到光滑岩石狭长凸出的地方，再次把脚挤进裂隙或凸出处，用手扶着向下爬。吉姆走在我前面，这样我可以把脚踏在他稳固的肩头。我不再眩晕了，面对 3 500 英尺的峭壁，也丝毫不抖。再次通过岩石狭长凸出的地方及"狗打洞"，穿过 1 500 英尺的冰雪之地下了山，虽然摔跌碰撞，但没有大不幸，在那里我们与年轻人分手，他们走最直接但陡峭的路回到"V 字标记"的地方，做回程的准备。而吉姆和我则走我们认为对我较安全的路——由岩石地下降 2 000 英尺，再攀登一大段到"V 字标记"的地方。我摔了好几跤，有一次长袍被岩石钩到，我就被倒吊着，吉姆用猎刀把它割断，我摔在了一个积满软雪的凹洞中。由于冰的阻挡，我们被迫下降到比他原计划海拔更低的地方，结果攀登了更长的路。最后 200 英尺的岩石巨大，而且陡得吓人。有时候我用手和膝把自己撑上去，有时候是爬的。有时候吉姆用手或绳子把我拉上去，又有时候我站到他的肩头，或者他用手或脚给我做台阶。不过，6 点钟时，我们终于站在有美丽夕阳映照的"V 字标记"的地方。所有的颜色更浓郁，所有的山头更耀目，所有的阴影都变成了紫色，所有的危险也都已经过去。

当我们与那两个年轻学生分手后，吉姆完全抛下了粗鲁的态度，变得超乎一切地温柔体贴，不过我知道，他必定对我的勇气与精力感到十分失望。水是我们现在最想要的东西。我的舌头在嘴中哗啦作响，却难以发声说话。得经历严重的口渴之后，才会同情别人口渴。那真是：

水、水，到处都是水，
却没有一滴能喝。

有三次明显的闪光，欺骗了登山者锐利的眼光，我们找到的是一英尺反光的冰。终于在一个深洞中，他成功地打穿了冰，把手伸到很深的洞底，兜起一丁点儿的水，真是少得让人受不了。我费了九牛二虎之力，才重新穿过"熔岩层"，由马载，由吉姆扛抬。当我们终于抵达营地时，他扶着我下来，把裹着毛毯的我放在地上，于是我很没有面子地结束了这趟伟大的历险。马已配鞍，年轻人准备好要出发，可是吉姆平静地说道："现在，先生们，我需要睡一个好觉，我们今晚不会离开这里。"我相信如此决定让他们很高兴，因为其中一个已经快不行了。我回到我松帘后的床，把毯子紧紧裹在身上，很快就入睡了。当我醒来时，月亮高挂在天边，月光穿透银色的枝条，照在身后白雪覆盖的深渊，苍白光秃的顶峰在上，松木火堆在寒冷、静寂的空气中像营火般熊熊燃起。我的脚冰冷得使我无法再入睡，我卷起一些毛毯垫在背后，在火边坐了两个小时。那真是奇妙得不可思议的难忘经历。学生们睡在不远处，脚对着火。"铃"躺在我身侧，漂亮的头枕在我手臂上，而他的主人则坐着抽烟，火光照亮了他英俊的侧脸，除了我们谈话的声音，以及松木结燃烧偶尔爆裂出的响声之外，山里万籁俱寂。我遥远的家乡挚爱的星星就在头顶，北斗星及北极星散发着它们永恒的光，昴星是我前所未见的硕大，而猎户星皮带上的钉饰耀眼闪亮。只有一次，某种野兽接近营地，"铃"一跃而起，从我身边消失。拴在溪边的马儿挣断了绳索跳着向火堆奔来，我们整整花了半个小时才抓住它们，使它们安静下来，重新拴好。吉姆——我总是小心翼翼地称他为"纽金特先生"——讲了一些他少年时候的故事，很遗憾，他必须过着这种不讲法律的亡命生涯。他的语调哽咽，泪水滚下脸颊。我不知道是他不由自主，还是他罪恶的灵魂被这极端的寂静、美景，以及对幼年的回忆所唤醒？

我们在第二天中午抵达埃斯蒂斯公园。再没有比这更顺利的攀登，我也决不愿以世界上任何其他地方的登山经验，来换取这段美丽无瑕、非凡壮丽的回忆。昨天峰顶降了雪，接下来的八个月，就再也没有通路可供攀登了。

伊莎贝拉·伯德

LETTER VIII.

第八封信

埃斯蒂斯公园到底是什么样子?
……
这景色也许并不可爱,
但就像大风暴般,强烈地撩人心弦。

科罗拉多领地埃斯蒂斯公园，10月2日

    时间不知道是怎么溜过的。这是一个景色宜人的区域，空气与生活如此清纯。我的生活主要是在户外与马背上：穿着我已磨出毛绒的旧夏威夷装，有时候睡在星光下的松枝床上，骑在墨西哥马鞍上，再一次听我墨西哥马刺的低吟。"有个陌生人！赶快拿砖头打他！"这是许多旅行者对这个区域的新移民的看法，却不是我山居生活愉悦的体验。当我记下我的欢笑时，刚松木在壁炉中熊熊燃起发出爆裂声响，雪尘穿过板壁缝隙在地板上形成雪环。狂风在松枝间玩耍怒吼，发出折断枝干的崩裂声，闪电在朗斯峰顶尖肆虐，强壮的猎人好笑地以为我睡觉时必须朝外面对着风雪！

    你会问："埃斯蒂斯公园到底是什么样子？"这个地名，像是宁静的英国中部诸郡，使人联想起长满青苔的"公园围栏"：一间有位和蔼妇人的居舍、悠闲的鹿，以及一座安妮女王式的大庄园。与众不同的埃斯蒂斯公园专属于我。它未经规划，"不属于人间土地"，而由于我对它的喜爱、专情与欣赏，它是属于我的。我被它无与伦比的日出日落攫住。光彩夺目的夕阳，炙热的正午，锐利怒吼的狂风，奇异万变的曙光，山林、湖泊及河流的光彩，以及一切独特回忆，使它变成我私人的花园。它是我的，不仅由于我喜爱户外生活，还因为它高贵的北美马鹿，它们在清晨的松树下戏耍打斗，就像悠闲的小鹿徘徊在我们的夏栎树下一样真实。优雅的黑尾鹿在脚边窜来窜去。还有许多挺立的巨角羊，它们的高贵首领偶尔会昂然立于灰岩的顶端，背后是蔚蓝的天空。狡猾的山狮会在夜间叫春，还有大灰熊、美丽的臭鼬。机警的河狸总是在湖畔溪边挖掘翻搅，折断白杨的幼枝，做节俭与勤勉的榜样。贪婪又虚伪的野狼，还有小狼与猞猁，以及其他所有的小东西，如水貂、松貂、猫、野兔、狐狸、松鼠、花栗鼠，加上会飞的小家伙，从老鹰到头戴羽冠的冠蓝鸦。尽管猎人为食物与生计而捕杀它们，户外运动者为消磨时间而猎杀它们，但希望它们的数量永远不会减少！

可是，我还是没有回答那个自然会提出的问题——"埃斯蒂斯公园到底是什么样子？"[1]在这些令人惊叹的独特山脉之中，有数

---

1 如果不是亨利·金斯利、邓雷文爵士以及《原野报》已经说出，我也不会在这里泄露这狩猎乐园的所在与迷人之处，因为这必定会导致络绎不绝的游客来到这个宁静的猎兽天堂。——原注

以百计的高地山谷，有大有小，高度由 6 000 英尺到 11 000 英尺。其中最重要的几个是：被怀有敌意的印第安人占据的北公园，以温泉及鳟鱼出名的中公园，矿藏丰富的南公园，以及圣路易公园。南公园海拔 10 000 英尺，有绵延 70 英里的草原，水草丰茂，但冬天因雪封几近关闭。不过山脉中到处是数不清的公园，大多数没有命名，还有一些被狩猎者冠以绰号，作为他们暂时的游乐地。这些公园散落在色彩鲜艳的山麓，或野花遍地的草坡，艺术化地点缀着一丛丛树木，延伸到满是虹鳟鱼的急流边。又或者这软草伸向葱郁的森林，其上矗立着宏伟的雪峰。有些是狭长的草地，在小溪边蔓延一英里，溪里有河狸筑成的水坝与水潭。许许多多的这类地方，只有在溪床中骑行一阵，或是在狭谷中爬寻一番，才能抵达那些别有洞天之地。这些公园是数不清的野兽觅食之地，而其中一些，比如离此三英里的一座公园，被马鹿选为蜕角之地，至少有一平方英里的草地布满了马鹿蜕下来的角。

埃斯蒂斯公园集各种美于一身。把英国中部诸郡抛在脑后吧！公园被森林环绕，高达 9 000~14 000 英尺的群山是它的围栏。屋舍由两座岩峰守卫着唯一通道，"安妮女王式大庄园"是以苍穹为盖的一间漏风的小木屋。公园形状极不规则，鲜有平坦的草地，集合了许多斜坡或沼泽地，有 18 英里长，但不超过两英里宽。大汤普森河是一条明朗且有鳟鱼的急流，起源于几英里外的高处，朗斯峰的冰雪是它的源头，经过各式各样的转折，时而消失，时而出现，匆匆流过草地，穿过诗意的沟壑，在寂静的长夜，发出悦耳的低吟。偶尔，草地会呈现如此平坦的面貌，树木是如此艺术化地聚集在一起，湖泊是如此美丽的前景，倒悬的瀑布给人如画的感觉，以至于我几乎气愤大自然与人工的艺术竟是如此相似。不过，几百英尺外，大自然又回到它令人惊叹、不可亲近、无与伦比的独特，让我们不由自主又虔敬地想起造物主。宏伟壮丽，而非柔美，是埃斯蒂斯公园的特色。起先柔软的草地，很快就消失在阴暗的原始森林中，玫瑰红岩峰以及大自然安排的大岩堆，营造出一种狂野的气氛。溪流消失在几不可达的阴森黑暗深谷中，每一座山谷都落入神秘虚无之境。在我们与大平原之间，耸立着七座大山幽郁的屏障，而公园的南端则是14 700英尺高的朗斯峰，它斑驳光秃的头顶终年遭受风雪肆虐。公园最低处有7 500英尺高，不过中午太阳还是很热，而夏天每个晚上温度计都几近冰点。此地降雪很多，但是一部分由于强风把雪吹入深谷，一部分由于冬季温暖的阳光，公园从没被雪封住过。许多牛羊冬季是在户外度过的，吃着太阳炙晒的甜美青草，其中格兰马草最值钱。这里的土壤就像附近的土地一样，是灰色粗糙的岩尘，可能是环绕四周的山脉风蚀而成的。这种土地留不住水，不论什么样的气候，都不会湿润。这里也不融雪。白雪很快就蒸发，奇迹似的消失。燕麦可以生长但不结穗，长到很高时，就被人割下留作冬天的草料。马铃薯产量丰富，虽然不大，但质量极好，淀粉含量高。埃文斯没有试种过其他的作物，也许多汁的蔬菜需要大量灌溉。野花美丽无比，到处都是，却集中在

第八封信

七八月，在我抵达之前，花期就已结束，最近飘了些雪花把它们都了结了。由冬季到另一个冬季期间很短，全年生长绽开的花期被紧缩成两个月。有蒲公英、毛茛、翠雀、风铃草、紫罗兰、玫瑰、蓝色龙胆、耧斗菜、白花虎耳兰以及其他50多种花，以蓝黄色为主。这些花朵在每天早晨清冷的空气中挺立，早在正午之前它们就已凝视着青草，俯身探看溪水，让阳光伴着它们短暂的生命。至于蕨类，在找了很久之后，我只找到了冷蕨及乌毛蕨，不过我听说有人找到过凤尾蕨。蛇及蚊子不在这里出现。来自热带的人不喜欢这里千篇一律的树叶。事实上，根本不能算是树叶，在这个高度所谓的树都是松柏科，只有针叶。有些地方会出现一堆细长的杨树，叶子会变成柠檬黄。沿着溪畔有野樱桃、葡萄藤、玫瑰，它们不同系列的深红色，把深涧点缀得明亮起来。松树不论高度或树径都不壮观，颜色墨绿，虽然它们有时单打独斗，但也有可能群聚，一旦它们丛集在山边浓密处，就会幽暗得近乎黑色。树木生长线约在11 000英尺，清晰可辨。其中最吸引我的是冷杉，与所谓的香脂冷杉种类很相近，形状与颜色都很漂亮。每当我看到它时，心里总是很舒畅，我经常各处寻找它的踪影。冷杉的针叶看上去仿佛洒上了银蓝色的粉，或是青灰色的霜，在正午融化后残留在上面。不管怎样，简直不能使人相信它的美是永恒的，不畏炎夏也不畏寒冬。这里最普遍的树种是西黄松，但都长得不够高大，当然无法与内华达山脉的红杉相比，更不能与加州的巨杉相提并论。

诚如我前面提过的,埃斯蒂斯公园离最近的一个殖民区朗蒙特25英里半,只能从我来的陡峭而偏远的小径,穿过一座海拔9 000英尺、名为"鬼门关"的高耸山脊上的窄口骑马抵达。埃文斯曾经驾过四匹马拉的木材车翻过山,科罗拉多的工程师要造一条篷车能走的道路理当不是难事。在小径通过的几处深涧,有一些篷车的残骸,都是想要与埃文斯媲美的人不幸的下场——我想那是不可能的事。路况真是很糟。公园中唯一的垦荒者,是住在一英里高处、结过婚的格里夫·埃文斯一家。"山中的吉姆"的木屋在深谷口的四英里外,此外,到大平原的18英里内,再也没有另一间木屋。公园不曾被勘测过,由此以外的整个大山区几乎都杳无人迹。马鹿猎人偶尔会来这里露营,不过这两个垦荒者是此地唯一合法的居民,由于许多原因,他们都不欢迎外来访客。埃文斯初来此地时,是靠两条腿走路来的,他是个成功的猎人,在此定居后,花了好长一段时间,才把面粉等家用必需品扛上山来。

我企图在冬天来临之前,以埃斯蒂斯公园为落脚处。我必须让你熟悉我周围的环境及生活的方式。所谓的"安妮女王式大庄园"是一间由砍下来的一大段木材搭建成的木屋,缝隙应该以泥土与石灰塞补,但还没有完成。屋顶由幼杉木皮加一层干草,再加一层泥盖成,屋顶都已坍扁了。地板是粗陋的木板拼搭成的。"客厅"大约有16平方英尺,有一座简陋的石造壁炉,里面总是燃着松木段。客厅的一端有扇门通往小卧室,另一扇门则通向小饭厅,有一张桌子供我们轮流吃饭。再里面是间很小的厨房,有一座美式大炉子,旁边是两个"寝具橱"。木屋虽然简陋,但很舒适,只是有些漏风。雪由四壁的缝隙吹进来,盖满了地面,但是每过一阵清扫一下,既有趣又可运动。屋外则完全不见垃圾堆。近公园处山坡的松树下,有一栋两间房的漂亮木屋,再过去,靠近湖畔,是我简陋的小木屋,开门正对着的是一间有座石壁炉的小房间,再里面是有干草床的小房间,一把椅子上有一个铁水盆,一支架子上散落着几个衣夹。一扇小窗朝湖敞开,从小窗我看见难以形容的日出光彩。我的两扇门都没有锁,说实在的,由于木头膨胀,门根本关不上。屋子下面,发源自湖水的小溪上,有座美丽的牛奶棚,棚外有架水车用来带动搅乳器。除此之外,还有一座畜栏、一座篷车棚、一间雇工房,以及一座专收病马、病牛的兽棚。这些都是这种高度的地方所必需的。

两个牧人——埃文斯及爱德华兹都是威尔士人,也都有妻小,但两人是完全不同的类型。大家称呼埃文斯为"格里夫",他个子矮小,热诚、不拘小节、鲁莽、快乐、好客、爱闹、急躁、好脾气,"除了自己之外没有敌人"。他以智慧与品味发掘了埃斯蒂斯公园,而人们找到他,希望他能供给食物,并加造木屋供人留宿。他的枪法奇准,是个成功的猎人、胆大的登山者、优秀的骑士、不错的厨师。总而言之,他是个"快乐的家伙"。他愉快的笑声,从清早起就传遍了木屋,而夜晚众人放声歌唱《你认识约翰·皮尔吗?》《友谊地久天长》《约翰·布朗之歌》时,

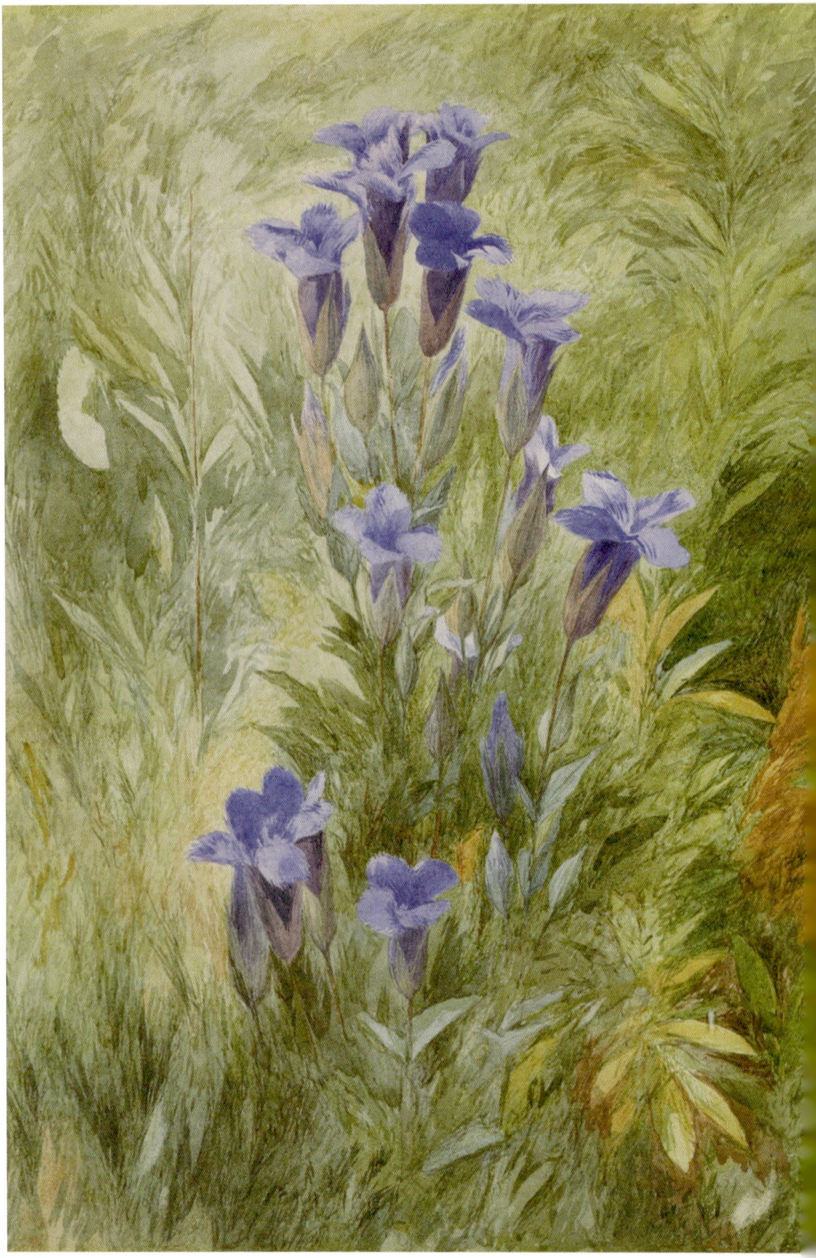

《龙胆花》

1870年，约翰·亨利·希尔 绘

阿蒙·卡特美国艺术博物馆

若少了可怜的格里夫的声音，真不知该如何是好。埃斯蒂斯公园如果没有他，更是不知该怎么办。最近他去丹佛市时，我们就像想念阳光那样想念他，或者更甚。清晨，当朗斯峰还在晨曦中，草地还在轻轻化霜之际，他愉快地敲着我的门，把我叫醒。"我们要去猎牛，你去吗？"或者"你能帮忙赶牛吗？你可以随便挑你要骑的马，我需要帮手"。他过度放纵，过度慷慨，招人喜爱，可怜的格里夫太爱酒，他经常因此负债累累而头痛不堪。他赚很多钱，但都装进了有洞的袋子。有50匹马、1 000头牛在此过冬，其中有不少是他自己的。他又以一个星期八美元的价格让人留宿，赚了不少钱，可是也都挥霍殆尽。他有个非常勤勉的妻子，经常像奴隶般工作着，生养着一个17岁的女儿和四个幼小的孩子。他虽然是好心的丈夫，相较之下，她却是苦命的妻子。他的伙伴爱德华兹就正好相反，他高瘦、严肃、敏锐、勤勉、节俭、阴沉、滴酒不沾，对埃文斯的嬉闹很不以为然，而且十分妒忌。他自然不像埃文斯那样受人喜爱。他这样一个"正派"的人，再加上一个勤勉的妻子，当然赚钱的速度就如同埃文斯花钱一样快。

我付八美元一星期，只要能找到或逮到就可以无限制用马。我们7点钟吃早饭，有牛肉、马铃薯、茶、咖啡，以及新出炉的面包和牛油。两壶奶酪及牛奶一喝完就添，供应不绝。12点吃午餐，食物与早餐大致相同，只是没有咖啡，但是有大布丁。下午6点喝与早餐同样的茶。"只要饿了就吃，在厨房里面包及牛

第八封信

奶总会有的,"埃文斯如此说,"尽量吃,那对你有好处。"我们胃口大得像猎人。食物一成不变,我来的时候杀的那头牡牛,现在被从头吃到尾,肉凌乱地被割下,一点也不管关节才是下刀处。在这种干燥稀薄的空气中,肉放在户外就变黑变硬,即使天气炎热,也可保两三个月不坏。面包好极了,可是可怜的妻子们似乎一天到晚都在烤面包。

目前一起生活吃饭的人有:一对知识渊博的美国夫妇——德维先生及太太,两人的性格、教养及礼貌让他们在任何地方都受人尊重;还有一位年轻英国人,是有名的非洲旅行家的兄弟,由于他骑英式马鞍,又有一些特殊的偏见,所以大家叫他"伯爵";一个想要找银子的矿工;一个聪明而现实的典型美国青年,他在做生意时发现有肺病的征兆,在此过猎人的生活;埃文斯成年的侄子;一个面目可憎的雇工。一英里之外,有个结了婚的勤快拓荒者。而四英里之外,公园进口处的深涧,吉姆或称纽金特先生驻守在那儿。作为一名捕兽的猎人,他每天去黑峡谷河狸筑的水坝,照料他的捕兽器。他通常会在我们的小木屋或附近待一会儿,不过我可以看出,埃文斯并不喜欢这一点。事实上,在朗斯峰脚下这个与世隔绝的蓝色深涧,是一个很有意思的迷你世界,在这里随时可以看到爱、妒忌、怀恨、羡慕、骄傲、慷慨、贪婪、自私,以及自我牺牲,而且与邻近的亡命徒总有起冲突的危险,不止一次"我杀了你!"这样的话在木屋中响起。

不管怎样,这里的人数常因露营者的到来而增加,他们不是猎马鹿，就是想要发财或落户的人。他们与我们一起吃饭，一起度过傍晚。不管是为了马鹿或落户，他们都得不到埃文斯的帮忙，达不到目的悻悻离去。两个颇有教养的英国人几星期前曾在此露营，想要淘金，他们听说北公园有金矿，不听劝告，翻山到那里去，据传却被那个区域的印第安人所害。当然，除非有人骑马到朗蒙特去，我们是不可能有信和报纸的。两三本小说，及一本《我们的新西部》是仅有的文学作品。我们最新的报纸是七天前的。不知为什么，我们的茶饭闲谈焦点似乎仅限于这座公园里的事物：最近一次灿烂的曙光，即将来临的暴雪，马鹿及大灰熊的踪迹，巨角羊群靠近湖边的传言，得州牛群最后被看见的峡谷，不同长枪的优点，两件风流韵事的进展，有人从大平原带信来的可能性，"山中的吉姆"最近的情绪或胡作非为，他的狗"铃"比埃文斯的狗"叮咚"好的地方……这些都是永远说不完的话题。

通常，星期天，工作都放在一边，大部分男人去打猎或钓鱼，直到傍晚才回来，而我们则和谐地唱圣乐。从下午到夕阳的最后一道霞光消失，独自与《圣经》及祷告书为伍，实在是件愉快的事。没有哪个寺院比这个不是由人类双手建造的寺院更适合演唱《感恩颂》或《荣归主颂》的了。在这里礼拜，可以不受数不清的各式帽子、以不同式样缠绕在脑后的头发，以及稀奇古怪又无以计数的时装的干扰。

我在此的第一晚，是很难忘怀的经验。

也许是稀薄的空气使我眩晕，美丽耀眼的景色使我恍惚，以及杂七杂八的人们似乎不真实的脸庞使我有些困惑——它们全躲在11根烟斗的烟云后面。9点钟时，埃文斯陪我走到我单独的小木屋。外面很黑，路似乎远了很多。有东西在嚎叫——埃文斯说是狼——显然还有数不清的猫头鹰在不停地啸鸣。正对着我木屋门的北极星，亮得像盏灯。空气冻人。埃文斯打开门，点亮一支蜡烛就离去，我很快躺到了干草床。我害怕，怕被惊吓，这感觉真奇怪，可是睡眠很快克服了恐惧。我被一种沉重的呼吸声吵醒，一种自地板下面向上推拱的、锯木头般的声音，声音很大。蜡烛已经烧完了，事实上，我也不敢起来。这声音吵了整整一小时，当我正觉得地板已薄得一冲即破时，声音却戛然而止，我才又昏昏睡去。我的头发居然没有一夜之间被吓得全白！

7点钟吃早饭时，我已梳洗完，到大木屋讲了我昨晚的故事，埃文斯哈哈大笑，爱德华兹却不以为然地皱起眉头。他们告诉我，那木屋的地板下有一窝臭鼬，但他们不敢去惊动那窝臭鼬，怕弄得木屋臭得不能住人。他们试着用捕兽器捕捉，但都没有成功，这声音每晚都会重复上演。我想那是臭鼬在地板下磨爪子，就像大灰熊在树上磨牙一样。这种动物对付攻击者所发出的臭气真是臭到了极点。它们只要有一只经过畜栏，我们就被熏得跑出屋子几小时。在它附近，最勇敢的人也变得怯弱了。狗如果碰到它留下的体液，会把鼻子都磨出血，有时会被它的臭气熏得呕吐至死。那臭气一英里外就闻得到，如果衣服碰到，非丢弃不可。目前它的皮毛很值钱，我来之后已看见好几只被杀的。一枪击中脊椎可保安全。有经验的狗可以出其不意一跃而上，而不至于暴露在危险中。臭鼬其实是漂亮的动物，大约和狐狸差不多大小，有厚而长的黑色或深棕色的毛，两条白线纹由头一直延伸到蓬松的大尾巴，前爪长而亮。昨天看到一只由奶牛棚跑出，被一枪打死。大狗"叮咚"碰了它，遭到被驱逐的命运。一个勇敢的人用长叉把尸体弄到溪流边，可是它倒下的地方臭得几乎令我们窒息。真希望我屋底下的臭鼬邻居，能与我和平相处。

10月3日

这里真是地球上最令人惊奇的地方。啊，真希望我能用笔把它画下来！从我的床上看镜湖，在还不太能辨物的曙光下，它完全静止，呈现铅紫色。然后突然倒映出山巅，先是鲜橘色，再变成红，使四周的晨光转深。每天早晨都是一幅新景色。当晨曦不再笼罩群山时，山巅的倒影渐渐淡去，松树出现在湖中，亦真亦幻，光彩一直向下延伸。一层红光温暖了公园清新的景色，灰白的霜晶莹透亮，冠蓝鸦在缀着水珠的草上优雅跳跃。此地的庄严美丽一天比一天更令我印象深刻。就像现在我穿过木屋，高山长长的影子落在草地上，它的形状与颜色又有了新的意义，让我几乎误认为身在夏威夷。我无法再继续写日落的光彩了，只能坐到

第八封信

一块岩石上,看着深谷中渐浓的蓝影,山巅一个接一个染上了玫瑰红,突然消退成惨灰,令人敬畏的朗斯峰最后才消失。夕阳的余晖,东边的橘红与柠檬黄渐转为灰色,远处地平线上的灰色又慢慢褪成冷蓝的色调,蓝色上面是一道宽暖的红,有一条玫瑰红的缀饰花边。天边挂着冷月。这是每天傍晚的奇迹,就像镜湖中的火红山巅是早晨的奇迹一样。这景色也许并不可爱,但就像大风暴般,强烈地撩人心弦。

我每天的例行活动是:7点吃早餐,然后回去弄我的木屋,到湖里打水,看一会儿书,闲逛一阵,回到大木屋,与德维太太轮流打扫。之后,她大声朗读一会儿书,直到12点吃午餐。然后我与德维先生,或我自己一个人,或与正在学跨骑的德维太太骑一下马,她得学会跨骑,好帮她生病的丈夫照管牛。晚饭是6点,吃过之后,我们都坐到客厅,我坐下来给你写信,或缝补那快要撕成碎片的衣服。有些人坐在桌边玩纸牌。陌生的猎人及淘金者则躺在地上抽烟、擦枪、装弹、弄鱼线、修鱼浮标,还会给靴子擦防水漆,或多声部地合唱。大约8点半,我穿过霜冻的草地回到木屋,总期待能在屋子里发现些什么。我们都自己洗衣服,由于我的袜子不多,因此每天都要花一些时间在洗衣盆边。我们这群人,虽然三教九流都有,但全有恰当的礼貌,真正民主平等,毫不虚假,既没有一方占便宜,也没有一方吃亏退让。

埃文斯10天前去了丹佛市,带他的妻子及孩子去大平原过冬,欢笑也随他而去。爱德华兹阴沉,不过傍晚他躺在地上讲述他与谢尔曼一起穿过佐治亚的故事时，摆脱了那抹阴郁。我给了埃文斯一张 100 美元的纸币去换钱，请他替我买匹马来供我骑，我们已经等了他三天。信是靠他传递的，我已经有五个星期没有收到你的信了，早已按捺不住。我每天在往朗蒙特的路上骑马或步行三四英里，常是一天就得去两三趟，其他人也都为不同的理由焦急地盼着他。天黑后，每次有声响我们都会被惊动，狗一叫，所有能动的人都乱成一团。"等篷车到来"几乎已成了令人恼怒的玩笑。

10 月 9 日

等信及报纸的强烈念头攫住了每一个人，我们终于决定派人前往朗蒙特。今天傍晚，我在"山中的吉姆"陪伴下，在暮色中踏上前往朗蒙特的道路。我们看到远远有一辆四匹马的篷车，后面跟着一匹有鞍的马，驾车的人挥着手帕，这是询问我是不是马主人的信号。我们调转头，以最快的速度跑下长坡，去传递好消息。一个小时后篷车才抵达，来的不是埃文斯，而是两名来历不明的露营者，他们就在我的木屋边扎营！你无法想象，受这些高山阻隔而不知道你的信在哪里的感觉。后来，这里的长期宿客巴肯先生由丹佛回来，带来报纸及每个人的信，可就是没有我的。他还带来一个大消息：经济恐慌已遍及整个西部，而且越来越严

第八封信

重。丹佛的所有银行都已停止营业,拒绝兑现自己银行的支票,也不准客户提出一美元,更不肯把我的英国纸币兑换成美金!不论巴肯先生或是埃文斯都拿不到一分钱。暂停营业,所有人,不管你多富有,目前都成了穷人。印第安人则进入"战时状态",烧牧场、杀牛。一般拓荒者都非常恐惧,一车一车地逃往科罗拉多斯普林斯。印第安人说:"白人杀了我们的水牛,任它们在平原上腐烂,我们要报复。"埃文斯安全抵达朗蒙特,今晚会回到这里。

10月10日

"大家仍在等篷车到来!"昨夜我们有大风及冰雹,我到11点才能回木屋,还是靠两个人的帮忙。月亮没出来,天空黑暗,乌云遮天,突然,不见踪迹的朗斯峰在黑色的群山之上若隐若现,新雪在还没有升起的月影下,为它添上了一层晶莹的光影。前一天傍晚,日落之后,我看到了另一个似幻的影像——我的湖在暮色下变成了橘色,山岳在静止不动的水中倒映出浓浓的深蓝。这真是个奇幻世界。今天下了一场浓密而松软的雪,中午云层卷起时,雪岭及所有的高山一片洁白。我拼命地工作以消除焦虑,因为有传言,埃文斯到普拉特去猎水牛了!

今天傍晚,出乎意料地,埃文斯回来了,带了一大盒信。我把信整理出来,但仍是没有我的,埃文斯说他恐怕把我的信忘在了丹佛，因为它们与其他的信分开放，不过他已经从朗蒙特去信寻找。几小时之后，人们在一个杂物袋中找到了信！

整个屋子因埃文斯的归来又热闹起来，他带来了欢乐的气氛。一个年轻人的歌声悠扬，他不停地演唱，有小夜曲、丧礼进行曲、颂歌、苏格兰里尔舞曲和斯特拉斯贝舞曲，以及所有他能想出的美妙歌曲。当然，绝没有一个室内乐团会提供这样的服务。一个看起来很可疑的桶偷偷地由篷车搬进木屋，我想那玩意儿更增加了热闹的气氛。没有任何阴郁可以阻挡埃文斯无尽的欢乐，并且传染给大家他打心底发出的笑。他拍拍人们的肩膀，对他们大声说话，为他们做任何事，像永不间断的和风。"愿以一切代价得到一匹马！"他没有替我买马，当我提到这事时，他脸上掠过一抹阴影。后来他找我私下谈话，向我坦白，他在丹佛时发现钱上遇到了"大困难"，于是不得不把100美元用掉了。他说他会在11月25日之前，连本带息还给我，并给我一匹好马，还有马鞍和缰辔，以备我原定的600英里旅程。我有些不高兴，但也没有办法，因为钱已用光了。[1] 我试骑了马，补好了衣服，把我的行李减到12磅，准备第二天一早启程。但是天还没亮，埃文斯愉悦的声音就从门外把我吵醒。"我说，伯德小姐，今天要赶野牛，我们人手不够，希望能得到你的帮忙。我会给你一匹好马，晚一天应该不会有太大差别。"于是我们赶了一天牛，骑

---

[1] 为了对埃文斯公平，我必须在此说明，他欠我的每一分钱都还清了，马也完全实用，结果这个安排对我反而有利。——原注

了大约有 20 英里，不知涉过多少次大汤普森河。埃文斯恭维我说，我跟男人一样有用。我希望自己比那些总是躲开丑怪野牛的人有用。

10 月 12 日

  我还留在这里，给厨房帮忙，赶牛，一天骑四五趟马。埃文斯每天早上都用"这里有好多马让你试"的话，把我留下。试骑了五六天，我始终找不到一匹喜欢的。今天，我骑着一匹高大的纯种马，绕着湖慢行，它把头一甩，缰辔就掉了，我手中只剩缰绳。另一匹把我摔下，有两匹蹄有伤、跌跌撞撞的。这就是我们每天的小事。我仍希望在一两天之内能成行，这样至少我可以拿埃斯蒂斯公园与科罗拉多其他一些较知名的地方相比较。
  如果你可以看到我们木屋现在的情形，你一定会觉得好笑。屋里有九个男人和三个女人，由于椅子不够，大部分的男人都躺在地上。大家全在吸烟。一个个性爽快的加拿大法裔年轻人，每餐都可以钓来 50 条鱼，他手风琴拉得很好，现在正衔着一根烟斗在演奏。三个在布莱克峡谷露营一星期的男人，像狗一样趴在地上，他们身高都超过六英尺，十分严肃，既不跟大伙一起笑闹，也不因手风琴弄出的怪音而开怀大笑。他们可以说只穿了靴子，因为他们的衣服已破成一片片。这几个人茫然地瞪着眼，他们已经有六个月没见过女人或是睡在屋顶下了。有人开始唱起黑人的歌,此前先是唱了《统治吧!不列颠尼亚》,紧接着是《洋基歌》,这听起来既傻气又刻薄。除了那几个陌生人外,大家都大笑起来。寒冷的天气把野兽都由高处赶下来,昨晚我走回木屋时,听到了狼嚎和山狮吼声。

伊莎贝拉·伯德

LETTER IX.
第九封信

雪继续落下,
没有一丝风,没有山脉的痕迹,
昏天黑地,冷得彻骨,
真是不寻常又骇人的大自然。

科罗拉多埃斯蒂斯公园

今天下午,我正在木屋中看书时,小山姆·爱德华兹跑来说:"'山中的吉姆'要跟你说话。"这使我忧心忡忡——西班牙与印第安混血的仆人、"夫人,有请"、一些令人难堪的事,以及过分注重类似小事的做作而无用的日常生活。我真的是除了这间小木屋外,不需要其他。可是在别处,人必须有房子、仆人、负担与忧虑,不是为了温暖与舒适,而是为了显示人所累积的东西。我的木屋只花五分钟就能打扫干净,你可以在地上吃东西,也不需要上锁,因为没有值得偷的东西。

我在想这些事时,"山中的吉姆"在等我,约我一起去骑马。他、德维夫妇及我在彩色的树荫下愉快地溜达了一阵,后来他们感觉疲倦,我就换上他漂亮的牝马。在美丽的暮色、清纯凉爽的空气中,我们比赛疾驰。德维太太说真希望你能看到我们由通道奔驰下来的情景,丑怪的亡命徒骑着一匹笨重的篷车马,而我则骑着他披挂光秃的木马鞍的马。河狸、水貂、貂鼠的尾巴及皮毛零零落落挂在鞍上,只剩一个马刺,脚也不能放在马镫里。马儿看起来气派非凡,而我看起来却一贫如洗!纽金特先生是那种所谓的好伴侣,带着一丝山野的鲁莽不羁,对人和事的判断十分精确,对女人也如此。他有文学诗词修养,幽默,热爱大自然,在某些方面相当自负,行动说话都爱表现个性,维持他亡命徒的名声。他对文学相当熟稔,辞藻丰富,对每个人或事都有定见,对女人既侠义又尊敬,有时候会突然转过身开一句无伤大雅的玩笑,令人觉得幽默风趣。与此同时,他幻想丰富,喜爱孩子,这屋子里的孩子总是冲到他怀里。他坐下来时,孩子们爬到他宽阔的肩膀上,玩弄他的卷发。人们说:"来过这里的人都认为,跟吉姆谈过话后,屋子里就没有值得说话的人了。"不过我想很可能时间会改变这种观念。不知为何,他总是科罗拉多人的话题,打开报纸,很难不看到有关他的文章、他的消息,或一段他的生平。他虽然外表看起来像个恶徒,但一开口——至少对女士——就是个有教养的人,谈吐不凡、充满智慧。然而,整体来说,他确是个很令人头痛的人物。他异乎常人的思维,清楚地显示他应该可以活得更好。他的生活,除了某些可以炫耀的地方之外,是糟蹋荒废了,人们不禁要问,像他那样长久选择生活在邪恶中的人,将来会有什么好下场?[1]

---

[1] 第二年的9月,这问题有了答案,他脑袋里带着一粒子弹,不体面地躺进了坟墓。——原注

第九封信

我走得掉吗？我们本来昨天要去猎牛，6点半出发，但是马儿都不见了。50匹马中，有点价值的都走丢了，我们浪费了一天的时间在峡谷中寻找它们。无论如何，今早天还没亮，埃文斯的声音就从门外传来："我说，伯德小姐，我们今天要把牛赶到15英里外，但人手不够，希望你能搭把手，我会给你一匹好马。"

这条路位于海拔7 500英尺的高处，有两条急流通过。四周全是11 000~15 000英尺的高山，山腰处是浓密的刚松林，山谷中树木繁茂、巨石遍布，先前提到的高山牧场就在山谷中。2 000头半野的得州牛，一群群散开在深谷中，与大灰熊、棕熊、山狮、马鹿、山羊、花鹿、狼、猞猁、野猫、河狸、水貂、臭鼬、花栗鼠、老鹰、响尾蛇，以及所有在这孤绝传奇区域的两脚和四脚的脊椎或软骨动物共生存。整体而言，它们的习惯较近于野生，而不像家畜。它们去饮水时会排成一路纵队，由公牛领头。它们受到威胁时会利用崎岖的地形，沿着低处谨慎潜行，公牛当哨兵照顾落后者，以防狗由后面袭击。像它们这种近似水牛的牛，在用来挤奶之前，必须先驯养。不过由于此地的草很干，而且规定小牛在白天哺乳，200头牛所生产的牛奶还不及德文郡50头牛的产量。在畜牧业中，不管你多有人性，一些必要的"虐待"是存在的。畜牧业的制度颇为残酷，小牛从被赶进烙印棚，遭烙铁炙烧皮肉之后，到被挤压着从无际的草地运到芝加哥的屠宰场为止，它们"都怕死了人类"。

群牛企图深入雪岭延伸下来的原始峡谷,否则会有被雪封住饿死的危险,偶尔有必要把它们赶进公园。这次是要把它们集合,以便给小牛烙印。

今早6点半,吃了早餐后,我们就出发了。整队人包括我的房东、一名由雪岭下来的猎人、两名大平原来的畜牧商——畜牧商之一骑着一匹烈马,同伴说他是"北美最佳骑士"——再加上我。我们全都使用墨西哥马鞍、传统的轻缰辔、皮制的护腿,以及木马镫。每个人都有一袋午餐挂在缰绳的挂钩上。四条没什么训练的狗陪伴着我们。我们骑了30英里路,花了好几个小时,这是我最美好的骑旅之一。除了系肚带之外,我们都没有下马,吃午餐时把缰辔绑在马鞍的角钩上。开始时在平地急驰,跳过树桩,冲下布满岩石及大石头的山坡,涉过又深又急的溪流,看到可爱的湖泊、绝美壮丽的景致,惊起了一群生着粗野的头和畸形鹿角的马鹿。在追逐过程中,并非每次都能成功,我们骑马来到超过14 000英尺高的朗斯峰底部,在那里,一条普拉特河的支流的明亮河水由终年积雪的山巅奔流而下,穿过无法以言语道尽的壮丽峡谷。天气很热,不过在这超过8 000英尺的高处,空气清新冷冽,在绝世佳景中骑着一匹好马,真是无与伦比的享受。在较原始的一段,我们必须骑着马下陡坡,穿过浓密的刚松林,跃过横倒的树木,在枯木与树林间穿梭,以避免被枝条钩住,或碰倒沉重的枯枝。

穿过了这个区域后,我们看到上千头得州牛在下面的山谷吃

《落基山脉的山羊》
1885 年，阿尔伯特·比兹塔特 绘
私人收藏

草。领头的牛察觉到我们,惊慌中开始朝公园的空地移动,而我们在它们上方一英里左右的位置。"超过它们,兄弟们!"我们的领队大叫道,"准备上路!跑啊!"在"啊!啊!"的叫声中,我们以最快的速度冲下坡去。我简直控制不住胯下激动的马。下坡,上坡,跳过岩石与断枝,速度越来越快,而领队还在大叫:"追啊!孩子们!"马儿以赛马的速度飞驰,彼此追赶,直到我的小红棕马追上了那个"北美最佳骑士"跨着巨步的大烈马。由于速度飞快,我感到晕眩,几乎无法呼吸。说时迟那时快,我们赶上了波涛般的牛群。牛群的涌动景象十分壮观:巨大的公牛形似水牛,不停张口吼叫,与母牛及小牛一起狂奔。我们在牛群旁边奔驰,很快就超过了它们,不一会儿就像哨兵般挡在谷口。当我们尽可能让激动的马静止不动时,真像迎着乱成一团阵仗的骑兵。当牛群掀起的波涛再度涌上来时,我有些恐惧,可是当它们更接近时,我的同伴发出了令人生畏的叫喊。然后我们与狗一起往前冲,在嚎叫、高吼及如雷的蹄声下,那波涛如来时般往后退去。我赶上前去与领队并肩,他大笑着迎接我。他说我是个极佳的牛仔,他忘了队中有一名女子,直到看到我跃过断木,与其他人并驾齐驱。

两小时后,真正的赶牛行动才正式开始,我不得不把纯种马换成训练有素的赶牛马——一匹布朗科马,它可以像兔子般急转弯,而且不惧任何地形。我并没有想到要像牛仔一样工作,但就这么做了,而我的夏威夷经验十分有用。我们搜索不同的山谷和各个已知的营地,把牛群都赶出来,数小时后,我们终于把850头牛赶进畜栏,其间我们几乎见不到对方,彼此也说不上话。我们最先碰到的困难是一群牛走进了沼泽地,有一头躲在水湾中达一个小时之久。这家伙后来一直给我找麻烦,把狗抛起了三次,反抗所有想要移动它的努力。它带着一头颇为壮实的小牛,埃文斯告诉我,母牛与所生的第一头小牛有时候不肯分开,甚至会把第二只弄死,只为头胎的小牛有足够的奶。我独力把上百头牛组成的牛群弄出峡谷,并靠一条受了重伤的狗帮忙,把它们赶到河中。那条狗给我的麻烦比牛还多。赶牛过河最难办:有些牛没有顺利涉水过去;有些则在水边嗅了嗅,又急转回头,朝不同的方向跑开;有的则攻击正在游泳渡河的狗;有的在渡过河后,又回头找失落的伴侣;还有一头最凶的牛一次又一次攻击我的马。花了一个半小时及无比的耐心,它们才被集合到另一边。

天色已晚,又有暴雪要来,在我与其他赶牛人及牛群会合之前,很难把牛控制在一起,而此刻赶牛的只剩三个人及三条狗。你得尽可能温和地驱赶牛,不让它们害怕或激动,[1]先在一边骑,

---

[1] 在经过几次对美国的观察之后,我发现美国人对待马及其他动物,比我们及我们殖民地的同胞要先进很多。在对待得州牛群时尤其明显。他们没有鞭子,不对动物进行不必要的惊吓。任何咬住公牛尾巴或后脚的狗,都会被阻止并受到处罚。安静温和是他们的准绳。骑马不用鞭,马刺钝到连人的皮肉都伤不了,只是用声音及在轻马衔上稍加压力来管理。一般情况下都是这样,即使像在科罗拉多,马儿大多是凶野的布朗科马,也是如此。在美国,我从来没有见过人们用暴力来驯服马匹。——原注

再换到另一边，以引导它们。如果它们执意走另一个方向，就追上去阻止。最麻烦的是若有牛突然离群狂奔而去，此时必须到处追赶它，奔岩穿林，它急转你也急转，直到把它追回来。公牛比较好对付，可是带着小牛的母牛，不管老小，都很麻烦。有一次，我不小心骑在一头母牛与它的小牛之间，它对我冲撞过来，正要把角顶到马身，还好马及时后退，并灵活地闪到一边。这类的事件层出不穷。有一头很漂亮的红牛，突然发狂。它有一头小牛，几乎与它一般高大，认为每样东西都是它的敌人，且自认它的角已经长好，可以保护自己。而母牛则坚持要保护它以避免所有想象的危险。一条年轻的笨狗，看到激动的母牛，竟对着母牛狂吠起来，结果当然激怒了它。愤怒的母牛起码攻击了那条傻狗40次，牛角把地都掀了起来，折腾大猎犬，将其高高抛上半空。这头母牛也掷毙了另外两头母牛的小牛，对整个牛群的危害简直到了极点。那时我们已走到最后一段路，埃文斯不得不举起枪将母牛击毙，而那头引起这场盲目纷乱的小牛，呜呜悲怜了起来。母牛曾突然对我疯狂冲击了好几次，但是这些受过训练的马十分冷静，几乎不需要我任何动作，就在恰当的时候跳到一边，躲过了攻击。就在暮色中，我们抵达了畜栏——一块一英亩大的草地，四周围了七英尺高的结实栏杆。我们花了些耐心与技巧，才将整个牛群赶进栏内。对付这么狂野的一群牛，居然不用一次拍打、一声嘶吼，甚至鞭子都没有响过一下。天气冷得不得了。我们最后的一英里半路只用了四分半钟，在雪刚开始飘下时，我们回到了木屋，有热茶正等着我们。

10月18日

连续下了三天雪！昨天我不能写信，天气糟透了。人们都放下工作，谈论天气。猎人们全围坐在客厅的大火炉边，只有在去搬木头及清扫门前和窗上积雪的时候才出去。我从来没有度过比两天前更可怕的夜晚。大风雪中，独自一个人在小木屋里，屋顶被掀起，上面的泥土裂开落下，细雪从木段的隙缝中飕飕吹进来。与此同时，断枝折裂发出响声，狂风怒号，大雪不断纷飞，再加上野兽的尖嚎、雷电，以及许多陌生的响声。在白天下了一天大雪之后，上半夜又加高了一英尺，狂风把雪吹得顶住我的门，把我完全封死在屋里。大约在午夜，温度降到零度，之后不久，狂风骤起，一连持续了十小时。我的窗框膨胀起来。我的床距窗户六英尺，睡觉时总共盖了六床毯子，脸上盖了一块厚布。夜里两三点，狂风把木屋吹得就像是在移动，我被吵醒了，厚布冻得粘在我嘴唇上。我把手伸出来，床上已盖满了细雪。起身查看，发现地板上有些地方已经有几英寸的积雪，强劲的细雪像针般不断向我扑来，那盆水已冻成冰。我忍着冻躺在床上直到天亮，几个男人来看我是否还活着，把我挖了出来。他们带了一罐热水，但在我用之前又已冻成了冰。我站在雪中梳洗，我的梳

《落基山脉的雪》

年份不详,阿尔伯特·比兹塔特 绘

菲尼克斯艺术博物馆

子、靴子以及其他东西都被雪盖住了。当我跑到大木屋去时，外面看不到山或任何东西，房子一边的雪堆得有屋顶高。目力所及，空中是白茫茫的一片——恐怖极了。在客厅里，雪从缝隙钻进来，德维太太正忙着铲掉地板上的积雪。虽然屋里一整夜都燃着火，德维先生的胡子上还是结了冰。埃文斯生病在床，床盖满了雪。吃过早饭后，我回小屋去拿一些要用的东西，回来时，整个人被风掀起，所有的东西，包括笔记本及信，都被吹得狂飞乱舞。一些值钱的照片再也找不回来了。几小时后，笔记本在三英尺下的雪堆中被发现。

靠近房子的地方有熊及鹿的踪迹，可是在这样的大风雪天，什么都看不见，没人能出外打猎。我们都待在这个颇为拥挤的屋里，以下棋、音乐及牌戏为消遣。有个猎人，实在无事可做，只好专心替我保管墨水使其不结冻。我们全都穿着厚大衣外套，燃着熊熊的火，把一堆木头都快烧完了。说这里是与世隔绝确实一点也不错，我们实际上是被雪封死了。公园中的其他拓荒者及"山中的吉姆"都在丹佛。晚上，雪停了。外面有些地方没有雪，但崎岖不平的地方则全被雪盖平，最高的雪堆有40英尺高。大自然一片肃穆新象。天冷得吓人，身体若有任何暴露的部位，都能被这零度的气温加上狂风剥去一层皮。

10月19日

　　埃文斯答应提供我六美元一个礼拜的住宿，如果我肯在爱德华兹太太离去之后留下来过冬，并负责炊事！如果不是要做面包，我想我会愿意暂时扮演女佣的角色！可是赶牛对我而言比较适合。男人们都不喜欢西部人所谓的打光棍儿，也就是自己管理日常生活。他们昨天烫洗自己的衣服，表现得不太理想。我想我明天真该离去了（已经讲了15次）。天气稍微转暖，天色更蓝，雪已蒸发，今天加入我们的一名猎人说：积雪消融，道路已通。

科罗拉多朗蒙特，10月20日

　　"世外桃源"已远离，可是我要如何才能割舍那份自由与迷恋呢？我看到朗斯峰的雪巅在夜空中耸立，也永远记得它底部的蓝色深壑。我们预计8点出发，可是马走失了，所以直到9点半才离开。"我们"是指那个有音乐细胞的加拿大法裔年轻人和我。我有一匹红棕色的印第安小马"鸟儿"，它是个漂亮的小东西，矫健、敏捷、耐心、温和又聪明。马鞍后是几个星期所需的衣物和行李，包括一件黑丝洋装，我行动一向独立。我们经过岩石门，穿过深涧——那里太阳照不到的雪仍厚厚堆在柠檬黄的白杨树下——也瞥见远处盖着白雪的巨峰直指阴蓝的天空。我们在山麓的一间木屋里吃午餐,那间屋子由一对兄弟及一名雇工照料,每样东西都收拾得非常整洁,不像没有女人的地方。由于有座木桥断了,我们只好涉过河狸所筑的狭窄水坝后面的深水,在暮色中走出色彩明亮的圣弗兰峡谷,来到乏善可陈的草坡。在黑暗中,我们费了些工夫才找到朗蒙特。旅店里,我受到热诚的接待,一位英国朋友来此与我消磨了一晚。

大普拉特峡谷,10月23日

　　这趟旅程的信恐怕非常沉闷,因为在走了一天,照顾我的马,弄晚餐,打听不同的道路消息和有关附近畜牧、耕作、开矿、狩猎等的传言之后,我已困倦得要命,实在无法再写信。星期二早晨,我从朗蒙特走得很早,这一天都是阴霾,因为可能有暴雪要来。前一晚,经人介绍认识一位曾经当过叛军上校的人,他给我的印象很坏,当他自说自话,要骑马带我走过"旅程中最错综复杂的一段"时,我实在烦得透顶。与话不投机的人待在一起,独处实在是最大的渴望,也是最快乐的事。因此当我终于摆脱他的陪伴,独自向草原进发时,心中真是高兴无比。骑马走30英里棕黄的平原到丹佛,是件既无聊又疲惫的事,一路上很少经过人们开发过的地方,小径处处,莫知所终。我获得的道路指示是:朝南走,走有最多车辙的路径。这就像不靠罗盘在大海中航行。在那棕黄起伏的平原上,走一英里半才能看到一匹马,实在是很奇怪的感觉。正午,天空因为另一个风暴而变黑,由山脉到平原一片漆暗,高峰时隐时现,这景象可怕得叫人不敢直视。温度先是很冷,后来又感觉热,最后又由东方吹来狂风,冷得难以忍受。不管怎样,空气新鲜,呼吸顺畅,幸好,我的马是很好的伴侣。有时候会有一群牛在干枯的草地上啃食,有时候是一群马。偶尔,我会碰到长枪横在鞍前的骑者,或者一般寻常的马车,不过较常见的是白篷马车,就是被称作"草原帆船"的那种。或是一列篷车,伴以牛、骡子及骑马的人,载着移民的家当,经过疲累的旅程,由荒凉的西部来到科罗拉多这令人向往的大草原。有一辆篷车的男女主人邀我去吃午餐,我提供茶(他们已有四个星期没碰过茶了),他们则提供家乡菜。他们由伊利诺伊州过来,这一路上已经走了三个月,他们的牛又瘦又弱,预计还要一个月才能抵达前方的湿山谷。一路上,他们葬了一个孩子,失去了好几头牛,十分伤心。由于长时间孤单地赶路,他们已经与世事失去联系,像是另一个星球来的人。他们希望我能加入,但是他们前进的速度太慢,因此我们彼此祝福后,分手道别。看着他们的白篷马车消失在远处的地平线,我感到比与老朋友分别还悲伤。那天晚上,我露宿在狂风深雪中,气温冷得近乎冰冻。后来我又碰到 2 000 头瘦弱的得州牛,由三名看起来凶悍的骑者赶着,后面跟着两辆篷车,满载女人、小孩及长枪。他们已走了 1 000 英里。后来我又看到两只草原狼,像是胡狼,有灰

第九封信

色的毛,很狡猾,从我旁边大步溜走。

　　冷风越来越紧,接下来的 11 英里路,我与即将到来的风暴赛跑。每到一个草丘顶,我就以为可以看见丹佛了,可是一直到 5 点左右,我才在较高的位置望见这座草原大城市,也就是殖民区的大都会。这个夸张到几乎没有树的棕色大城,散落在平原上,唯一生长的似乎只有苦蒿与千手丝兰。浅浅的普拉特河枯竭成一条窄溪,沙砾的河床有溪流的六倍宽,河边是枯萎的杨树,绕着丹佛市。从河道上去两英里处,我看到有个大沙暴,几分钟后整座城就被深棕色的沙尘清楚地标画出来。接着是强劲的风,暴雪开始了,我必须完全依靠"鸟儿"的智慧,才能找到埃文斯的小屋。它以前只来过一次,却能准确无误地带着我穿过崎岖的地面与深沟,到达目的地。埃文斯太太与孩子们开心地出来迎接他们的小马,我也受到热诚的招待,虽然房屋只有一间厨房及两个睡觉的小隔间,却温暖而舒适。我必须源源不断报告公园那边的消息。第二天到 11 点半才吃早餐。天空无云,异常寒冷,地上有六英寸的雪,大家都觉得太冷而不肯起来点火。我本来打算把"鸟儿"留在丹佛,前领地总督亨特及《落基山新闻》的拜尔斯先生都劝我骑马,而不要搭乘火车或马车。他们告诉我应该安全无虞,而且前总督亨特还画了一张地图,并给了我一封介绍信,可用于这一带的殖民区。

　　丹佛市已不再是殖民初期的丹佛。街头枪战和利物浦一样少见,人们早上从窗口望出去,也不会再见到有人被吊死在街灯柱上！那里是个繁忙的城市，是一个大区域的货物集散地，有不错的商店、一些工厂、很好的旅馆，也有文明的缺点与优点。毛皮店多的是，户外生活的人、猎人、矿工、赶牲口的人及移民，可以填满50家不同的店铺。许多从东部来参加现正流行的治疗营的人，可以在丹佛买到或雇用到他们所需的篷车、御者、马儿、帐篷、寝具和炊具，然后再上山。气喘病人多到足足可以开个气喘病大会。那些病体较弱、不适应山上粗陋生活的人，可以住在旅馆或寄宿屋，也有一些在夏天到山上露营，冬天住进城里继续疗养。丹佛坐落在海拔5 000英尺高的广大平原上，可以最佳的角度眺望落基山脉。我想我没有办法在那里待上一星期，能看到如此美景却触不可及，会使我发狂。丹佛目前是堪萨斯太平洋铁路的终点。有一条线路在夏延与全国太平洋铁路相衔接，经由丹佛及现已通车200英里的大铁路，将来应该可以到达墨西哥。经由另一条通过窄小山涧的铁路，一直可以到达靠近格雷斯峰的矿区。街上酒店的数量惊人。在垦荒城中碰到颇有个性的闲逛者，你很难要他们忍受几天甚至几小时的文明拘束，这就像要我侧骑到前总督亨特的办公室一样困难。到了丹佛，男人会把数个月辛苦所得的积蓄疯狂花光，像"科曼切族比尔""水牛比尔""野比尔"及"山中的吉姆"般喧闹寻乐，找寻他们渴求的狂乱。我在的那天，还有一群印第安人加入街上的奇景。他们属于犹他部落，我必须穿越众多的族人，前总督亨特才能把我介绍给他们英俊的年轻酋长。酋长穿着极好的珠饰华服，如果我有需要，他也会很有礼貌地给我指点。印第安商店、皮毛店及皮毛转运站，最令我感兴趣。也许是因为外面有积雪，街上到处是男人，一整天只见到五个女人。人们穿着各种装束：猎人及捕兽者穿着鹿皮衣服；大平原上的人皮带上挂着枪，身着战时留下来的蓝外套；赶牲口的人着皮装；骑行者则穿着毛皮外衣，头戴帽子，脚着翻毛水牛皮靴，巨大的墨西哥鞍后面是露营的毛毯；花花公子型的演员则戴着轻巧的手套；有钱的英国观光客，干净漂亮，一副傲慢自大的样子；还有上百名印第安人骑着他们的小马，男人穿着有珠饰的鹿皮衣服、红毯，脸上也都涂了朱红颜料，细长的头发直直垂挂，妇女们则都穿得厚实，跨骑在盖了皮毛的马鞍上。

虽然埃文斯太太十分热情地招待，但在这座城里我仍感到困惑、疲累，直到昨天早上9点有个人把"鸟儿"带来时，我才开心。他说它是个小坏蛋，整天都在踢踢跳跳，还把他甩下桥去！我发现是因为他把缰绳套到它身上，"鸟儿"每次碰到不喜欢的东西，就会不停地踢甩。我侧骑"鸟儿"穿过城中心，使我背痛了好久，换了姿势后好长一段时间疼痛才停止。今天是个美好的小阳春天气，地上的积雪看起来十分不协调。我在平原上骑了一段时间，来到起伏的山边，有一条两岸长着白杨树的溪流，每半英里路就有一间拓荒者的房舍。我常常碰到篷车，还捡到一个里面有500美元的皮手筒，我很高兴后来找到了失主。我几次穿越有趣的大铁道沿线小段，这趟骑行十分有意思。

梅溪的牧场，10月24日

　　你得了解，在科罗拉多旅行，除非在主干道上或大殖民区，否则不会有旅馆或小旅店，拓荒者习惯上会让客人留宿，收取与旅馆同样的价钱。这样的安排很好。然而，我停留的第一个牧场主人却不愿意收留我，后来才发现，或许是我不应该在有大谷仓、看起来一副有钱人家模样的大房子门口递介绍信。这个主人打开门，一副不甚欢迎的样子，可是他的太太看起来和蔼可亲，说是可以让我睡在沙发上。他们的房子是我见过最豪华的，有壁纸、地毯，还有两名女佣。有一位来自拉勒米的女士，好心地邀我到她的房间，她高贵文雅，是第一个在落基山脉定居下来的女子。她曾经尝试过三个月的治疗营，当时正准备回家。她有一辆篷车，车上有床、帐篷、帐篷垫、炉子以及所有的露营用品，她还有一辆单座小马车、一个替她照看一切的男子，以及一个极好的女佣。她有肺病，体力虚弱，但十分漂亮，她早期在拉勒米堡全危险而拘束的生活非常有意思。不过我仍有点烦恼，虽然我下午很早就到达此地，却不能告退来给你写信。吃饭的时候，三名男佣及两名女佣与这家人一起用餐。我很快就发现这房子有点诡异。第二天一早，即使有风暴要来，我还是很高兴能离开。我看见里奥格兰德铁道的小火车飞驰而过，里面温暖又舒适，真希望此刻自己就坐在里面，而不是身处这荒凉的山边。我只走了四英里路，风雪就大到令我不得不躲到一个避风雪的厨房，里

第九封信

面有 11 个惨兮兮的旅者,他们身上的雪不停融化,滴落在地板上。我在查默斯那里学了很好的自我适应的技巧,因此在这儿的两个小时里能运用自如,我帮着削马铃薯的皮、做圆饼,当我打算离去时,屋主虽然"为旅客有偿提供住宿",却愿意不取分文让我留宿,因为我是这么好的伙伴!风雪小了一点,到了午后 1 点钟,我将"鸟儿"上鞍,继续走了四英里,渡过一条冰冻的小溪,上面的冰裂了,小马摔了一跤,吓得它半死。我不知如何形容这段路程,四周是完全的寂静,雪继续落下,没有一丝风,没有山脉的痕迹,昏天黑地,冷得彻骨,真是不寻常又骇人的大自然。所有的生命都被掩盖,所有的工作和旅行都停顿,没有足迹也没有轮印。没有值得害怕的东西。我也不能说我很享受这段行程,不过身体越来越健康的感觉却很不错。

接近傍晚时分,天色越来越黑,路已无法辨认,当我发现这间坐落在诗意中的小木屋时,真感谢他们肯让我留宿。景色十分孤绝,让我想起惠蒂尔的长诗《大雪封门》。所有的牲畜都安静地来到木屋四周避风雪。牧羊犬进了屋子,赶也赶不出去;人包裹得密不透风地出去,进来时冻得发抖,不停抖落脚上的雪;搅乳机放在火炉边。后来进来了一个很有趣的拓荒者,他正打算前往丹佛,篷车却在两英里外被雪冻住了,不得不丢在那儿,把马儿带来此地避风雪。一个绰号"灰牡马"的女人,声音洪亮,抽着泥烟斗,还传给她的孩子们抽。她讨厌英国人,嘲笑英国礼节,认为生命短促而忙碌,所以"请""谢谢"一类的话都是"胡扯"。雪继续下着,天与地一片沉默。

LETTER X.

第十封信

万物都在耀目的雪光下燃烧。

科罗拉多斯普林斯,10 月 28 日

　　这一切真难以成书。一星期以来我一直在马上,观赏奇景,享受独自探险的乐趣以及旅途中的新奇事物。不过每天在这纯净的空气中,待在马鞍上超过十小时,到夜晚实在不想写信,只想睡觉,而且脑筋也转不动了,观察力增强了,反应力却跟不上了。

　　我上次写信的那个晚上是我经历的最冷的一个晚上。我把地板上的地毯卷到身上来盖,但还是无法保暖。太阳的光彩照射在白雪遮盖的大地上。农舍、道路、树丛、栏杆、河流、湖泊,全都在晶莹的白雪之下。雪很松软,像钻石般闪烁。没有一丝惊扰的风,没有半点声响。我在等一名路过的骑者踏出一条路之后,发现自己很快启程进入一个新的闪亮世界。不久后,我看不到骑行者的足印了,混入了数不清的鸟及松鼠的足迹。我顺着这条路一直走，这些足迹都指向同一个方向。我骑了一个小时后，不得不下马徒步一个小时，因为雪把"鸟儿"的蹄子冻成一颗圆球，就算没有我的重量，它也很难走稳，而我的尖头锄太脆弱，无法把冰敲落。我走入岔道，想找人家借个凿子。来到一间木屋，屋里的人正好是那天我捡到的皮手筒的主人，他们热诚地款待我，给了我一桶奶酪，泡了很浓的咖啡。他们都是"老乡下人"，我不知不觉待得太久。离开后，我又骑了12英里，不过路很难走，马蹄又被冻成圆球，路也难以辨认，让人感到孤独无援。小径上杳无人迹，不见半个人或兽。天空层云密布，风雪即将来临。阿肯色大分水岭就在眼前，在云中隐约可见。雪开始落下，不是细松的雪，而是大瓣的雪片。继续前行到天黑将很危险，因此在午后我就离开主路，在一条无人踏过的小径上走了两英里，来到坡上，通过几道门，渡过一条陡坡下的小溪，进入绝美的深谷。我来到一幢漂亮的屋子前，屋主佩里先生是个百万富翁，我立刻毫不迟疑地拿出介绍信，仿佛能否被收留就凭此信了。

佩里先生不在家，不过他开朗大方、衣着优雅的女儿，邀我进去吃饭并留宿。他们桌上有炖鹿肉，以及各种不同的佳肴，桌边有一名黑人女仆，是五名黑人仆人之一，战前他们就是这家人的黑奴。吃过晚饭后，雪虽然继续下着，女孩的表兄骑马带我看了附近的幽静公园，这也是科罗拉多的名胜之一，天气好的时候很容易进出。我们经过一道窄径，两边有像守卫般直立的岩岗，有300英尺高，颜色鲜红，进到里面却十分开阔。松树高大，垂

第十封信

落至公园的窄谷,幽暗壮丽。这里纪念碑般的岩石多得出奇,高度由50英尺到300英尺,颜色更是朱红、翠绿、浅黄、橘红或各色杂呈,它们艳丽的色彩与惨白的雪及阴沉的松,形成强烈的对比。大熊谷是雄伟壮观的深谷,位于公园之中。我们由冰上渡过谷底的大熊溪,冰不够厚,没过一会儿就碎裂了,两匹马都跌进深而冷的水中。不久,"鸟儿"的一只脚又陷入一个被雪盖住的草原狗的洞中,爬起来时,脸着地连摔了三次。我想起了威尔伯福斯主教[1]意外摔马致死的事件,他那次还没有摔得这么厉害。我想,他如果跟我一样,骑的是墨西哥马鞍,就不会落马了。走得太远是危险的事,于是我们掉回头。我经过一个区域,很像描述中的埃及、巴勒斯坦、小亚细亚、土耳其、俄国或其他地方。佩里小姐与她的家人曾在这些地方旅行了三年。

佩里牧园是科罗拉多最大的养牛场。科罗拉多当时是美国最年轻的领土,面积大约有6 800万英亩,其中很大一部分矿藏丰富,但大部分土地不适于畜牧与农耕,另一部分以及东部地区则过于干燥,农作物只能在有灌溉可能的地方生长。这个区域靠普拉特河及其支流供水,虽然有蝗灾,所产的小麦却质量极好,依培育的方法不同,每英亩可以生产18~30蒲式耳[2]。然而,灌溉的必要限制了可耕地的扩张。牧牛业依目前来看,似乎远景无限。

---

1 威尔伯福斯主教,英国国教牧师,1845年被任命为牛津主教。
2 农产品的容量单位,1蒲式耳(美)约为35.24升。

1876年，科罗拉多有390 728头牛，每头值2英镑13先令[1]，大约有一半是得州输入的小牛。这里气候好，牧草充足，除了由东部输入的牲畜，在严寒的冬天，有一段短时间需要豢养在牛棚中依赖人工喂养之外，几乎不需要人工照料。佩里先生把他大部分的时间花在饲养短角公牛上，每头小公牛可以卖6英镑。

牛被放牧在草原上，每头牛都有烙印，不需要牧人管理，通常只需把它们集中、点数，并在夏季为小牛再次烙印就行了。秋天，那些三四岁大的牛会被卖给中盘商，通过铁道运往芝加哥或其他城市，在那里，肥一点的被宰杀制罐或送到东部零售，瘦一点的则卖给农人过冬。一些较有钱的畜牧商，会亲自将最好的一批送往芝加哥。科罗拉多的牛，除了纯种的得州牛或西班牙牛之外，就是得州牛与短角牛交配的混种牛。它们几乎品种都比较差，瘦而干。牛群在大平原上随自己的意志杂混。沿阿肯色谷，有80 000头牛与水牛一起自由游荡，其中有16 000头每年秋天会被出口。牛被宰杀后贩卖到矿区，每磅只值3美分。夏天，成千的小牛从得州赶来，烙印完成后，就被放到草原上，直到它们三四岁被卖到东部前，都不会有人去骚扰它们。这些纯种得州牛，或老西班牙种，重量在900~1 000磅左右，杂交的科罗拉多牛则在1 000~1 200磅左右。

本地的"牛王"是南普拉特的艾利夫先生，他拥有9座牧场，

---

[1] 1英镑等于20先令。

管理着 15 000 英亩地和 35 000 头牛。他进口短角牛来快速改良品种。事实上,开放这个国家的肉品交易,给富裕大牧场对牛品种的改良活动造成了很大的冲击。数量如此巨大的牛群,夏天须雇用 40 个人,冬天要 12 个人,外加 200 匹马。偶尔有严重而持久的雪灾时,只能喂牛吃些干草。在科罗拉多有 6 000~8 000 头牛,甚至 10 000 头牛都是很普遍的事。目前全美国有超过 50 万只羊,羊主及牛主之间长久以来一直有争执。听说养羊的利润很大,但碰到风雪灾,危险与损失的风险也大,人工为羊洗澡所用的原料费用也大。由于羊没有能力在下雪天扒开雪吃草,因此碰到大雪天必须供应干草。羊大部分是纯种或交配的墨西哥种,有一些经过几年的小心配种,表现出了相当好的品质,但一般的绵羊都是腿长而消瘦的野生品种。如果有需要,四五岁的羊就可以宰了卖,不过除了在丹佛的查尔派耶特餐厅的餐桌上见过羊肉之外,我从没有在任何公共或私人的饭桌上见过。羊毛是主要的利润来源,老母羊经常能活到老死。最好的羊平均可得到 7 磅羊毛,最差的 2.5 磅。剃毛季从 6 月初开始,为时约 6 个星期。毛质较差的羊每只值 6.5 美分,较好的 7.5 美分,剃毛高手一天可以剃 60~80 只羊。养羊并不像养牛,那样可以获得更多的利润。马铃薯叶甲虫区的农人对马铃薯叶甲虫并不那么害怕。反倒是对为祸大而持久的蝗虫灾害更头痛,常常早上田园还"像伊甸园一样",到了晚上就"只剩一片荒凉"。

此刻,有美丽的卧室、热水及其他奢侈品的感觉真是古怪而虚幻。雪在傍晚6点左右开始猛烈地下，持续了一夜，加上极低的温度，第二天早上，8英寸的积雪在阳光下闪闪发光。佩里小姐给了我一双男人的袜子套在靴子外面，我很早就出发，自己找路走了两英里，幸好有一辆篷车经过，留下了30英里的车辙，否则白雪茫茫，无路可寻。天空没有一丝云，我骑了很长一段路来到阿肯色大分水岭。被深谷割裂的山脉，从我右边的山谷一扫而下，我左边是顶着美丽岩石的山麓坡地，像一座城堡。万物都在耀目的雪光下燃烧。潺潺的溪水被冻住，静止不动的空气中也没了断枝的声响，鸦雀无声。我没有遇到任何人，远近都不见房舍。唯一的声响是"鸟儿"蹄下踏雪的声音。我们来到一条河边，上面有木段与幼枝搭成的桥，"鸟儿"伸出一只蹄子，又收回来，再伸出另一只蹄子，然后低下头仔细地嗅闻。劝诱一点也起不了作用，它只是不停地嗅，发出低鸣，接着退缩，转过头来看我。我没有理由跟这么精明的动物争执。桥右边的冰大多已破，于是我们涉水渡河，但是水深及它的身体，我的双脚随之浸入冰冷的水里，真让我怀疑它的选择。后来我听说那座小桥很危险。"鸟儿"真是小马中的女王，它不只有野马的血统，它本身就是一匹野马，但是它非常温柔，总是快乐且有好胃口，永不疲倦，在所有事情上都充满智慧，而且它的脚如岩石般健壮有力。它有一个鬼花样，就是当它披上鞍时会猛胀身体，因此对它不熟悉的人为它上鞍时，很快就发现它的肚带总是撑大了三四英寸。我替它上鞍时，会在它的体侧轻拍数下，它就不会憋住胀气，一

《研究野马》

年份不详,阿尔伯特·比兹塔特 绘

私人收藏

切就可以恰到好处。它是个好伴侣，因此在骑了它一天之后，替它擦背抹鼻，看它嚼食，是我最重要的一件事。

我总算碰到了一间木屋，不但让它和我都饱餐一顿，还得到前路的指示。那一天接下来走得够辛苦了。雪有 13 英寸厚，而且越来越深，我在沉默孤寂中向上爬，就在太阳落到被雪覆盖的山巅后时，我到达了海拔 7 975 英尺的大分水岭的山顶上。在那里，在说不出的孤寂中，躺着一面冰冻的湖。猫头鹰在松间啸叫，路径被淹没，整个区域不见人迹，温度计显示是零下 9 华氏度（约零下 23 摄氏度），我的双脚已然失去知觉，有一只脚还冻在木马镫上。我发现由于积雪的深度，在八个半小时里，我只骑了 15 英里，这会儿必须开始找地方过夜。东边的天空出现一种我从未见过的颜色：起先一直呈现萤石绿，转为水蓝，之后又是鲜艳的玛瑙绿。除非我是色盲，否则这绝对是真的。风雨突变，纯亮的玫瑰红余晖洗掉了原本的色彩。"鸟儿"每走一步就滑一下，我也被冻得几近瘫痪，正好此时找到了一间别人向我提过的木屋，但屋里的地板上已躺满了 17 个因雪封而不能前行的人。他们劝我再走半英里，我照做了，到了一间来自埃尔梅瑙的德国人的木屋门前，屋主有个甜美的妻子及病弱的岳母。虽然他们的屋子很简陋，但是简单巧妙的德国装饰，加上爱，变得很有甜蜜家庭的气氛。我的房间必须踩梯子上去，而且是我独享一间，竟豪华到有一个私人澡盆。在两位女士细心的照料下，我的脚总算恢复了知觉，但是痛得如受酷刑。

第十封信

第二天早上，天气灰暗阴湿，不过后来渐渐回暖。骑了12英里后，在一个有八名寄宿者的大房子里，我得到了牛奶面包，"鸟儿"也得到了草料。屋里的寄宿者，一个比一个像死人。重新上马后，我依照指示离开大路，穿过纪念公园，在美丽的岩石堆中骑行12英里，但我迷路了，来到集合所有路尽头的峡谷。我回头走了6英里，再走上另一条小径，骑了8英里看不到任何动物。我来到一个有形形色色岩石的深谷，转过一扇岩石门后，来到我确信是艾伦幽谷的地方，一个你无法想象、既原始又富诗意的地方。小径尽头是一个接近高耸山峰的山谷，原始、阴冷、景色吓人。在涉过一条小溪几次之后，我看到一堆看起来像十年老屋的破烂房子，门上大剌剌地写着：科罗拉多城。继续走了两英里路，在山麓坡地的一个山头，我看到了一座房舍散落的荒凉水城——科罗拉多斯普林斯，此次150英里旅程的终点。我下马，穿上长裙，开始侧骑，不过这个区域不像是会在乎这些事情的地方。这是一个在荒芜平原刚形成的奇特地方，可以看出它正在发展，拥有许多观光用的大旅馆，未来必然有所成就。由此看山极美，尤其是派克斯峰，不过出名的温泉在3英里外的马尼图，也是个风景不错的地方。对我而言，没有比树木不生的科罗拉多斯普林斯更不吸引人的地方了。

我发现某先生一家住在一间小房间里，这房间用来当客厅、卧室、厨房，十分方便。里面还有两条草原狗、一只小猫，以及一条猎犬。非常有家的感觉。某太太烧了很可口的牛排，她丈夫

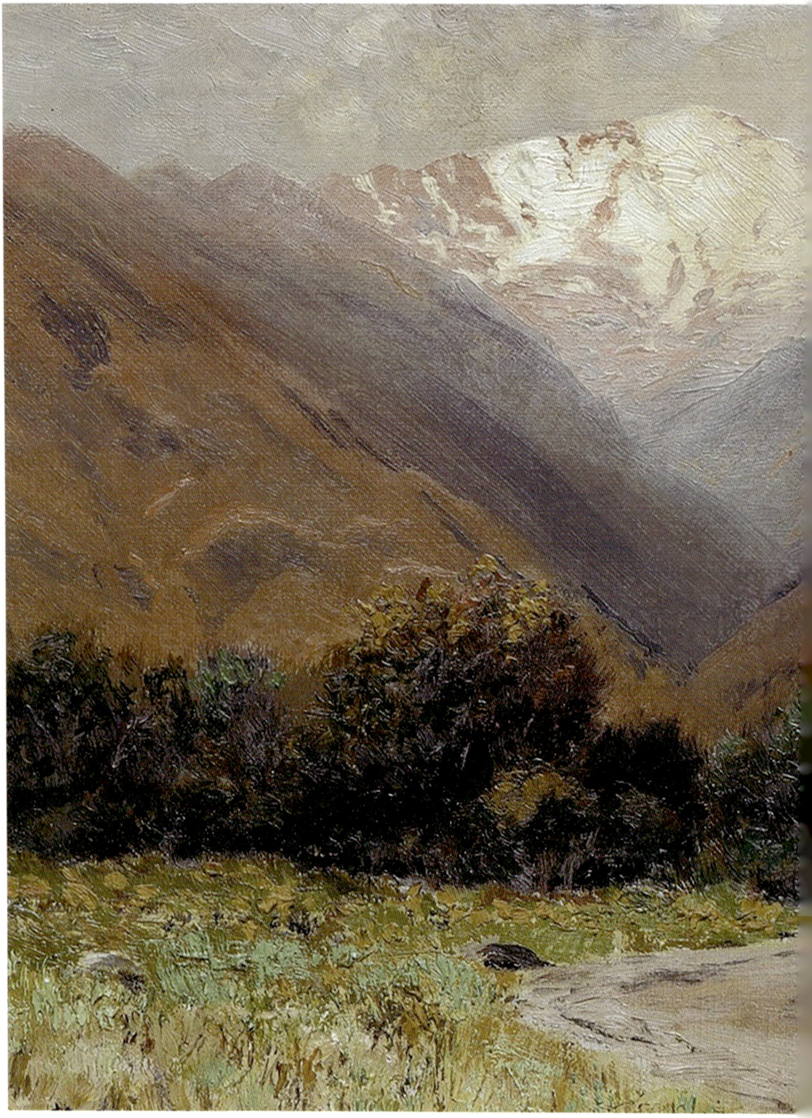

《派克斯峰,马尼图附近的阵雨》
约 1915 年,查尔斯·帕特里奇·亚当斯 绘
私人收藏

则忙着准备茶水。他们免除了雇女佣所带来的不便。某太太陪我一起走到我睡觉的寄宿屋，我和这位女房东在客厅闲聊了一会儿。正对着我，有一间卧房门大敞着，正对房门的床上，有个看起来病得很厉害的年轻人，让人搀扶，半坐卧着，衣着整齐。另一名看来同样病入膏肓的年轻人则偶尔进出房门或靠在壁炉墙上，看上去十分沮丧。很快，门又半掩上，有人走进去，匆匆地说："快！拿蜡烛。"然后屋里有忙碌的脚步声。在这同时，我所在房间里的七八个人，仍然不停谈笑、玩西洋棋，其中以女房东的笑声最大，她所坐的位置同样可以清楚望见房门里的举动。在这段时间，我一直可以看到那忙碌房间中的床尾，有一双大白脚直直地在那里。我时时注意，希望它会移动，但是没有，我觉得它们越来越苍白僵硬。我可怕的怀疑更深了，在我们聊天的时候，他的灵魂孤独绝望地进入了黑暗。然后有个人拿了一堆衣服出来，那病入膏肓的年轻人在低泣，另一个与我有同感的人感慨地对我说，刚死去的那个人是另一个病人唯一的兄弟。女房东仍在大肆谈笑，后来她对我说："这些人在这儿死去，把整个房子弄得乱糟糟的。我们大概要花上个大半夜来处理后事。"那天晚上，冰冷的空气，以及那个哀伤兄弟的哭泣声使我无法入眠。第二天，一口漂亮的棺木送来时，女房东穿了一件入时的黑洋装，走进走出，表现她的干练。我到客厅去找针线，那房间的门是开的，孩子们跑进跑出，女房东在扫地，愉快地叫我进去拿针。而在那房里，我恐怖地发现，死者的脸上连块遮盖的布都没有，太阳穿过没有窗帘的窗户，直射到可怕的死尸身上，甚至房中的椅子都是横七倒八。尸体下午被下葬，从仍在低泣的兄弟脸上看来，他自己的日子也不远了。

某先生说，许多肺病末期的人来到科罗拉多斯普林斯，以为这里的气候能治愈他们，却没有钱支付即便是最简陋的食宿。那天我们大部分的时间在聊天，我同时在准备别人为我计划的山旅之行所需的装备及厚手套。我也给"鸟儿"它应得的休息日，因为我不知道越过阿肯色大分水岭那天是它该休息的星期日，所以补它一天。金斯利小姐的几位朋友来看我，她真令人想念、喜爱。这趟旅行花费不大，大约10先令一天，且由丹佛来时路上五天的花费，也比坐几小时车的花费少一些。一路没有多大困难，这实在是对健康有益而又令人享受的生活。我的行李都很简单，交通工具是一匹马，只要找得到食物与住宿，我们可以到任何地方去。

马尼图大峡谷，10月29日

这里风景如画，有些平静与沸腾的温泉，印第安人很清楚它们的优点。此地附近有一些知名的地方——神之园、艾伦幽谷、派克斯峰、纪念公园、犹他隧道。这里有两三家很大的旅馆，几间房舍如画般散落着。夏天时，有成百上千的人们来此喝泉水，体验治疗营，或进行一趟山间之旅。不过现在一切都安静下来了，偌大的旅馆中只有少数几个人在闲逛。有些高达15 000英尺的积雪山峰环绕着山谷，谷中有一条急流。此地的风景宏伟而令人生畏，有一种奇怪如死亡般的庄严。雪山被急流穿过，形成了犹他隘道，明天我希望经由此前往更高的地区。不过一切计划可能因为缺少一根马蹄钉而成为泡影。"鸟儿"的一根蹄铁钉松了，这里找不到任何钉子，直到我走上隘道10英里后才弄到一根。"鸟儿"以它奇特的方式逗我玩。它总是紧紧跟随着我，今天它把一扇客厅的门推开，几乎进了屋子。它一边把头靠在我的肩上跟着我走，一边舔我的脸跟我要糖吃。有些时候，如果别人牵它，它会用后腿踢人，邪恶的布朗科马性格就会显现。它的脸狡猾而美丽，当我骑到它身上时，它会弄出好笑的奉承声音。所有马厩的人都逗弄它，叫它"宝贝"。它在山坡跑上跑下，即使在最崎岖的地区，也没有绊过跤，或需要我动手扬鞭。

　　天气仍旧很好，没有一丝云，阳光温暖，平原及低处的雪都不见了。某先生驾驶单座马车，我骑"鸟儿"离开科罗拉多斯普林斯，翻越平顶的麦萨高丘，看到不寻常的薄片岩石。岩石的双翼是鲜明的朱红色，映着派克斯峰高耸的积雪山脉。我们下降到多洞穴的艾伦幽谷，有针状的彩色岩石。我们接受了帕尔梅将军的招待，他所谓的"豪厦"是完美的高山房穴，美丽的大厅中，放满了水牛、马鹿和花鹿的头，以及兽皮、鸟类标本和熊皮袍，更有无数印第安人或其他群体的武器与纪念物。穿过一扇红岩石的大门，我们进到被称为"神之园"的山谷，如果我是神，一定不会住在这里。这附近有许多地名粗俗的地方。由此，我们经过一个山谷，下面方廷河奔流而下。就在这里，我与友人们分手，独自进入这个苍凉孤独的峡谷。在夕阳红晕的映照下，山岳只能远远瞧见。我把"鸟儿"寄放到一间马厩，我自己则除了这家大旅馆之外，无处可去，只好享受这最后的豪华。在旅游旺季，他们收六美元一天，不过现在半价。现在，取代原本400名衣着入时的旅客的是15个客人，而且大部分是病弱的肺病患者，几乎要把内脏都咳出来了。这里有七个医疗温泉，享受豪华房间的感觉真奇怪，这是在科罗拉多第四次躺在不是铺干草的床上。我很高兴这一路旅馆不多，我得以深入拓荒者的家庭及日常生活。

伯根公园，10月31日

木屋很暗，我又很困，因此昨晚不能写信。不过半夜冷气逼人，让我一直睁眼到天亮。温暖的阳光把冰融化，才确保了旅程的安全。我昨天10点离开马尼图。"鸟儿"在马厩里没有被拴住，当它看到我拿着它的糖及面饼时，慢步向我跑来。找不到蹄钉，它的蹄铁靠两根钉子挂住，这使我一步只能走一英尺，而且被松脱的蹄铁的铿啷声吵了三个小时。蔚蓝的天空万里无云，虽然在阴影里冷得冻人，在阳光下又像夏天那般炎热。矿泉水在水池中闪耀发光,长年不断喷出泉水。不过,白雪为顶、松林为裙的山脉,却阴郁地遮住犹他隘道,我进入其中,向上走了20英里。这是条窄道,只够一条山涧及一条篷车道从两边陡直的山壁中穿过。我随时都可以看到方廷河,它奔流过崎岖的玫瑰红碎石,因此比任何溪水都明亮,真是一条美丽的溪流。它穿挤过坚硬的岩石,流过雪白光滑的冰,擦过水晶般冰块的边缘,冲落冷暗的洞穴,发出空洞的巨响,或者由高处急流跳入白色的泡沫中。它总是明亮,因为它纵情于岩石间、松树下、松树中、松树上,从不在静止的水池中歇息。它在日光中吟唱欢笑,在蓝色的松影中幽响。在这里,有一两英里的遮阴处,由于纬度偏南,北部的常青松柏与其他气候中生长的树木相遇,有矮锥栗橡、柳树、榛树、杉树;北美香柏与杜松互相推挤,争夺危险的扎根处;太平洋岸的巨大红杉与大西洋边的奇特胶冷杉碰头,在它们中间,杨树的浅金树叶(如传说中所述)在无穷的悔恨中抖动。所有的这些之上,耸立着闪闪发光的锯齿山峰,雪白映上蔚蓝。宏伟!壮丽!庄严!但不可爱。我愿以一切换取美得目不暇接的希洛深谷,或一天时间"软香滑腻如凝脂"的天空。

无止境的上行!路是由红岩石崩裂而成的,岩石常常倒悬,峡谷只有15~20英尺宽,八次穿过方廷河,轰轰如雷的奔流声震耳欲聋。有时阳光直射到路上,就热得不得了,然而一进入阴暗幽谷却又积雪深厚。覆盖着白雪的松树,发出暗暗的幽光,河流在挂着冰柱的冰桥下奔腾。终于隘道开敞,进入一个阳光普照的高地公园,那里有个铁匠铺。钉好"鸟儿"的蹄铁,又在我口袋中装了些铁钉后,我们终于开开心心地前行。在热诚的主人经营的一个牧场里,我们得到一些食物。他们就像所有西部人那样,在不沉默的时候,会冒出一连串的问题。我在那里碰到了基特里奇上校,他说他相信他的山谷(位于小道20英里之外)是科罗拉多最可爱的山谷。之后,他邀我到他家去。离开主路后,我在深雪中向上爬,可是看起来好像走错了。我把马拴住,走到稍远地方的一间木屋。我还没走到木屋,竟发现"鸟儿"像条狗般跟着来了,扯咬我的袖子,把柔软的灰鼻子放到我的肩上。是为了糖吗?我们还要走8英里——大部分的路是在森林中。我独行时,很不喜欢走森林,怕有什么东西会突然从树后出现。我看见一只漂亮的白狐、几只臭鼬、一些花栗鼠,还有灰松鼠、猫头鹰、乌鸦和冠蓝鸦。太阳低落时,我已到了伯根公园,根本无法联想起埃斯蒂斯公园。完全不行!此地狭长,没有什么特色,而且附近的环境十分险恶。它使我想起一些阴沉的高处大河谷——比如格伦希。我特别仔细地打量这里,因为这是金斯利小姐建议我停留的地方。傍晚光彩悦人,远景也很不错。一条岸边有白杨树的溪流穿过公园,低矮的山丘往下延伸至此。南端完全封死,可是公园另一端靠近派克斯峰的远方,是层叠的山峰,在可爱的傍晚呈现美妙的蓝紫色。再往前,清澄的绿空中,鲜明地映着锯齿状的雪岭,据说远在200英里外。伯根公园被伦敦的贝尔医生买下,可是目前住着的是一位英国绅士桑顿先生,一个有钱的已婚英国人担任他的经理。桑顿先生正在造一栋好房子，并计划再搭建其他木屋，目的是要把公园变成观光区。我想起了朗斯峰下孤独的蓝色深壑，很高兴我曾经到过那里。

木屋低矮，泥顶，很暗。屋子中央堆满了生肉、禽鸟与转轮。屋的另一隅几乎全黑，有一个煮饭的炉子，还放着牛奶、瓶罐、一张长桌子、两张条凳和几把木椅。房子的另一端则有英国经理和他的太太、三个孩子，以及另一座炉子、各种齿轮、几袋豆子与面粉。他们挂了一条床单作间隔，让我睡在碎石子地上。吃饭的时候有十个雇工一起用餐。这里的一切似乎全都简陋、阴暗，令人很不舒服，但出身高贵、身为剑桥大学硕士的桑顿先生好像很满意这里。大部分人就是这么开始他们在这里的生活的（如果有女士在，情况就好一点）。七条大狗——其中三条背上趴着猫——通常靠在炉边取暖。

普拉特河南支的双岩，11月1日

由于路滑，我直到10点才离开桑顿先生那里。我在一条岔道上走了4英里，累得在一座牧场上休息了两小时，在那里，我听说要再走24英里才能找到住处，于是心里很不高兴。我并不喜欢昨天的行程。我又累，关节又痛，"鸟儿"也不如平常那样神采奕奕。上路后，我来到一处没有听说过的偏僻地方，叫海登

第十封信

分水岭，是这个区域的主要山脊之一，有 11 英里长的路都覆盖了很深的积雪，而且寂寞得可怕。除了一匹新近才死的骡子躺在路上外，我没有看见任何东西。将近傍晚时，我相信自己迷路了，感到十分紧张，因为我来到了一片原始森林。其间散落着 100~700 英尺高的大块岩石，再向前是长着零星松树的草坡，四周是无尽的山脉，在幽暗的黄昏光影中隐现。不过西班牙峰清晰可见，号称"落基山脉之王"的林肯山也清楚地显现在 70 英里外的空中。独自身处这积雪深厚的孤山老林中，被无尽的山脉包围，又知道一个月前才有支 30 人的队伍在此迷失，实在是很可怕的经验。就在天黑前，下了一个陡坡，我便离开了森林，来到一间干净的木屋，在那里得知住宿处就在两英里外。我继续前行。一位十分漂亮而可亲的女士把我安置在摇椅中，除了帮忙摇摇篮之外，她不准我帮任何忙，让我感觉像回到了自己的家。房间虽然是他们及两个孩子的厨房、客厅兼卧室，可是明亮、干净又舒适。晚饭有覆盆子酱罐头、面包、牛油、茶、鹿肉及炸兔肉。7 点钟我就去睡了，卧室是铺了地毯的木房间，有很厚的羽绒床垫、床单、褶皱边的枕头，以及一叠厚暖的白毛毯！我睡了 11 个钟头。他们非常不鼓励我走前领地总督亨特替我规划的路，由于积雪，他们认为行不通，而且另一场暴雪正在酝酿中。

霍尔深谷，11月6日

从上封信之后，我又走了150英里。星期六离开双岩后，我只骑了一段短程，到达油溪基特里奇上校的木屋，在那边与一些随和的人度过了一个安静的星期天。这段路一直在公园与深谷的松林中穿梭，大约9 000英尺高，派克斯峰一直在视线之内。我对找路径已经很内行了，要不然是无法遵照这些指示的：沿着深谷走四五英里，直到派克斯峰在你左边，一直跟着车辙直到碰到一些林木，之后再往北走，直到碰到一条小溪，在那里你会看到许多马鹿的足印。向右渡过小溪三次，最后你会看到左手边有一块红色岩石……基特里奇上校的木屋小而孤寂，那里的生活，对一个受过教育的优雅女人而言，是辛苦的折磨。我到那里后，天空开始飘雪，但是11月的第一个星期天跟6月一样晴朗温暖，周遭一切仍是如此清纯。由油溪可以望见附近山坡之上的派克斯峰的三座尖峰，他们以此来计时。我们在黄昏光影中待了半个小时，派克斯峰才失去它透亮的金边。离开基特里奇少校热忱的木屋之后，我像平常一样下马来调整一块木条，一转身，"鸟儿"不见了！我花了一个小时企图抓住它，可是它大闹脾气，不让我走近。我又累又恼。正在这时，有两个骑着骡子的捕兽者路过，合力包围后捉住了它。我又骑了12英里回到双岩，继续上路，一个同路的好心牲口商替我载行李。我必须在此说明，自从离开科罗拉多斯普林斯后，每一英里路都把我带到更高、更远的山上。那天下午，我一直在如草坪般的公园高地上前行，积雪的派克斯峰留在身后，前面的山脉沐浴在深浓的蓝紫光影中，一切都美好，不过时间久了后，不禁会觉得单调。然后篷车道突然向左转，穿过一条宽阔的湍流，那是普拉特河的源头。在那里我找到了别人介绍的牧场，一个叫林克的极佳猎人的住处，很像一间好的乡下旅店。那里有一个友善和气的女人，可是男子都不在，这是我不喜欢的事情，如此一来，我就必须先花半小时照料马，才能坐下来给你写信。我才刚进门，一位在马尼图碰到的亲切德国女士及三位男士也来到此地，我们热络地互相招呼，吃了一顿丰盛但刺耳的晚餐。当林克太太不断把好吃的食物推销给我们时，她不停地数落着英国人，说："你会觉得他们来此旅行只是为了满足味觉。"她还对着我问是否曾注意到这一点！人们总以为我是丹麦人或瑞典人，从没认为我是英国人，因此我经常可以听到一大堆批评。傍晚，林克先生回来了，他与一位老猎人、一名矿工，以及替我载行李的牲口商，为了我后面三四天翻山的行程起了激烈的争执，因为从这里起，我要离开篷车道而行。第二天早上，争执继续愈演愈烈，如果不是我的神经够坚强的话，早就被吓坏了。老猎人尖刻地说，他"必须说真话"，矿工叫我走的路，25英里内没有半间房子，如果下起大雪，世间就再也不会有我的消息了。矿工说，他"才说的是真话"，猎人教我走的路，积雪五英尺，路径莫辨。牲口商也指出唯一一条骑马能走的路径，并劝我由篷车道抵达南公园再说，但我决定不走那条路。

林克先生说,他是这区域最早的猎人及拓荒者,但连他都无法通过任何积雪的小径。于是争论继续。最后他们部分同意有一条路可行——老猎人说是"落基山脉最糟的路",有两英尺厚的积雪,不过有猎人拖着一只马鹿走过一小段。整个辩论的结果,你可以在我下一封信中得知。

LETTER XI.

第十一封信

地上的阴郁包围着我,
天堂的光彩则跟随着群山。

科罗拉多霍尔深谷，11月6日

又是一个无云的早晨，就像早起的人们常碰到的状况，我的精神已经恢复，可以再应付疲劳的另一天。在我们阴湿的气候里，你不会知道连续的好天气对人精神的影响。我几乎已在持续有阳光的日子里生活了十个月，而现在只要遇到一天阴天就会陷入沮丧。由于路滑，我直到9点半才离去，上路不久后，就进入了原始幽暗的小径。很快，我看到有个人骑在前面一英里左右的位置，我赶快追上他，我们一起骑了八英里路。这对我真是方便不少，如果没有他，我怕不知要迷路多少次。后来，他骑了两天的美国良种马吃不消了，而我旅行了两个星期的"又疯又差的布朗科马"却仍能在雪上慢跑。他是我这天12个小时内见到的唯一的人。我彻底享受每一分钟的行程，并集中所有的精力与辨认力，因为路径的确难辨。有时候我真觉得林克先生给这路起的坏名真是一点也不错。大部分的时间我都能看到塔里奥尔河，它是普拉特河水量最大的支流之一，两侧受山夹峙，最窄的地方经常只有一道狭谷，而有些部分又十分开阔，在蜿蜒上下了25英里之后，落入一处岩石环绕的不毛之地。那儿中间的溪道浅而宽，有英国亨廷顿的乌斯河那么宽。其河水源于融雪，两侧河岸结冰，整块地方被白雪覆盖的奇岩和山丘包围，只有一些矮银杉赋予它明亮的色彩。至今我还没见过如此原始的地方，一点也不像这片地区的其他地方。

我又上了一个陡坡，那山坡上阡陌交错。突然穿过宽阔的山涧，越过向阳的草地及深绿的松林，深深浅浅的红映在宏伟不似人间的连绵蓝色山脉上，清晰可见。山脉或而升起成巨峰，或而断裂成深蓝色的山涧，或而破成锯齿状。巨岩与尖峰由不可攀登的一面升起，看起来真美——一幅闪亮似仙境、令人难以忘怀的美景，而且距离我只有四英里。山脉看起来不似世间之物，似乎只有梦中才能见到，是耸立在那遥远地方的美丽山脉。它们鲜艳的色彩，比艺术家笔下的摩押王国[1]或沙漠的山丘还要亮丽，真不能想象从来没人在此住过，因为山势高拔犹如庄严的堡垒——并非欧洲那种灰色的封建城堡，而是像整座的阿拉伯式建筑，如突出的灰色巨岩。它们绵延广阔、巨大高耸，色彩美得难以述说。由底部松林附近的深浓红色，渐渐淡化成奇妙的温柔，直到

---

[1] 摩押王国，死海东面的古王国，位于今约旦境内西南部。

高峰突然耸起，变成透明的红光，让人以为那是日落的光彩。底下是奇岩深壑，被河流切割成峡谷，有着非人间的光彩，与覆盖纯洁白雪的北面山阴处比起来，那里像是温暖亮丽的地方。

在我们身边的是湿、冷、幽暗；
在他们身边的是日落绽放的玫瑰红光慢。

地上的阴郁包围着我，天堂的光彩则跟随着群山。在这里，再一次，礼拜似乎是人类灵魂唯一可做的事，那个问题再一次被提出："上帝，你衷心顾念、不时探访的人类，究竟是什么？"我艰辛地在积雪的山坡上下跋涉，遇到结冰的下坡地，经常下马徒步，以减轻忠心的"鸟儿"的负担，也常常停下来饱餐永远壮丽的景色。我总是发现一些新的深壑，它们有多彩的颜色，如奇特耀目的红，还具有不可思议的形状。然后，其下，小径所到的深谷，窄得连小径及河流本身都几乎无法容纳，而那又是另一种庄严幽静。溪水弯曲回转，有时宽阔成浅滩，有时又狭窄成沸腾的旋涡。岸边是金字塔状的冷杉与美丽的银杉，以优雅的姿态生长着。谷中幽暗而深冷，只是偶尔会有一丝光线由冷雪上的松间穿过。我突然回头，身后是奇妙的火红尖峰，耸立在像是永不终止的落日余晖中。这种冬日与夏天的综合景象，真是奇特。小径一直都沿着北边伸展，雪深而洁白，而南边却没有一点雪，葱郁的草地沐浴在温暖的阳光下。

单调而结实的刚松不见踪迹，白皮松也很少，两者都被尖细银绿的矮银杉取代。山谷深壑都已过去，火红的山脉也落在身后，高处则变得阴郁神秘。我穿过一个已结冰的湖泊，来到一块被一无树林的山丘包围的空地，山丘上面则是白雪覆盖的山脉。在那里，小树丛间，我们走过一条已结冰的颇深溪流，但冰突然碎裂，可怕的冰水使我的双脚在余下的行程里一直冰冷僵硬。越走近源头，河流越宽，不久后，小径消失，面前是宽而急的河水。我们两度涉过此河，然后小径就难再辨认了。在冷冻的空气与积雪中再往上行，穿梭在因遇冷而长不大、因狂风而扭曲纠结的枝丫间，那种孤寂感就像走在阿尔卑斯山高处的路上。除了冰雪的跌落声、悲惨的狼嚎及猫头鹰的叫声之外，没有其他声响。对我而言，太阳早已落下，山顶已由火红转为惨白，幽光也渐渐加深为浓绿，但仍美不胜收！看不见有温馨火光的房子。头顶上，多彩的山脉举着它们冷硬的尖峰。在黑暗中，我开始害怕自己把别人告诉我的木屋当成了岩石。老实说，因为我的靴子与袜子都冻在脚上，而且已经14个小时没吃东西，我又冷又饿。骑了30英里后，由小径上远远望见一点光芒，后来发现那是我前一晚过夜的友善人家女儿的木屋。她的丈夫去了平原，她及两名幼儿留在这里，不过十分安全。我抵达后不久，两个由上面矿场下来的小贩来此过夜，他们长相可怕。他们对"鸟儿"喜爱得令人起疑心，居然想以他们运货的马儿来交换。我晚上的最后一件事及早上的第一件事，就是看我的小宝贝是否安全，因为他们不断提出交换的要求。之前曾有人出价150美元要买它。小贩们占据了内间的一间房,我不得不跟那个母亲及孩子们同眠。房间十分闷热,以《骨相学杂志》糊墙,早上我一睁开眼睛,就看到了我见过最好的坎德利什医生的照片,真伤心不能再看到那有两道浓眉的英俊脸庞。

林克太太是位有教养且非常聪明的女子。两名小贩是爱尔兰裔的美国北方人,他们交易的方式跟"狡黠的山姆"一样让人觉得好笑。他们不只要交换我的马,还想要收买我的手表。我想,他们也会出卖灵魂。他们花了一个钟头展示他们的货色,喋喋不休地推销,可是林克太太不为所动,我也只想买一块手帕遮挡阳光。为了我的行程,又起了一番争执。这是我旅程中最重要的一天,如果暴雪来临,我会被阻在山中数个星期。可是如果能涉雪走到去往丹佛的篷车道,那么就不怕被风雪阻挡了。小贩们坚信我过不去,因为降雪后还无人走过此路。林克太太则认为我能,劝我一试,于是我给"鸟儿"上好鞍后就离开了。

有大半天的路十分艰苦。早晨天气很好,日光炫目又炙热。我一出去,就觉得自己快摔下马了。大手帕只能挡住颈子不被太阳晒到,可是热气却使我的灵魂、知觉、脑袋、眼睛不断眩晕。我未有过这样的感觉。我身在12 000英尺的高处,空气当然很稀薄,雪白得耀目,我大部分的时间不得不闭起眼睛来,以免雪盲。天空是不同往常的炙热颜色,我偶然瞥了太阳一眼,它白得像石灰球灯,放出奇特的火花。我想呕吐,呼吸困难,而且从头到脚都疼痛万分，真想在雪上躺下来。这也许是高山症的初期症状。我们慢步前行了四小时，周遭全是雪，除了映在燃烧的蔚蓝天空的闪亮山头之外，什么都看不见。我真不知道自己是怎么找到路的，因为小径上只是偶然出现一个人的足印，我也不知道那是不是我要去的方向。早先雪还没有如此深时，我经过最后一个大群野牛常出没的地方，可是除了牛角与枯骨外，什么也没看到。两个月以前，林克先生成功地把一头小牛与兽群分开，试着驯养。那是只有七个月大的丑东西，有厚厚的胡须，宽肩覆盖着又短又厚的深色鬃毛，还会发出如猪般的嚎叫。它跑得比他们最快的马还要快，偶尔会跃过高高的围栏，还把五头母牛的奶全喝光了。

雪更深了。我确定"鸟儿"摔了不止 30 次，它似乎无法再前进，我不得不下马来，跟着它的蹄印蹒跚前行。当我看到一片乡野景色时，知道那必是南公园的所在，不知怎的，我克服困难的精神又回来了，而且我们也正好走在遮住太阳的山丘下。小径到尽头了。这只是使我不断走错路的许多猎人小径中的一条。在雪中跋涉实在是件辛苦的事，我想我们花了两个多小时才走完了一英里路。雪有近三英尺深，有一次我们碰到一片积雪，表面像是沙漠的波涛，雪深及"鸟儿"的背和我的肩膀！我们终于走出了深雪区，我有点难过地注视此行的目的地——大分水岭。这个积雪的山脊与我之间，坐落着 75 英里长的南公园，这是上万英尺高的起伏草原，无林无木，被群山包围，受到太阳暴晒的干草

第十一封信

丰富到你以为全科罗拉多的兽群都可以在这里找到草料。它的中心是一个简陋的矿城费尔普莱,但传说有好些地区也都蕴藏着丰富的矿藏。这个区域曾一度涌入采矿者,矿工营地在阿尔玛及其他地方纷纷建起,暴力四起又毫无律法,因此人们成立了警戒委员会。南公园每年冬季因雪封而关闭,现在也快关闭了。此刻,一列大篷车正把此季的最后一批供给品运送上来,并把妇女及暂居的人送下山。夏天时有大批的人来到这山上,稀薄的空气压迫胸部,造成出血。有人说,你可以看得出来哪些是初来的人,因为他们总是用一块沾了血的手帕捂住嘴。而我是从更高的冰雪区下来的。落到此地的雪都蒸发或吹不见了。在我看来,这里虽然孤寂且有说不出的悲凄,但却像是一块有生长力的低地,使人联想到"寂静海"中的"无声桨"。我骑马慢跑过较窄的一端,很高兴涉过了雪区。当我遇见"丹佛篷车道"时,以为山中旅行的所有困难都到此为止了,结果却不然。

有个骑着马的人不久后加入,跟我做伴骑了 10 英里。他样貌独特而有趣,骑着一匹极好的马,头戴一顶垂边的大软帽,帽下是浅金的卷发,有些长到腰际。他也留着浅金色的胡子,有一双蓝眼,肤色红润。他的表情没有邪恶,态度有礼而坦诚。他穿着一套带珠饰的鹿皮装,鞋上有一对奇大无比的铜马刺,他的马鞍装饰得精美。不寻常的是他所携带的武器数量:除了马鞍上横放着一支长枪外,皮套里还有一对手枪,皮带上有两支左轮手枪、一把刀,另有一支卡宾枪挂在身后。我发现他是很好的同

《纵览南公园》

1897 年,查尔斯·帕特里奇·亚当斯 绘

私人收藏

伴。他告诉我一大堆有关这个区域、野兽和狩猎的故事，以及印第安人的一些行为。这一路，我们越过南公园，经由布雷肯里奇隘道，上升到大分水岭，这是一条不错的篷车道。我们在木屋停留，那里的妇人似乎认识我的同伴，除了牛奶、面包外，还供应了一些鹿肉排。我们继续前行，抵达了大分水岭的顶端，看到白雪源头的溪流，两条河的起源地只相隔四分之一英里，一条流向科罗拉多并注入太平洋，另一条经由普拉特河流入大西洋。在这里我与猎人道别，很不情愿地转向东北。上大分水岭实在不是明智之举，还必须匆忙往返。下山途中，我在刚才吃饭的妇人处聊了一下，她说："我相信你会觉得科曼切·比尔是个君子。"我到那时才知道，如果她所说的话正确，我那聪明有礼的同伴便是落基山脉最可怕的亡命徒，是拓荒先驱中杀害印第安人最多的人。此人的父亲及家人在灵湖为印第安人所杀，他的妹妹以及一个11岁的孩子也遭他们掳劫。从那之后，他的生活重心就是寻找这个孩子，而且只要见到印第安人就杀。

在骑了20英里后，这一天我已经骑了50英里。然而，我骑着"鸟儿"，又继续走了6英里，到达一栋别人建议我停留的屋子。道路上升到11 000英尺，在这里我最后一次眺望孤寂高起的草原海。"丹佛篷车道！"这是我走过最糟、最阴郁、最差劲的路段，它只是一道蜿蜒的深壑——被松林遮蔽的黑暗普拉特峡谷，整整6英里的路段被两旁12 000英尺高的以松为裙的高山紧紧夹峙！沿着这隘道的40英里，听说只有五栋房子，如果不是有矿工下来，还有篷车运货上去，那真是孤寂得可怕。就像现在，四望不见任何东西。我离开南公园时是4点钟，在山壁及松林的遮盖下，光线很快就暗了下来，那是一种你可以感觉得出的黑暗。在阳光下融化的雪又再冻了起来，脚下像一片冰原。"鸟儿"滑跤得厉害，我只好下马徒步，可是我们两个似乎都无法前行。在黑暗中，它不断摔到我身上，于是我由行李包中取出在佩里牧园得到的那双男人的袜子，套到它的前蹄——这个权宜之计非常管用，建议所有旅行者遇到相同情况时采用此法。周遭漆黑得无法形容，所有探索都是靠感觉完成的。我再次上马，任凭它自由前进，因为我连它的耳朵都看不见。虽然它的后腿仍然滑溜得很厉害，但我们总算设法走过了峡谷中最窄的一段，旁边还有一条奔流的河川。松林十分浓密，在冰冷的空气中，有悲戚的叹息声和断裂声，还有一些解释不出的古怪声响。终于，在袜子快破掉时，我看到了营火的火光，有两个猎人坐在旁边，而深涧开口的坡边似乎有建筑物的踪影。我们一边涉水一边破冰渡河，我发现，尽管这里的名声值得怀疑，但这应该就是我听说的可以过夜的地方。一个尚且清醒、态度有礼的醉汉由里面出来，打开门，我面对的是一间油灯明亮、没有烟囱、内部烟雾弥漫的简陋酒吧。就食物、住宿及一般情况而言，这是我住过最糟的地方。一栋老旧又十分肮脏的木屋，墙上处处都是裂缝，一间脏兮兮的房间被用作厨房兼饭厅，里面还睡了一名发高烧的病重矿工。旁边加盖了一个以帆布围起、没有屋顶的大棚。然后就是酒吧。他

第十一封信

们把这乱七八糟的情形归咎于建筑工程。他们问我是否就是《丹佛新闻》上登载的那名英国女性。第一次,我很高兴自己的名声走在我的前面,这样我就不会被赶出去了。食物很糟——肮脏、油腻、令人作呕。有名的猎人鲍勃·克雷克进来吃晚饭,他后面紧跟着一名年轻人。那年轻人尽管衣着破烂,我一眼就认出他是英国人。我看到的就是他们在山坡边的营火。此人有一副可笑的小贵族模样,像邓德里雷爵士[1]般有气无力的慢吞吞相,憎恨一切东西。我坐在炉边,默默怀疑为什么我们许多上流社会的同胞——这里的人称他们为"唱高调的人"——会把自己弄得如此荒谬可笑。他们既不知道住嘴,也不知道适可而止。美国人一般认为英国人就是这样的。他起先没有注意到我,直到发现我是英国人后,态度立刻变得有礼,啰唆也少了一半。他很痛苦地告诉我,他是护卫队里的军官,出身良好家庭,放四个月的假,于是来这里猎杀水牛和马鹿,他轻视所有的美国事物。我不知道为什么英国人要这么大嘴巴,说出这么多私人的小事。最后他们各自回营地,房东也进入昏昏欲睡的醉态,他的妻子问我怕不怕睡在没有门的帆布围棚里,因为他们无法移动病人。于是我就睡在破棚里,星星在我头顶闪烁,温度计显示 30 华氏度(约零下 1 摄氏度)。我从来没有告诉过你,我曾经不经意地答应过别人,我不会不带枪一个人在科罗拉多旅行,因此在我离开埃斯蒂斯公

---

[1] 英国剧作家汤姆·泰勒的剧作《我们的美国表亲》中的角色。

园时，口袋里有一把装弹的夏普斯左轮手枪，它一直使我苦恼。在丹佛的商店时，它发亮的枪管不经意地露了出来，孩子们把它取出来玩。我把它放在夏威夷骑装口袋中，把衣服挂起来时，它居然把衣服连钩子一起拉到地上。我实在想不出会有什么情况需要用到它，或它会怎么帮到我。然而，昨晚我把它拿了出来，清洁、上油，放在我的枕头下。我决定一夜不睡。可是我一躺下就睡着了，一觉到天明，直到明亮的阳光穿过屋顶我才醒来，这让我对自己的害怕感到可笑，发誓从此弃绝枪弹！

伊莎贝拉·伯德

LETTER XII.

第十二封信

"如果是那个在山中旅行的英国女子,
我们可以给她一匹马,其他人则不行。"

鹿谷，11月

  今晚我住在一个美丽的地方，就像荷兰的农场——宽敞、温暖、明亮、清洁，有丰富干净的食物。还有一间属于我自己的又小又冷但干净整洁的房间。不过我很难集中精力来写信，因为有两个口无遮拦、惹人烦的爱尔兰女人，不停述说一些有关暴力、警戒委员会、私刑以及吊死等我闻所未闻的可怕事情。她们在南公园经营矿工寄宿屋，准备来此过冬，就住在一辆运货的篷车里。想到我一路安全经过的地方，在不久前才发生过有人像臭鼬般被射杀的事，实在让我惊出一身冷汗。在此之上的矿区，几乎每个人都曾在某种情况下杀过人。这两个女人有一个房客，只有15岁大，竟然认为除非杀过人，否则就会被人瞧不起。她们荒谬地叙述着，这孩子带着左轮手枪闪闪躲躲，鼓不起勇气侵犯别人，最后他躲到马厩中，把第一个进门的中国人开枪打死了。

那里正是暴徒们喜欢的环境。不小心在公共场所撞到了人，或用餐时说话得罪了人，对方就会先下手为强，根本不需要正式决斗就相互射击，几乎所有的枪杀事件都是在公共场所或酒吧因小事而起的。由于妒忌或复仇等较大的冲突很少发生，就算有，大多数也是为了某个不值得的女人。最近在阿尔玛及费尔普莱成立了警戒委员会，如果有人行为过分，使人憎厌，便会收到一封预警信，上面画着一个人吊在树上，底下是一口棺材，收信人必须在几小时之内赶快离去。当我提到我昨晚在霍尔深谷过夜时，引起了不少惊叹声。他们都说，我的房东过不了太久就会被吊死，还问我知不知道昨天有个人被吊死了，或问我看没看见。他们说，那人就是在那屋子旁边的树上被吊死的。后来他们又告诉我一个可怕的暴力犯罪故事，说这人惊扰了阿尔玛的群众，警戒委员会发函给他，结果正如他们所希望的，他移居到霍尔深谷。后来，霍尔深谷的矿工决议，要不就不准开设酒店，要不就限制酒店的数量。但当这个坏蛋开了一家酒店时，却收到了预警信，这似乎仅是为了赶走他，因为就算是根据私刑的法则，他也不能算是犯了罪。他敌不过众人而被制服，情况越演越烈，经过审判，不到一小时就被吊死在树上。[1]

我今早 10 点离开了那地方，一天都很舒服，因为山丘遮挡了太阳。我只骑了 22 英里路，在冰上行走极为困难，在霍尔深

1　公众赞同执行这项决议，认为这是犯下一连串罪行后应得的惩罚。——原注

谷的 35 英里之内没有铁匠。我刚离开，就碰到了两队送货的人，他们给了我不好的消息：从此地到丹佛之间有 30 英里的路结了冰。他们说："你将面临一番困难。"路上上下下，而且夹在高山旁的一条湍流边。景色非常雄伟，但是我很不喜欢被包围在这深谷中，总怕会有东西从树间蹿出来吓我。一整天，在那两队人经过后，我只碰到两个带着千斤顶的人。"鸟儿"很讨厌千斤顶，只要一看见就后退躲藏。路糟透了，一整片的冰，又孤寂得可怕。一方面我担心马儿在冰上摔断腿，一方面又要注意被风摧折的枝丫会落下来，一整天都战战兢兢。将近日落时分，我来到一间留宿旅行者的木屋，可是那个女房东一脸尖刻相，我宁肯再走四英里。那是一条在美丽的阳光山谷中的蜿蜒小路，布满我前所未见的、拥有蓝银光亮的银杉，再越过一道分水岭，从那里可以看见令人入迷的日落色彩，美妙极了。能够走出幽禁我一整天的深壑，也是极致的享受。这里有一支共计 12 辆篷车的货运队，每辆篷车有六匹马，运货员都自备露营用毛毯，不是睡在车里，就是睡在地上，所以屋里一点也不挤。这是间舒适的两层木屋，不但缝隙被填补满了，里面还钉上了木板。每个房间都有大壁炉，里面燃着熊熊的火。墙上有美丽的雕花，一篮篮的藤蔓植物由天花板垂挂下来。这是我到过的第一个布置得如此美丽的拓荒者之家，每个房间都有门，橡木椅磨得发亮，地板虽然没有刨光，但很干净，几乎可以在上面吃饭。餐桌干净，食物丰盛，虽然全部的家事都由这家的母亲及女儿们负责，但房子收拾得干净整齐、一尘不染，而且她们笑口常开。屋主不准任何人带酒进屋，也不准在屋子附近喝酒，这是留宿的唯一条件。运货员进来吃饭时都梳洗得很干净，虽然有12个人睡在厨房，但是一到9点就悄然无声了。运货的生意利润很高。我想，由丹佛到南公园，每磅收3美分，在那里，有许多货被搬到千斤顶上，再被送到上面的矿区。不过有人正在考虑筑铁路。在货车离去后，我与这家人一起吃早餐，他们不像其他地方那样坐下来把剩菜吃光，而是重新换上桌布，拿出新鲜的热食。水桶全是磨光的橡木，有发亮的铜把手。厨房用具全都亮得不能再亮。更让人惊奇的是，女孩子们还给靴子上油。鞋油被认为是十分奢侈的东西，大部分的家庭都不会备有鞋油。在过去的两个月里，我的靴子只上过两次油。

丹佛，11月9日

我不知道鹿谷垦荒者的优良个性是否超越了物质的范围，可是那天傍晚我碰到的一个运货员说，在这样的人家过夜，使他更觉得像个男人。在科罗拉多，人们认为威士忌是所有罪恶与暴力的根源，矿区大部分的枪战都因此而起。懂得节制的饮者相当少见，人们总是不经意就喝过了量。科罗拉多领地目前最大的问题，也是选举最主要的政见，就是禁酒还是不禁酒，有些报纸公开支持禁酒法令。有些区域是禁酒区，比如格里利，就没有犯罪的事发生。在部分我旅经的畜牧或农业区域实际上也禁酒,结果他们真的是夜不闭户,矿工就把他们的银块留在篷车里,晚上没人看守。人们说,东部初来的人都不知道他们的生活是多么安全,既无危险,也无恐惧。但是大家都知道有一个说法:"在密苏里以西没有上帝存在。"这是正确的,"金钱万能",到处都是拜金主义。最获认可的品格是"投机取巧"。男孩子们在功课上欺骗得手,被称赞是"聪明的孩子",心满意足的父母会告诉他,他会成为"聪明的男人"。欺骗邻居的人只要手法高明,法律逮不到他,就会赢得令人羡慕的"聪明人"的名声。而标榜这种"聪明人"的故事,会是每家围炉闲谈时令人钦羡的话题。这种投机取巧是行骗的端倪,不顾或蔑视弱者的聪明行骗者常常玩弄法律,引起大众无限的钦佩。[1]

第二天早上 10 点,我离开了鹿谷,天气好极了,周围色彩缤纷。骑了 12 英里后,我在一家铁匠铺的木桶上孤坐了整整三个小时,等他们替 24 头牛加环。然后我又骑了 23 英里,经过美丽的溪流与深谷,到了一间杂货店。在那里,我必须与一个大家庭、三名运货员合挤一个房间,中间用布帘间隔,窒闷得让人受不了。我 4 点钟就起床了,没有惊动任何人,为"鸟儿"上好鞍,把钱放在桌子上,在黑暗中离去!经由特基克里克峡谷到丹佛只有短短 18 英里,沿途风景极美,然后就一路上升,沿着 600 英尺深的

---

[1] 我在旧金山抄写此信,很遗憾我必须强调上述内容。品行优良、有内涵的美国人会惭愧而痛苦地同意我的说法。1879 年 5 月。——原注

悬崖边缘，路窄到当我遇到篷车时必须下马，以免脚被车轮撞到。之后，则是视野良好的起伏的山麓小丘及棕灰的平原，一路延伸到丹佛。平原上看不到一棵树，夏日的炙阳与干旱把一切弄得乱七八糟，背后躺着山中最后一座大峡谷，有浓密幽暗的松林，冰冷冻结的白雪。我离开大路走更快捷的道，穿过平原到丹佛，中途经过尤特族印第安人的营地，他们有大约500人，住处肮脏凌乱，四处都是小马、男人、妇女、小孩，还有皮毛、骨头及生肉。

美国人将永远无法解决印第安人的问题，除非印第安人灭种。他们对待印第安人的方式如果是视如仇敌，只会加重印第安人的叛逆与恶意；但如果视其为友朋，又会使之陷入要靠他人救济的堕落境遇，无法获得文明的基本要素。原始的印第安人与文明的印第安人的唯一差别是后者携有枪械，而且常喝威士忌喝到烂醉。处理印第安人的事务所因腐败而渐渐起不了作用。听说只有大约三成的补助金能抵达该得到的人手中。怨声四起：破旧的毛毯、劣质的面粉、有故障的枪械。"排除没用的印第安人"是人们常挂在嘴边的一句话。就算是印第安人的保留地，实际上也逃不过被侵犯的命运。因为如果发现有金矿，大家就蜂拥而入，于是土地的持有者不是被迫接受更西边的土地，就是被打死或赶走。毁灭印第安人的一个最可靠的方法，就是用威士忌。最近他们曾经企图净化印第安人管理部门，可是大大失败，重蹈美国所有整治官方机构的覆辙。美国人往往喜欢夸大其词，将"世界最大""世界最好"这类词语整天挂在嘴上。除非他们有一位强而有力的总统，

《科罗拉多州丹佛附近,寒冷的十月》
1900年,查尔斯·帕特里奇·亚当斯 绘
私人收藏

否则美国政府很快就会因为拥有"最多的无赖汉"而崩溃。

离开山区进入丹佛，可以眺望一层一层顶着白雪的山脉，视野瞬间变得美妙至极。我可以确定北方70英里外三座闪耀的高峰，就是无可匹敌的落基山脉之王——朗斯峰。我对山的狂热变得如此强烈，以至憎恨在干热平原上的每一小时。山脉比我第一次在格里利看到时更可爱，有一种美妙鲜活的气氛。我直接造访埃文斯的家，受到热诚的欢迎，他们都担心我的安危。接着埃文斯几乎与我同时到达，他刚由埃斯蒂斯公园回来，篷车上有三只马鹿、一头灰熊以及一只巨角羊。对于一个人喜欢的地方或生活，（不管有过多少教训）他一定会认为：明天仍会一如今天，而且会更好。在整个旅程中我不断想重回埃斯蒂斯公园，找回一如往昔的人、事、物。但是，埃文斯带来了不受欢迎的消息，好朋友们都散了。德维一家及华勒先生现在在丹佛，房子已被拆除，爱德华兹夫妇单独留在那儿，期待我回去。星期六，虽然天热得像夏天，但美极了，夕阳余晖是我前所未见的浓艳，不过那深浓的红变成了昨日的酷热，令人无法忍受。我到英国国教的教会做了两次礼拜，念经与唱诗都很美。可是在这个男人占优势的城市，来教会做礼拜的却大多是女子，她们不停地扇扇子，很扰人心神。除了教堂有礼拜之外，丹佛不太容易看出星期天的样子，城里到处都是从矿区下山的无赖、混混。在长期没有接触礼拜之后，与一群人一起做祷告真是非常快乐的事。华丽的赞美诗有如天籁，可是天实在太热，要度过这一天实在很难。他们说整个冬天他们都会遇到类似的气候。

第十二封信

黄金市，11 月 13 日

不管在丹佛与德维一家及许多好朋友在一起是多么快乐，"令人损耗的世界"对我的健康与个性都是过分的负担。于是星期一下午 4 点钟，太阳还炙热时，我告别丹佛，开始 16 英里的行程。经过一座孤立的坟场，我开口询问一位倚在门边的妇人有关前往黄金市的路径，却连问了两遍才得到答案。其实是很简单的答案，然而她给了一长串的回答。她以十分悲哀的语调说："喔！去问牧师。我也许可以告诉你，但那责任太大。去问牧师，他们会告诉你！"然后又开始哭泣。以她现在的精神状况，她必以为我是在问我们理想中的黄金市。这 16 英里路轻松得只像一英里路，"鸟儿"休息了两天，又没有多少行李，日落后，在科罗拉多新鲜的空气里，它似乎十分享受这段路程。我们到晚上才抵达一处深涧，天黑后一小时才摸索进入这个没有灯的黑暗矿城，不过我们很幸运地找到了住处与马厩。

博尔德，11 月 16 日

我怕你对这些描述旅行的信会觉得乏味。对一个坐在家里的人而言，落基山脉的旅行，一如落基山脉的景致，必定十分单调；可是对我而言绝非如此。山上干爽纯净的空气是生命的万灵丹。在黄金市我与我忠实的小马分开了一段时间，因为通往爱达荷的清溪峡谷只有狭窄的火车道可通行，无法骑马及骡通过。在这个山区中，没有马似乎就十分无助。我最大的愿望是去看一眼绿湖，就在9 000英尺高处的乔治城（据说是美国当时最高的城市）之上的林线附近。才一天，我就由炎热的夏天进入寒冷的冬天。黄金市在白天显出它的丑陋，与它的名字十分不搭。这是个粗简的城市，随处可见用木棍支撑、铺着木板的人行道。而砖块、松树、木屋全都挤在一起，每隔一家就是间酒店，几乎看不见女人。我的女房东对给我一个不适宜的小房间感到很抱歉，她说这并不是她想给我的房间，但她以前从来没过女房客。用早餐时，在餐桌边服侍的女士说："我一直在想你必定是位作家。"这一天跟平常一样晴朗。想想11月已经过了一半，除了日出日落时的深红云霞之外，天上几乎见不到一丝云！他们说在山麓小丘，冬天并不会真正到来，只是一阵一阵的寒天与明亮的暑天夹杂着造访，而且雪也从不堆积，不至于影响到牛的饲养。黄金市到处充斥着粗言秽语，特别是在车站附近。美国人亵渎救世主的名声已到了令人吃惊的地步。黄金市坐落在塔夫卡斯（又名清溪峡谷）的开口处，许多人认为那峡谷有山中最宏丽的景色，因为它百转千回，风景最美好的一面几乎是垂直的，再往前一些就被一大堆岩石与层层白雪覆盖的高山挡住了。很不幸的是，它上面几乎已全无林木，矿区的开发已把树木砍伐殆尽。通往乔治城、黑鹰城及中央市等富裕矿区的狭窄而陡斜的铁路，实在是工程上的壮举。修铁道时，人们必须炸开一部分峡谷，有一段铁路是在溪中填上碎石，再把铁轨架在上面而建成的。我从没见过像这条铁道和相关驿站的管理员这般粗鲁不讲理的人，也从没遇到过如此荒谬的车费。他们有很好的乘客车厢，但是因为旅游旺季已结束，所有乘客只能坐行李车厢，却得付全票价。结果，为了要观赏窗外的风景，我不得不坐在车门口的地上。沿途奇异壮丽的景色简直无法以笔墨传达。山景被急流切割，曲折回转，又受高山夹挡。深壑山涧遭风雪侵蚀，鲜丽的色彩在阴影处则显得幽暗，不过偶有阳光射入，呈现一番孤寂。少数生长在岩石缝隙中发育不全的松柏，稀落地倒悬，由于采伐不易而逃过被砍伐的命运。有时隧道两边的山墙似乎在顶上碰头，然后又敞开。岩石形状奇特，构成宏伟壮丽的景色，令人敬畏。经过两小时这样的风景后，铁路到了终点，峡谷也开阔到可以容下一条满是坑洞的碎石路。一辆巨大的康科德公共马车在等着我们，准备载20名乘客和一大堆行李。还有四个没有行李的乘客，他们被安置在车夫后面的座椅上。这个庞然大物不停地抖动、摇摆，让我想起最恐怖的新西兰栈道。驾车者一开口就是粗话，虽然有两位女乘客，但他还是一路骂着他漂亮的马儿。以前，就算是最粗俗的人，也会在女士面前避免讲粗话，可是他们改变了这一切。我在这里见到的每个人似乎都是坏脾气。我猜他们在矿区的投机生意大概都泡了汤。

这条路沿着峡谷直抵爱达荷斯普林斯，此地夏天时是很著名的观光区，现在却了无人烟。在那里，我们一行六匹马，继续往上爬到 10 000 英尺高处，然后再下降 1 000 英尺，抵达乔治城，那是一座挤在美丽狭窄山谷的城市。再往前，峡谷就被不可攀登的险峻山岳遮挡住了，山上的林线以下散布着一些松树，还有薄薄的雪。这个区域能建造房舍的地方是如此陡斜而有限，没上漆的房舍四处散落，奔腾的流水穿梭其间，让我觉得有点像瑞士的小城。所有的小房子一边都种着小松树，以防被穿过峡谷的狂风摧毁。这是我在美国见过的唯一能以"风景如画"来形容的城市。不过事实上，坐落在高山环抱的阴冷低处，是很糟的事。我在下午 3 点到达，太阳却已下山了，整座小城全部笼罩在阴影中。幽幽的暮光已经显现。在丹佛无法兑换纸币，我身上的钱只够住一天旅店。我也许会错失此行的终点——绿湖。我们穿过狭窄拥挤的不规则街道，四下都是一群群矿工，有的在游廊上喝酒赌博。抵达位于下坡的一家不错的旅馆后，我立即询问我是否可以前往绿湖。房东说他觉得这不可能，积雪很深，已有五个星期没人上去过，不过为使我得到满意的答复，他还是派人到驿站去问问。得到的答复很妙："如果是那个在山中旅行的英国女子，我们可以给她一匹马，其他人则不行。"

伊莎贝拉·伯德

LETTER XIII.

第十三封信

身为这冰冷高处的唯一人类,感觉十分奇异。
下山时,又要涉过一英尺的积雪以及陡斜的冰坡,
进入黑暗。

博尔德，11月

　　在旅馆外，房东得到的回复中提到了一匹马（上一封信结尾）。他立刻进来问我的名字，问我是否就是穿越泰瑞尔溪由林克的旅店到南公园的那个女子。消息传得真快。五分钟之内，马已在门边，配有一个笨拙的双钩侧骑马鞍，我立刻出发往上走。这是一趟令人兴奋的旅程，夹杂着些许恐惧。黄昏的幽暗已笼罩整座乔治城，我必须再攀爬2 000英尺，不然就得放弃绿湖。我会忘记许多事情，但绝不会忘记这宏伟而奇妙的美景。我走上一条陡斜的小径，先沿着清溪，然后来到一个先宽后窄、有冻结瀑布的山谷，它冻住的两面看起来有5 000英尺高。这个区域有丰富的银矿藏量。这些矿场的股利每天都可在报纸上见到，有时是翻倍的利润，后来降了四分之一。矿场中源源不断的地下水、不停压敲的水轮，加上聚集在附近的采矿者，使这个区域日夜都充满了烟雾及嘈杂的声音。可是我转身把这一切抛下，来到一个安静的区域。这里的矿工都是独自一个人在挖矿，对能找到银子深信不疑，但有些人则大失所望。农林业修复和美化了环境，采矿业却肆意破坏摧毁，把大地弄得乱七八糟，丑化了一切，使所有的绿色植物枯萎，同时也令人心枯竭。这条路上到处都是矿坑，到处都有摧残的痕迹，打洞、掘谷、挖洗矿槽。就是在看起来到高不可及的地方，也有他们木柱支撑的洞穴，在那里，孤独且耐心的人们在为宝藏而出卖生命。其下的溪畔，人们在冰柱之间洗矿。而在高处，到处都是几乎不可通行、连"千斤顶"都用不了的小路，通往一个个洞穴。在那下面，矿工背着他们的铁锹。在这些山壁的洞穴中，许多人的心因为极少能挖到银子而破碎。所有的山壁都布满烧焦的残迹，大自然创造的宏伟美景被破坏无遗。即使看到了这一切，我仍转身前行。最后遇见的一名矿工清楚地指示了我该走的途径。我离开小径，向上走进孤寂的冰天雪地——先是一片冰，然后是一英尺深的雪，洁白而松软，最后是困难的爬升之路，穿越一片松林，里面几乎全黑，马儿在深雪中踽踽地碰撞。然而，目的地终于到了，这一路一点都不容易。在大约12 000英尺的高处，我停在一个陡斜的坡上，下面就是绿湖。绿湖完全被浓密的松林包围，夕阳红霞照耀着山岳，湖中看起来是水，实际上却是两英尺厚的冰。从山下的凄冷幽暗中，我来到了这个空气清纯、落日余晖下光彩夺目的神仙之地。我心中想起一句话：黑暗已过去，真正的光明正在闪耀。就像是替这句话加注，地下深黑的洞中，成百上千的人正在幽暗阴郁的光线中挖掘。

哦！世界，充满了凄凉的声音！
哦！人们，声音中有着哀泣，
哦！黄金，那是哭泣者的积累，
哦！那是争吵与诅咒的来源，
上帝将寂静赠予你们，
他给予他所钟爱的宁静。

来到这个高度，眺望远处的落日光彩，真是不可言喻，这提醒了我们，上帝跟他的太阳还没有遗弃这个世界。可是太阳落得很快，就在我凝视美妙光彩消失的瞬间，山头变得灰暗凄凉。身为这冰冷高处的唯一人类，感觉十分奇异。下山时，又要涉过一英尺的积雪以及陡斜的冰坡，进入黑暗。山壁像星光点点的苍穹，每一个亮点代表一个孤独的人在洞中挖掘他的银子。我所见的景象真是非常可怕，仿佛不摔落悬崖就到不了乔治城。一路有许多悬崖，路上全结了冰，危险至极。这是我在科罗拉多走过的唯一需要胆量的路。当我探险归来时，已是深夜。

第二天 8 点，我乘爱达荷驿车离开乔治城，天很冷。由于空气干燥，如果只是零下数度的话，感觉尚且温暖。现在这个季节，乔治城的太阳要到 11 点才会升起。我怀疑一整个冬天，那里根本不会有太阳！在四个小时的颠簸后，我们又被行李车接走。不过这次车长得知我旅行是为了看沿途的风景，便把自己的椅子摆在平台上让我坐，我因此有了极佳的视野，能观赏到雄伟壮丽的峡谷。为了节省，我在黄金市餐馆吃了饭，3点钟时，再度骑上了可靠的"鸟儿"。我路上碰到的惊险，愚蠢到让我羞于启齿。我离开黄金市时，是下午3点，阳光普照，又不太热。在驿站，没有任何人能给我路径指示，我沿着往丹佛的路走，直到碰到能为我指路的人，而我一开始就走错了路。骑了两英里后碰到了一个人，他说我彻底走错了方向，要我穿越平原。直到再碰到另一个人，他指点了我一大堆路，我记不清楚，这回可真的迷失了。在一望无际的平原，夕阳无限美好。就在天将黑之际，我碰到了一位运货员，他说此时我比离开黄金市时距博尔德还要多出四英里，指点我去七英里外的一户住家。他八成觉得我应该没问题了，叫我穿过草原，直到一处有三条岔路的地方，然后挑最好的一条路朝北极星的方向一直走。他的指示的确把我带到了岔路，但是天已黑得什么都看不见，很快，我连"鸟儿"的耳朵都看不清楚了，完全陷入黑暗而迷失了。我在孤寂的黑夜中走了一个又一个小时，四周是草原，头上是冷星闪烁的苍穹。不时可以听见狼嚎，偶尔的牛叫给我接近人类的希望。可是除了孤寂的荒原外，什么都没有。你很难想象对看到一线灯光、听到半丝声音的渴求，还有独自在广大寂静的荒野中极端怪异的感觉。天气冻得刺骨，我下定决心整晚朝着北极星走，很怕我会碰到普拉特河的支流，或者"鸟儿"开始感到疲倦。然后，我听到一头公牛的低鸣，它在喷鼻息和踢土，似乎是在抢路，令马儿不敢过去。当马儿曳足而行时，我听到狗叫及人的呵斥声。这时我看到了灯光，又过了一分钟，发现我到了一栋大房子，我认得里面的人，这里离丹佛只有 11 英里！时间已近午夜，灯光、温暖以及一张舒服的床，实在暖到心窝。

你想象不出日出前平原的光彩。就像夕阳一样，在水平线的高处有一道浓亮的橘色光影，而同时，山岳反射着还没有升起的太阳的光，呈现如同紫水晶般的紫色。我一早就离去了，可是很快又迷了路。不过我知道，山中雄伟的切割线是大熊谷，离博尔德很近，我就对着它穿过草原，结果找到了去往博尔德的路。人算不如天算，我的历险到今天出人意料地终止了。到了这里以后，我没有再去山中，反而不得不躺在床上，因为炙热的太阳使我眩晕、头痛。在那大片枯萎的土地上，没有一块大岩石可以遮阴休息。烤焦的碎石土地反射酷热的阳光，望到远处凉爽的蓝色山岳、无尽的松树，以及它们深蓝的阴影，简直会使人发狂。博尔德是炙热的平原上聚集一堆丑陋木造房子的地方。它是博尔德峡谷垦荒区的货物转运站，又发现了煤矿，因而极力想成为一座"城市"。

朗蒙特，11月

今天我起了个早，骑了租来的马，走了九英里路来到博尔德峡谷，这个众人称道的地方，而我却除了它宽敞的篷车道之外，对其他一切都感到失望，尤其对马儿的懒散不满。穿越草原走了15英里，我在午后抵达此地，以为会收到许多信，却一封也没有。"鸟儿"看起来好极了，房东不相信它已旅行了500英里。我的穷困情况更严重了，付了账单后，只剩下26美分。埃文斯还无法归还欠我的100美元，除此之外，丹佛银行虽然还开门，但暂时停止付款，因此我无法兑现我的纸币。经济拮据，而没来由的恐慌使情形更糟。目前的情况是，没有人有钱，因此所有东西都不值钱。结果对我而言，不论我愿意与否，都必须回埃斯蒂斯公园，在那里我没有现钞也能过活，可以等情形好转之后再说。事实上这并不算运气不好！朗斯峰耸立在紫色幽光中，我渴望在它底部的蓝色深洞中，享受清凉的空气与无拘无束的自在生活。

埃斯蒂斯公园，11月20日

我想用三个惊叹号来赞美我那宏伟、孤独、高耸、清澈、遥远及野兽出没的巢穴，它似乎比以前更难以形容。可你一定要

第十三封信

知道我如何会急急到此,也想要告诉你我目前的窘境。我在星期六早上 8 点离开朗蒙特,带了不少东西,除了自己的行李之外,还被要求把邮件带回,其中的报纸重得要命。我相信爱德华兹及他的妻子与家人还在那里。大暴雪将要来临,整个笼罩平原的天空是一片阴霾。而在山上,天空是深暗、静止的蓝,白雪覆盖的高峰耸立在阳光中。这是个看起来阴郁又孤独的早晨,可是当我抵达美丽的圣弗兰谷,阴惨的蓝天变得鲜亮起来,太阳也温暖闪耀。啊,这段行程是多么美丽、多么无与伦比,比我见过的其他吹嘘得天花乱坠的地方美丽得太多。首先是这个山坡围绕的美丽草原谷地,圣弗兰河曲折地在纠缠的杨树林、枯萎的铁线莲及五叶地锦间穿流,两个月前这些植物使山谷充满了欢愉的艳红与金黄。这里的峡谷山壁奇异斑驳,我穿过山麓上升到 9 000 英尺高的岩石门,又途经 20 英里最原始美妙的景色,翻越 13 座海拔 9 000~11 000 英尺的高山,穿过数不清的峡谷与深涧,涉过 13 条溪流,最后从有"落基山脉之珠"的美誉的麦琴深谷下降而过。这是一次不寻常的旅程,一路上的进度很缓慢。路本来就很难走,尤其是马儿还载了重物,又经过了几个星期的长途辛苦跋涉。走了 15 英里后,我在人们通常购买食物的牧场停了下来,可是那里空无一人,下面的牧场也是一样。于是我不得不走到最后有房子的地方,有两个光棍在那儿。我必须决定是给自己买食物,还是给马买饲料。不过那名年轻人听到我的窘境后,愿意信任我,让我下次再付。他的房子干净、整齐又宜人——干净舒适，又不让人觉得拘束——是所有女人该追求的样板。他端正的眼神，加上此地的戒酒习惯带来的男子尊严，是所有男人该追求的样板。他为我煮了一顿丰盛的餐食，还有茶。饭后，我打开邮袋，很高兴发现一堆你的来信。不过我在那里坐了太久，忘了还有20英里的路要走，至少要花六个小时。天空清朗。我没有感觉到早先旅程的欢愉。马累了，我不能催促它，一山接一山，路途似乎遥不可及。我到了一座浓林密布的幽暗深壑，只几英尺宽，有许多浅流；在这寒冷的深处，我看到最后一线日光从4 000英尺高的峭壁上消失。黑暗降临后，一切显得十分怪异，风在幽暗的松林中穿梭，在这深谷的底部，有时候是冰，有时候是雪。四处传来狼嚎，这表示有风暴即将来临。在这20英里的路途中，我遇到一位猎人，他马背上载着一只马鹿，告诉我爱德华兹一家不但昨天还留在木屋，而且不论情况多糟，他们还会再待两个星期。天黑后，路似乎更长，更无尽头。终于，最后一座山被征服了，最后一个深涧过去了，一种要有人做伴的奇异渴望使我走到"山中的吉姆"的屋前，可是缝隙中没有灯光透出，万籁俱寂。我只好无精打采地继续走下麦琴深谷，那里不断有怪异的声音传出，虽然天上星光闪烁，地上却是一片漆黑。不久后，我听到令人振奋的狗吠声。我以为是陌生的猎人，却发现是那只宝贝——铃，它的大爪与巨头一下子就上了我的鞍，它以非人言却能让人懂得的声音，像所有狗儿欢迎人类朋友那样欢迎我。随它而来的两名骑士，其中一个我可以由他快乐的声音及有礼的态度认出，是它的主人；另一人，太黑了，虽然他擦亮了火柴让我看一匹马上载的贵重皮毛，可我还是看不见他。亡命徒非常高兴见到我，他要另一人带着毛皮先回去，他则调头陪我到埃文斯的木屋。因为天很冷，"鸟儿"又累了，最后的三英里我们下马步行。他的第一句话就把我长途跋涉后对丰富食物、舒适居处的渴望打消了。爱德华兹一家在前一天早晨已离开去过冬，不过还没有到朗蒙特。木屋的家具已拆除，存粮不多，埃文斯回来前，有一个名叫卡万先生的年轻人，及猎人巴肯先生留下来照管牲畜，埃文斯应该随时都会到。留下的两个人我只略微认得。另一个垦荒者和他的太太已离开公园，因此25英里内没有一个女人。狂风刮起，天气更冷，使现况一切都感觉更糟。我自己倒不在乎，可以简简单单地过活而且不以为苦，只是感到困窘，不知那两名年轻人见到我这个不速之客会多么惊讶。

不过困难还是要面对，我走进屋去，把他们吓了一跳，他们正坐在没有打扫、乱七八糟的客厅炉边抽烟。不过他们没有表现出一丝不快，反而忙起来准备食物，还有礼貌地邀吉姆共享。在他离去后，我没有掩饰地说明我金钱上的窘况，告诉他们我必须待到情形好转，希望自己不会给他们造成不便。我可以分担一部分工作，这样他们就有时间去打猎。于是我们同意大家尽力而为。对于这个安排，我们原本以为只需维持两三天，结果几乎延长到一个月。没有人能比这两位年轻人表现得更有礼、更得体。整段时光我们都相处愉快，在我离去时，他们告诉我，虽然开始时有点犹豫，但是后来觉得我们可以如此相处一年。我对此完全同意。我们有许多实际的困难必须面对或克服，客厅的一个小房间里有一张普通的弹簧床垫，可是床垫上什么也没有。补救的方法是做一个袋子，里面装草。也没有床单、毛巾或桌布，这就无计可施了，不过我并不在乎床单与桌布。蜡烛是另一项缺乏的东西，我们只有一盏石蜡油灯。虽然飓风吹了一整晚，但我还是一夜安眠，整个星期天，直到星期一下午，风几乎把木屋给掀了，厨房与客厅之间，我们当作饭厅的小房间的屋顶也给吹坏了。星期天阳光很好，但是风势猛烈得像大台风，我不敢到屋外走动。客厅里积了两英寸高的灰尘，是由屋顶落下来的。我们平常轮流烧饭，卡万先生会做我吃过的最好的面包。他们取柴、打水、清洗晚餐碗盘。我开始整理我的房间和客厅，清洗早餐碗盘，以及办些琐事。我的房间很容易整理，但打扫客厅却是永无尽头的工作。今天我已从客厅扫出三满篓的尘土。除了一条水牛尾巴，我没有掸尘的工具，不时会有风由烟囱中吹下来，把柴灰吹得满屋都是。不过我找到一个旧披肩，可以用来当桌布，把我们的客厅布置得看上去可以住人。吉姆昨天来过，他沉默不出声，只盯着炉火出神。年轻人说他这样子是大争吵的前兆。

食物是个难题。30头乳牛只剩一头了，它不够提供我们所需的牛奶。仅剩的肉是一些腌肉，又硬又咸，我无法下咽。母鸡一天下不到一颗蛋。昨天早上我做了一些小面包，把最后一个面包做成面包牛油布丁，大家都很喜欢。今天我在车篷里找到一个

《落基山脉的风暴》

1866年,阿尔伯特·比兹塔特 绘

布鲁克林博物馆

挂在那边的牛腿,我们对新鲜的肉都很兴奋,但是切下去时才发现它有霉绿,已经不能吃了。如果不是朗蒙特旅馆送我的一些茶,我们就没茶了。呼吸清纯的空气,并不停地进行体力劳动,我除了腌肉什么都能吃。我们 9 点吃早餐,下午 2 点吃中餐,晚上 7 点吃晚餐,不过菜单始终如一。今天只有我一个人在公园,男人们吃过早餐,拿了木柴和水进来后,全都去猎马鹿了。天空晴朗,阳光亮眼,否则这孤寂会难以忍受。我留了两匹马在畜栏,以便可以出去寻幽探胜,可是除了在外面的"鸟儿"外,其他的马儿都因为需要蹄铁,或脚受伤而不堪一用。

LETTER XIV.

第十四封信

狂风由朗斯峰呼啸而下,空中狂飘着白雪,寒冷刺骨。不可能有人来,而宏伟的山岳横躺在我们与平原之间,越来越高,成为无法攀越的障碍。

埃斯蒂斯公园

　　我必须试着不去理会每天发生的琐事。我第二次独自在家时，纽金特先生造访，他脸色非常阴沉，邀我一起骑马去看黑谷的河狸水坝。他不再吹口哨、唱歌、谈论他漂亮的牡马，或是敏捷地对答。他的情绪与暴雪即将来临前的天空一样阴郁。他很沉默，常常踢马，一开始的时候狂奔，然后一扭马腰靠近我说："你是许多年以来，第一个把我当人一样对待的人。"他虽如此说，可是德维夫妇对他也非常关心，把他看作一个理性、聪明的绅士。他在心情好的时候，提到他们时总是语多感激。"如果你知道，"他继续道，"一个人可以变得多么邪恶，我现在就可以告诉你。"我没有什么选择的余地，我们一起走向峡谷，他讲述的是我这一生所听的最黑暗的故事。他早年生活很单纯，父亲是一名英国军官，驻扎在蒙特利尔。他生在一个旧式的好家庭。依他说，他是个桀骜不驯的男孩,没有好好受教育,对爱他但软弱的母亲颐指气使。17岁时,他在教堂里遇见一位女孩,据他形容,那女孩美若天仙,他控制不住地爱上了她。他见过她三次,但几乎没说过话。母亲认为他很幼稚,反对他的行为,他为了"惹她生气",故意去喝酒。18岁时,他因为那女孩的死亡而疯狂,于是离家出走,加入哈得孙湾公司,在那里停留了几年,结果发现,即使是没有法律的生活对他来说也太拘束,因而离去。然后,我想大约在他27岁时,他开始为美国政府服务,变成平原上有名的对付印第安人的侦察员,以最大胆的行为与最血腥的罪行让自己与众不同。这些故事,有的我以前曾听过,可是从来没有人这么血淋淋地讲出来。经过多年时间,他变成了西部众所周知的人物,大家都惧怕他随时发起攻击,或随时拔出枪套中的左轮手枪。他很自负地告诉我,即使在他最阴郁的时候,他都是女人崇拜的偶像,甚至在他最困难的时候,对好女人也总是表现出侠义行为。他形容自己穿上侦察员制服的模样:腰间系着一条红巾,16绺18英寸长的成束金色卷发披在肩上,骑马经过印第安人的营地。他说话的时候是让好看的一面朝着我,看起来更加英挺。在他担任侦察员及移民的武装保镖期间,他显然牵涉了无法律地区的血腥骚乱,然后生活就每况愈下,一次又一次的酗酒,带来的只是人格的丧失与暴力。他的叙述似乎有些不连贯,我发现他接下来就跳到了密苏里开垦地,几年前他就是从这里来到科罗拉多的。在这里,他再次略过了一些事情,我猜不是没有原因的,他加入了几个边界流氓的集团,一直骚扰到堪萨斯,造成如天鹅沼泽大屠杀般的暴行。他暴虐的名声比他先到达科罗拉多,而他对山地的知识与热爱赋予了他现在的诨名。他有合法定居公地的证书及40头牛,除此之外,他也是个成功的狩猎者,但他内心充满了妒忌与报复。他赚了钱后,会到丹佛以最疯狂的方式挥霍,让自己变得很可怕,甚至比"得州杰克""疯狂比尔"等亡命徒还过分。钱花光后,又回到山中小屋,满心怨恨与自轻,直到下一次。我当然不能告诉你细节。他花了三个小时来说自己的故事,故事中充满了对亡命徒生涯的可怕描述,以狂野的口气倾泻而出,令人毛骨悚然。雪下了好一阵子,我必须与他分手时,他把我带到一个可避风雪的地方,我便可以自己找路回去,他停下马来说:"现在你看到了一个把自己变成恶魔的人!走吧!走吧!走吧!我信上帝。我让他毫无选择地把我与'恶魔及他的天使'放在一起。我怕死。你激发了我善良的一面,可是太晚了,我已无法改变。如果有人是被某种欲望控制的,那就是我。不要跟我提悔改或洗心革面,我已不能回头。你的声音让我想起……"然后,他以愤怒的语气说道:"你怎么敢跟我一起骑马?你不会再跟我说话了吧?对吗?"他要我答应对他的一两件事保守秘密,不管是他生前或死后,我答应了,因为我没有选择的余地。但是这些事有时会在我心头涌现,午夜梦醒时也会想起。希望我能分担他那天下午的悔恨与激动。一个不能控制自己个性的人,绝不能说出他那样的话,或像他那样倾诉自己的过去。不过在那时候,他骄傲狂野的灵魂一口气倾泻而出，里面有自怨自艾，有两手的血腥，有心中的残杀。即使在如此暴烈地透露自己个性最黑暗的一面时，他还保持着君子风度，不做非分之想。当他转身走向风暴中白雪皑皑的山脊时——他说他将在那里露营两个星期——我的心为他那悲惨、迷失、自我摧残的生活而陷入怜悯之中。他是一个能力极强、非常聪明、有奇特天赋的人，与其他人有同样的机会。他那"走吧！走吧！走吧！"的感慨声，比考珀[1]诗中所表达的内容要可怕得多。

风雪很大，天然的标志物都被遮盖了，我在雪中迷了路。天黑后我回到木屋时，屋内仍是空的，两个猎人回来后发现我不在，立刻出去找我。后来雪停了，但气温极低。我的房间几乎是露天的，木段的缝隙没有被填塞，因此睡觉时，头必须躲在毯子底下，不然睫毛会留下白霜，呼吸也会造成结霜。今天阳光明媚，我去黑峡谷寻找马群，一路风景很美。这里每天都可以看见一些白雪和光彩造就的新的景致。在科罗拉多没地方能与埃斯蒂斯公园相媲美，而现在天气又好，松林上的山巅被白雪覆盖，任何你想要见的壮丽风景都可以在这里看到。这里有纯净的空气、纯净的水以及绝对的干燥，对健康大有帮助。在这孤寂的冬日，更有一种攫人心神的庄严。即使是我旅居在夏威夷华拉莱山的山坡时，也没有过类似的体验。当男人们到我不知道

---

[1] 威廉·考珀，英国诗人，患有不时发作的抑郁症，常常赞美乡间生活和自然风光。

的地方打猎时，或是晚上，狂风由朗斯峰呼啸而下，空中狂飘着白雪，寒冷刺骨。不可能有人来，而宏伟的山岳横躺在我们与平原之间，越来越高，成为无法攀越的障碍。没有桥梁的河也越来越深。在这些时候，我不禁会怀疑我这辈子是否都要在这里洗刷、清扫、烘烤。今天是辛苦的一天。我们9点半才吃早餐，然后男人们都出去了，我一直忙到下午2点才坐下。我清理了客厅与厨房，在通道间的废物堆中扫出一条通道，烘烤了一大盘小面包及四磅甜饼干，清洗了一些锅盆和几件衣服，把每样东西都加以"润色"。在搅奶器的底部还剩一点酸乳，已放了整整六个星期，我要用来发酵面包。能做出可爱小面包的卡万先生，把一些面粉及水放在炉子旁边发酵，结果意想不到地成功了。我也检查了一下我的衣服，发现情况很糟。到科罗拉多已将近三个月，我只带了一小毛毡袋的衣物，没有一件是新的。而平常要穿的衣物却被牛给弄破了，不得不撕了一些做抹布，如今只剩下换洗一次的存量了！我只剩唯一的一条手帕，一双袜子也已补得看不见原来的羊毛。由于无法在丹佛换到钱，我几乎已没有鞋子，只剩一双拖鞋及一些防水鞋套。至于外衣，嗯，我有一件黑色的丝质长洋装、一件波兰式女装！另外，除了我那件毛绒已磨光、随时要补缀的绒布旧骑装，我就一无所有了。也因此，有时我不得不盛装吃晚饭，傍晚时再做缝补。你也许会笑，真奇怪，居然有人能以热带的服装应对零下的气温与狂风！是因为这里冷但很干燥，才有可能穿这样的衣服过日子。我们把工作安排得更好了，巴肯先生身体不够壮,却做得太多。你一定奇怪,三个生活在荒野的人,怎么会有太多的事情要做。我们要用一捆一捆的燕麦喂畜栏里的牛,一天两次把它们带到水边,还有鸡和狗要喂,牛要挤奶,要做面包,暴雪来临时又必须为所有的牲畜提供保护。因为没有存积的柴薪,我们还要劈柴,而且木材的用量很大。除此之外,要烧饭、清洗、缝补,这些事都由大家分工来做,男人还要出去打猎及钓鱼,以维持生计。还有两头病牛要照顾,昨天其中一头病逝时,我们都在它身旁,它十分痛苦,以哀怜的眼光空洞地看着我们。处置它的遗骸是件困难的事:拖篷车的马在丹佛,我们试着用别的马来拖它的尸身,可是它们只是不断踢甩,我们只好想办法把它弄到畜栏外。据卡万先生推测,会有一群狼由高处下山,到了天亮,除骨头外大概不会有东西剩下。狼群不断靠近木屋,弄出的杂音十分恼人,我朝窗外看了几次,只见它们互相推挤成一团,爬上爬下。它们比草原上的狼要大很多,不过我相信它们同样狡猾。今早黑云密布,有暴雪要来,大约有700头牛及不少马由它们进食的远处峡谷来此,凭本能寻求开阔的空间及人类的保护。今天下午,我一个人在木屋时,我以为仍在雪脊的纽金特先生来访了,他面色苍白而憔悴,而且咳得很厉害。他邀我一起从小径走去观看一道最宏伟的峡谷,我无法拒绝。福尔河的源头彻底被河狸重塑了,它们的建筑技术精湛高超。在一个地方,它们在溪流筑了水坝,造出一面湖。在另一处,它们建了一个岛,还造了几条瀑布。当然,它们的储藏地掩蔽得很好,到

第十四封信

现在,它们已藏满了过冬的食物。我们看到一大片新长出的白杨及山杨——有的枝干有我手臂那么粗——被这些善于建筑的小东西弄倒,即将被用作造房子的材料。它们总是利用晚上一起工作,用长而利的牙齿啃倒树木,铺建的工作则完全靠它们铲子般扁平的尾巴来完成。它们没有被处理过的皮毛非常结实,又长又黑,好似貂皮,可惜在出售时,所有的毛都被拔掉了。峡谷真是壮美,啊!远胜过其他所有景色,但骑行途中令人沮丧,黑暗的过去把他深深埋葬了。对上次的谈话他只字未提。吉姆的态度仍彬彬有礼,但很冰冷,我在回程与他分手时,他说在我离开前,他应该不会由雪脊回来。我好奇:他到底是个好演员,用前一天悔恨交加的态度让我轻信或害怕,还是他真的对过去自暴自弃的生活,突然没来由地爆发出悔恨的情绪?我无法肯定,但我想是后者。当我一路小心谨慎地回来时,夕阳染红了山头,光彩无限,整个公园沐浴在紫色的幽光中。啊!这一切实在是太美妙壮丽了,但也如此庄严,如此孤独!我骑的是一匹很大的纯种牡马,它的三个蹄铁松了,一个掉了,摔了两次跤,在跨越汤普森河时十分狼狈。河水的一部分已结冰,一部分水很深。不过当我们到达较平坦的草地时,我骑着它跑了将近两英里,十分享受,在骑多了"鸟儿"的小步子后,它的大步调让我感觉既轻松又舒服。

星期五

这真是凄惨的一天,又暗又冻,还刮着强烈的东北风。长久缺乏阳光令人十分沮丧,所有的景色显得愁云密布。我们丢了三匹马,包括"鸟儿",找不到东西可以把它们引诱出来,也没有能用来追赶它们的动物。我当时亲自把大牡马带到畜栏里,卡万先生随后也把他的马领了进去,然后加上门闩,但是狼群昨晚又"狂欢"了,我们猜马儿是受到惊吓而踢跳,否则不会跳过栏栅而去。两个男人损失了一整天去寻找马儿。他们说回来时看见纽金特先生由汤普森河的另一边回木屋,他看起来"一点就着",因此很高兴他没来我们附近。傍晚是在完全的黑暗中。下午的时候我发现一匹在嗅燕麦的马,于是骑上它,在去往朗蒙特的路上与两条猎狗痛快地跑了一阵。回程时,在暴雪即将来临的幽暗天空下,先看到公园的秋阳下山的光彩。所有的生命都静止了,蜻蜓不再于日光中冲上冲下,白杨的最后一片琥珀色叶片也已落下,深红的野藤完全光秃,溪流停止了歌唱,因结了碎冰而喑哑,几株枯萎的花秆诉说着短暂而光彩的夏天。公园从来没有像现在这样看起来如此封闭过,孤独使人害怕。惨白的山峰清晰地映在黑色的雪云之中,明亮的河已被冰封,松林一片漆黑,而公园里的草地也已完全没有生机,整个世界是绝对的封闭。你怎么能期待我从这么一个什么动静都没有的地方写信?更奇怪的是,埃文斯及爱德华兹都没有回来。年轻人已开始嘀咕,因为他们只被要求留在这里五天,而他们已待了五个星期,急于去露营和打猎,这是他们的生计。有两头牛快死了,我们不知该怎么办。如果大暴雪来临,我们绝对无法照料800头牛。

星期六

今天一早开始下雪,不过没有风,我们有了一个像小说般光滑、纯白的世界。暴雪不像会很严重的样子。我们越来越晚睡,早上越来越晚起。今天到10点才吃早餐。我们已经对腌肉十分憎恶,昨天很高兴地发现,我们终于把腌肉吃完了,尽管这意味着我们将缺乏这季节里身体所需的肉食。当走进厨房,意外地看到桌上有一碟烟熏鹿肉时,你可以想见我的惊喜。我们吃得像饿死鬼,着实享受了一番。就在我来之前,年轻人猎了一只马鹿,准备卖到丹佛去,它的尸体及分叉的角就挂在车篷外。我常常企图吃一些难以下咽的腌肉,可实在吞不下去。我望着那令人干着急的动物流口水,但想都不敢想。然而今早,年轻人饿得比我还厉害,去丹佛的机会也越来越渺茫,他们决定切开它。于是,只要有存货,我们就可以纵情享受鹿肉。我们认为爱德华兹今晚一定会回来,他要是没有带物资来,我们就会面临严重的食物匮

《落基山脉的山麓丘陵》
1863年,阿尔伯特·比兹塔特 绘
私人收藏

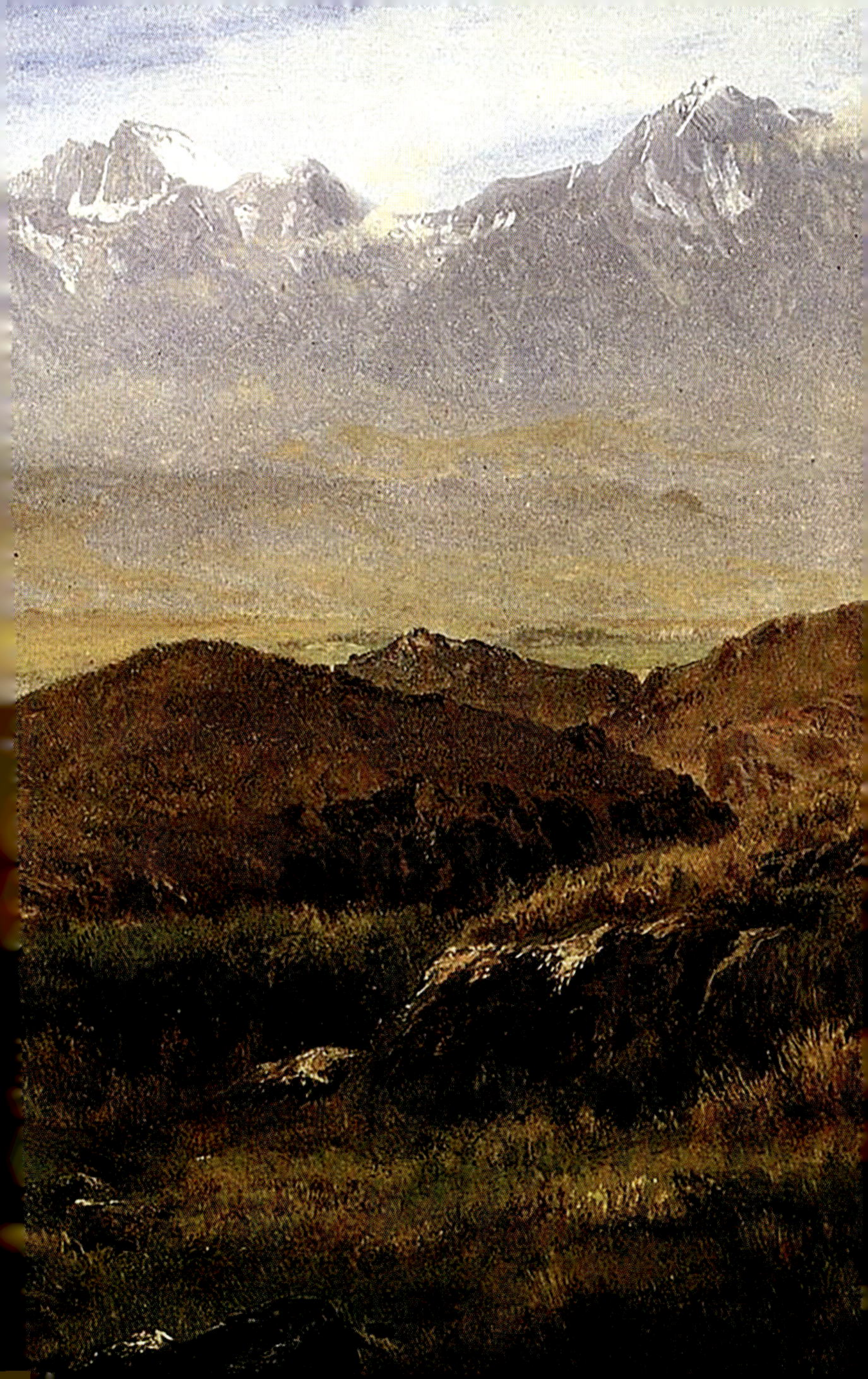

乏。面粉不多了，咖啡只剩一个礼拜的存量，我只剩三盎司[1]的茶。面包发酵粉已见底。为了节省，我们同意尽量晚吃早餐，每天以两餐代替三餐。年轻人仍然出去狩猎，我出去找到了"鸟儿"，骑着它又赶了四匹马。不过雪结得很硬，我走过一条河上的冰桥，又看到了这地方奇特而壮丽的新景色。我们的傍晚在愉快的谈天说地中度过。大约8点，我们吃完晚餐，燃上熊熊之火。年轻人抽烟，我写信给你。移近火边，我拿出缝补不完的针线活，我们聊天并高声念书。他们两人都很聪明，巴肯先生更有丰富的知识与阅人的能力。当然，我们会聊聊眼下的情况、被解救的可能性、大雪的封锁、对存粮的评估、病牛、吉姆的情绪，以及前阵子那个循着他的脚印追寻了三英里的人的意图……都是一些百谈不厌的话题。

伊莎贝拉·伯德

---

[1] 1盎司约为28.35克。

LETTER XV.

第十五封信

珍珠白的山峰,光彩纯洁耀目,直耸入蔚蓝的天空。
我将怎么离开这极遥远的地方?

埃斯蒂斯公园，星期天

　　昨晚一名狩猎者经过，带给我们纽金特先生生病的消息。因此在我们吃完早午餐并清洗后，我骑马前往他的小木屋，在深涧里碰到他下来找我们。他说他在山中受了寒，肺部的旧伤因而重新发作。我们长谈了一阵，但没有涉及之前的话题，他讲了他颓废生活的现状。值得同情的是，一个像他这样的人，在荒野生活，没有家也得不到爱，一个人在幽暗的小破屋中，除了罪恶的回忆，没有同伴，只有一条别人认为比他还高贵一些的狗。我劝他戒酒，这是毁灭他目前生活的东西，他的回答反映了悲惨的事实："我不能，它已绑住了我的手脚——我不能放弃我现在唯一的享受。"他眼中的"正确"观念相当诡异。他说他相信上帝，但我不知道他对上帝的戒律知道或相信多少。以左轮手枪对付侮辱，亲手报复伤害过你的人，对同伴真诚并一同分食最后一块面包，对好女人表现得侠义、慷慨、热诚，最后勇敢赴死——这些是他的教条，我相信也是他那类人的想法。他憎恨埃文斯，埃文斯对他也有同感，这是由于吉姆的不守法与暴烈脾气。而且埃文斯也非常妒忌吉姆，不理解他的态度与谈吐居然能吸引到来此的陌生人。

回程下行至深涧时，我见到了前所未见的雄伟景观：深涧在阴影中，而山下的公园则阳光普照，旁边倾斜而下的峡谷沐浴在深不可测的蓝色幽光中；其上，珍珠白的山峰，光彩纯洁耀目，直耸入蔚蓝的天空。我将怎么离开这极遥远的地方？其实，真正的问题是我怎么能离开这里？我们生活在"让我们尽情吃喝，就像明天将会死去"的原则下，于是粮食消减得很快。两餐的计划并不经济，我们饿极了，结果反而吃得比三餐还要多。今天我们听了许多圣乐，使日子尽可能像星期天。冬日的孤寂带有略微险恶的感觉，非常吸引人。冬阳晨曦燃烧的琥珀色是多么光彩，今晚深红的落霞映在纯白的雪上，又是何等灿烂！这个房间的门朝北方开着，就在我写信的时候，北极星明亮闪耀，一钩弯月挂在惨白的朗斯峰峰顶。

科罗拉多埃斯蒂斯公园，11月

我们已经数不出日子了，只是都同意实际上已接近11月底。我们的生活趋于平静，而且我们奇异又团结的合作关系也很愉快。我们像是三个男人一样住在一起，不过他们一直对我保持礼貌，也很照顾我。我们的工作像时钟般规律，唯一的困难是：他们不愿意我做他们认为不适合我或太困难的事，例如替马配鞍或取水。日子过得非常快，刚瞧才1点钟，一下子却3点多了。这是无忧无虑的平静生活。与他们两个男人生活，我觉得非常自在。他们从不焦躁不安、嘀咕或叹气，也不找任何麻烦。在我们感到羞愧的早午餐之前，你会很有意思地发现，在这个可怜的小厨房中，卡万先生忙着在炉前煎鹿肉，我在洗晚餐的碗盘，巴肯先生擦干它们，或者两个男人都在炉前忙，而我在扫地。食物是我们极感兴趣的东西，现在我们只吃两餐，餐餐都饿得狼吞虎咽。太阳快下山时，每个人都去忙自己的日常工作——卡万砍柴，巴肯挑水，我则洗牛奶桶和给马喂水。星期六时，两个男人打了一只鹿，今天去取时却只剩下后腿，循着足迹，他们以为会发现兽穴，却不经意地碰上了一头大山狮。等他们由惊吓中回过神来，山狮已跑到了他们的射程以外。这些山狮其实是美洲豹的一种，凶暴又狡猾。最近有一头跑进了圣弗兰谷的羊群中，弄死了30只羊，咬开它们的喉管，吸干了血。

11月？

这是忙碌但没有什么大事的一天，从10点半到11点半我一直在忙，都没有坐下来过。我洗了仅有的一套换洗衣服，虽然不熨烫，但我喜欢把它们漂到像雪一样白。当它们挂在绳子上晾干时，突然，从朗斯峰处吹下来一阵狂风，逼得我瑟缩在一旁，站不住脚。等我终于能出去时，我所有的衣服已被吹成一到四英寸宽不等的布条，等于全毁了！在这里，人们学会了不需要太多东西就能舒适快乐。我做了四磅的姜饼，烤了些面包，补了我的骑装，大致清扫一下，写了几封信，希望有一天能寄走。我好好地散了一会儿步，再次在天黑前的悲惨光线中回到了木屋。我们正忙着准备晚餐时，狗突然狂吠起来，接着我们听到马儿的声响。"埃文斯终于回来了！"我们欢呼道。但是弄错了。卡万先生出去了一会儿，回来说，一名年轻人带埃文斯的篷车及东西上山来，篷车在离这里七英里外翻下了山涧。卡万先生看起来神色凝重。"又多了一张嘴要喂。"他说。他们没有多问，把那孩子带了进来。那是个满口俚语、自信的 20 岁左右的家伙，在神学院念书时身体病弱，被埃文斯送上山来，以做工换取食物。他们两人太有礼貌，不好意思问他上山来做什么，我却大胆问他要住在哪里，而答案使我们相当不悦。"我来住在这里。"因此我们必须替他安顿。我们严肃地讨论食物的问题，这显然是个难题。我们让他睡厨房边的壁橱床，打算在给他工作前，先看看他适合做什么。事实上，我们对他来这里十分惊讶。他显然是个肤浅又傲慢的年轻人。

我们认为今天是 11 月 26 日，明天是感恩节，虽然今早卡

第十五封信

万先生严肃地对我说:"你知道又多了一张嘴要喂。"但我们还是计划大吃一顿。这张"嘴"是上来体验劳动的妙处的,他是个来自城市的孩子,我看他什么事都做不来。今天我在忙时,他在写诗,然后大声念给我听,问我的评语。他正处于那种对所有文学的事都觉得有魅力的年纪,所有的文人都是英雄,尤其是霍兰德博士。昨晚我们很怕木屋会被掀起,屋顶的泥会掉下来。我们一脸忧虑地坐下来,今天早上我倒了满满四铲的泥到屋外。吃过早餐,卡万先生、莱曼先生及我带了两匹篷车马,迎着大风赶往七英里外昨天出事的地点。我觉得自己像用人,偶尔可以出去找一天乐子,匆匆忙忙洗完碗,留下没整理的乱七八糟的房间。那辆篷车躺在山涧一侧的半山腰,被树挡住,因此没有毁掉。当他们把它拖起来修理时,天实在太冷,使我无法在一旁等待,只好慢慢骑回去。路上,我碰到纽金特先生,他看起来情绪很坏——濒临爆发——憎恨每个人,不像原来那样慷慨仁慈,而是变得自私,斤斤计较着别人的付出。人们的确认为他有一颗最仁慈的心。最近,一栋木屋里有个孩子病了,虽然邻近就有空闲的人和马,可是只有这个亡命徒骑了60英里路,在最短的时间里带来一位医生。在我们说话时,他坐在他木屋前的一块石头上补马鞍,毛皮、骨头与残骸散落在他周遭;"铃"带着羡慕与崇拜偶像的神情注视着他。风把他稀疏的卷发从无比硕大的脑袋上吹起——真是个颓废的人。阳光照在所有的"好人与坏人身上",把他的金发照得金光闪闪。愿天上的父对他被弃的孩子施以仁慈！卡万先生很快追上了我，我们赛了两英里的马，就在起风飘雪之前回到了家。

感恩节。可怕的事情终于来了，大暴雪加上东北风，一直到午夜才停，风雪已盖满了我的床。温度下降至 0 华氏度（约零下 18 摄氏度）以下，每样东西都结了冰。我在火边融了一罐水用于清洗，还没来得及用就又冻住了。我的头发因昨夜的雪冻成一条条的，现在雪水一融化就全湿了。牛奶与糖浆硬得像石头，鸡蛋必须存放在火炉边最凉的地方才不至于冻住。两头小牛在畜栏中冻死了。我们的地板有一半埋在深雪中，却因太冷而不敢开门把积雪扫出去。今早 8 点，雪又开始降下，又细又硬，从缝隙中吹进来，落在我正在写的信上。卡万先生把我的墨水瓶放到火边，每次我要蘸的时候才递过来。我们燃烧了一大炉火，但是无法把温度升到 20 华氏度（约零下 7 摄氏度）以上。从我回来后，湖水就结冰，硬得可以停篷车，可是今天即使持续用斧头敲击，也无法打出一个洞。雪将把我们封在室内，唯一焦虑的是日用品的存货。我们的茶及咖啡只够用到明天，糖刚刚用完，面粉也差不多了。"又多了一张嘴要喂"实在是件严重的事，新来的人是个饿死鬼，吃得比我们三个人还要多。看他贪婪的眼睛打量着早餐的食物，一条面包很快就不见了，弄得我很不高兴。他今早告诉我，他可以吃下桌上所有的食物。他对食物简直疯狂，我可以看出卡万先生忍着饿让出他的份，巴肯先生身体糟得很，对半份口粮的前景心生忧虑。所有这些事听起来很好笑，不过当我们必须面对饥饿时，一切就不好笑了！现在傍晚时分，笼罩一切的雪云渐消，现出一片美丽的冬景。温度是零下 5 华氏度（约零下 20 摄氏度），暮色灿烂极了。在我漏风的房间，温度只有零下 1 华氏度（约零下 18 摄氏度）。由于空气太干，巴肯先生几乎无法喘气。我们花了一个下午烧感恩节大餐。我做了很好吃的布丁，材料是省了几天的鸡蛋与奶酪，我用无籽樱桃干代替葡萄干。我还做了一碗奶浆，他们说美味无比，还有布丁卷加蜜糖。我们也吃了鹿肉排及马铃薯。至于茶，就只好用早上的茶叶再冲泡。我想，没有太多美国人像我们这样享受感恩节大餐。我们力邀纽金特先生加入，但他粗暴地拒绝了，很令人遗憾。我昨天做的四磅姜饼全吃光了！这个讨厌的年轻人承认，他晚上饿得爬起床，把饼吃了将近一半。他还试着用甜言蜜语哄我再多做一些。

11 月 29 日

在这孩子到来之前，我把细辣椒末当成了姜做了一个蛋糕。昨晚我把一半蛋糕放在厨房里，却忘了关门。半夜，我听见厨房有动静，然后是呛到的声音，接着是一阵咳嗽与咒骂。吃早餐时，这孩子无法像平常那样狼吞虎咽。吃过饭后，他悄悄来问我有没有可以使他喉咙舒服的东西，他坦承看到了姜饼，晚上饿得不得了，于是爬起来把它吃了。我试着要他了解，吃这么多而不做事"很不好",他说他愿意帮我做一切事,可是那两个男人看不起他。其实我还没有见过对孩子那么有耐心的男人。他是我们最讨厌的额外分子,但我们又忍不住笑他。他一点都不诚实。我不敢将这封信留在桌上,怕他会偷看。他为两份西部的期刊写稿(至少他是这么说的),他给我们看了他发表的长诗作品。其中一首诗有20行一字不差地抄袭了《失乐园》(卡万先生指给我看的)。另一首有两节是从《顺从》[1]中抄来的,只是把"迷失"改成了"死亡"。他还把博纳[2]的《会面地点》完全说成是自己的创作。还有一回,他把一篇他写的《小说家的职责》借我看,那只是没有标明出处的引言的堆砌。两个男人告诉我,他向他们吹牛说,在来这儿的路上,他在纽金特先生的木屋借住,发现了纽金特先生藏钥匙的地方,打开了纽金特先生的盒子,看了里面的信和文件。他既自私又丝毫不顾念他人,真是惹人讨厌。他来的第一天,我在洗早餐的碗盘时,他说他愿意做所有的脏活,于是我把刀叉留在水盆里,要他擦干放好。两小时后,我发现他动都没动。还有,两个男人出去打猎,他说他会劈几天用的柴,却只劈了几下,削下了一点皮,就进来胡乱弹了一会小风琴,让我没薪柴烧火做饭。他吹嘘他套索的本领,但连一匹最安静的马都抓不到。最糟的是他分辨不出牛。两天前,他在赶牛去挤奶时,把乳牛弄丢了,卡万先生浪费了宝贵的时间找了又找,可是没找着。

---

[1] 德国诗人席勒的作品。

[2] 霍雷修斯·博纳,英国长老会长老,他的诗作和宗教作品在19世纪广为流传。

第十五封信

今天他很高兴地告诉我们他找到了,于是他被派去挤奶。两小时后,他垮着脸回来,牛奶桶里只有几滴白色乳液,他说这是他仅能挤出的。卡万先生出去看了一眼,回来说,我们有斑点的牛变成了灰棕色,那头牛从去年春天就没有奶了!我们的牛跑进了野牛群。我们阴冷地看着莱曼,因为他说他将以牛奶为生。我叫他把四加仑的水桶装满,一个钟头后发现水桶在火炉上烧得通红。除非把东西藏在我的房间,否则任何东西都藏不住。他吃光了架子上的两磅樱桃干,我做的第二个姜汁面包还没有放凉就少了一半。他还在晚上爬起来舔干净了我的奶酪汁,甚至私下吞食了晚餐的布丁。这些他全都承认,说是:"我想你们会替我想办法。"卡万先生说,今早他的第一句话是:"伯德小姐,今天会做美味的布丁吗?"这些都无关紧要,但身为一个神学院的学生,以抄袭来取得荣誉实在令人厌恶。

这样的生活像是在船上——没有信件,除了自己小得不能再小的世界外,一无所闻。我们真诚相待,尊重并信任对方。譬如,我有事离开房间,把打开的笔记本留在桌上,知道那两个男人不会看。他们言行小心、沉默寡言、洞察力强,还博闻强识,但是他们这类人在家乡是找不到的。这地方的所有女人都工作,因此我做事也没有什么大不了,不会有人说"噢,你别做这个"或是"噢,让我来做那个"。

11月30日

　　昨晚我们一直到 11 点才睡，总以为爱德华兹会在感恩节的第二天由丹佛起程归来，并在昨晚抵达。今早我们决定必须采取行动了。茶、咖啡及糖都已用完，鹿肉已变酸，而男人们只剩下一个月能打猎过冬。我在取到钱之前无法离开这个区域，可是我可以到朗蒙特去取信，探听经济恐慌是否有所缓和。昨天一整天我都是一个人，骑马去了朗斯峰的山脚，做了两个布丁卷，就无事可做。不过他们满载鳟鱼而归，我们饱食一餐。家乡爱好美食的人都会羡慕我们。卡万先生把炉上的煎锅盛满了滚油，足以覆满鱼身，我们把鱼在粗玉米粉中滚一圈，放到滚油中，翻一次面，拿出来，炸得很透，滋滋作响，柠檬黄的颜色。这一次，年轻的莱曼总算满足了，盘子一空就又被盛满。他们钓了 40 磅的鱼，用冰包装起来，可以拿到丹佛去卖。冬钓的利润很高。在最冷的日子里，人们不是为了嗜好而钓鱼，而是为了赚钱。他们会带着斧头及毯子到公园 50 处冻得坚硬的水面，选择一个好地点，稍避风寒，然后在冰上打一个洞，以白杨树做桩绑好，在鱼钩穿挂上蛆或鱼肉，当作诱饵。常常，饵一穿上，鱼就上钩，若借着阳光由洞中望下去，可以看见一大群鱼的踪迹，亮眼、银鳍、红斑。这些红斑的东西在阳光下一动不动地躺在蓝色的冰下，看起来真美。有时候两个男人冬钓一天会带回来 60 磅鳟鱼。这是寂静和寒冷中的户外运动。家乡的厨师会多么瞧不起我们不完善的工具，但我们做出了豪华的菜肴。我们只有一口需要不断喂以木柴的炉子、一个水壶、一个煎锅、一个六加仑的铜锅，以及一个用来当擀面杖的瓶子。天气非常冷，可是即使我的衣服不够厚，也没有受冻。我把一块加热得发烫的石头带到床上，用毯子盖住头，睡个八小时，常常被雪盖满全身。就有那么一天，白雪茫茫，天昏暗得让人深感沮丧。昨天早上5点，狂风吹起，整个公园风卷雪堆，像是阵阵柴烟。我的床及房间全变成了白色，空气冷得不得了，一壶由火上拿下来的热水，在倒进盆子时就冻住了。终于，雪停了，强风把大部分雪都吹出了公园，由山顶吹起，使朗斯峰看起来像火山口。今天天空又变成令人愉悦的蓝，公园有说不出的美丽。我把所有的窗都擦干净了，打我一来这，玻璃就灰扑扑的，看起来像是毛玻璃。男人们冬钓回来时，看到了一个愉快的新世界。星期天，我们听了很多圣乐，还唱起了歌。巴肯先生问我知不知道一首叫《亚美利加》的歌的调子，于是我们开始唱这首爱国歌曲：

你是我的国家，

自由甜美的家园

……

12月1日

  我今天本来要出发去峡谷,但白雪茫茫,打在手上像针般刺痛。我们都起了个早,可是直到午间,天气都没有转好。下午,莱曼与我一起骑马去纽金特先生的木屋。我要他读一下我给你的信,并更正我们攀登朗斯峰那段的叙述,但他说不能,坚持让我们进屋。年轻的莱曼比我还急着要进去,因为卡万先生说他今早看到吉姆,而且一反平日寡言的常态说:"那人很不对劲,他不是会把自己开枪打死,就是会杀了别人。"然而他的恶劣脾气似乎过去了,他愉悦又有礼,我们在那儿待了一整个下午。莱曼的念头是在与他面谈后可以有所收获,这样他可以为西部的期刊写一篇有关这个著名亡命徒的文章。小屋里很吓人,然而在黑暗而隐蔽的环境中,他的风度与真诚的谈话,才能明显地表现出来。我大声地念我的信——或者该说是《攀登朗斯峰》,那是我为杂志《西部行》所写的文章——我对他对文章形式的明智批评与品位相当感兴趣。他本性如赤子。当我念到形容日出的光彩时,他的眼睛变亮了,整个脸庞泛出光亮,泪水滚下了面颊。然后,他念了一篇他写的有关唯心主义的中肯文章。小屋中烟雾很浓,光线又暗,干草、旧毯子、皮毛、兽骨、铁罐、木块、细颈瓶、杂志、旧书、破鹿皮鞋、蹄铁和杂七杂八的东西,满地都是。除了一段木头外,他没法给我更好的座位,但是他从容的优雅风度,让人觉得木头不过是比安乐椅稍差一点而已。两把价值不菲的长

《落基山脉的山峰》

1863年,阿尔伯特·比兹塔特 绘

私人收藏

枪，以及一把左轮手枪挂在墙上，还有侦察员的肩章及胸徽。吉姆站着和我说话时，我忍不住盯着他。他有时候喝了酒就会发酒疯，吓人地乱骂，无法控制自己的脾气。他以前是个亡命徒，即使现在有时也无疑是个坏家伙。在科罗拉多几乎没有一个家庭的炉边谈话，不会讲到他与印第安人争斗的可怕故事。母亲会吓不乖的小孩，说："吉姆会来把你抓去。"无疑，他恶名昭彰，但他一定也对这种别人所没有的名声或恶迹而自我陶醉。他提议在我离去时做我返回平原的向导。莱曼问我会不会怕被他谋杀。而我相信就像别人常说的，没有比跟他在一起更安全的了。

　　天冷得真可怕。早上，我在穿上还没有全干的衣服时受了凉，这烟雾缭绕的温暖小屋实在让人觉得很舒服。但黄昏回去的路上很可怕，一阵强风几乎把我们吹下马，漫天雪花也使我们两眼茫茫，温度降到了 0 华氏度（约零下 18 摄氏度）以下。我觉得我得了重感冒，几乎要体力不支地倒下了，但是他们建议用狩猎者的方法——一罐热水加一小撮辣椒粉——事实证明这是个快速而有效的法子。他们很好心地说，如果雪把我拦在这里，他们也会留下陪我。他们说当初我来时，可把他们吓坏了，因为他们以为我从来没有做过事，我无法在这里感到舒适，结果我们互相赞许了一番。明天如果天气允许，我将出发骑 100 英里路，我的下一封信将是我最后一封由落基山脉寄出的信。

LETTER XVI.

第十六封信

我渴望疾劲的风、重叠的山丘、巨大的松林、
夜间野兽的吼叫、诗意般的自由,
以及无与伦比的快乐的山旅生活。

科罗拉多下峡谷休斯医生家,12月4日

再一次,我又回到了优雅、有教养的社会,与说同样语言的人在一起。还有甜美可爱的孩子,他们迷人的笑容使这间木屋变成了一个真正的英国家庭。"英国,包括它所有的缺点,我仍然爱它!"我真的可以说:

不论我流浪何方,不论我看过多少地方,
我的心,永不移地向着你。

如果与桑威奇群岛相比较,现在可以算是在北极!除去对外国人的偏见与习俗外,旅行的另一个好处是更增加了对自己家乡的热爱,更重要的是那种英国家庭生活的安宁与单纯。当有可爱的童言童语在身边响起时,在这家庭特别的关爱气氛下(有人称之为温室环境），这种感觉更强烈。可是经历了荒山环绕、粗陋困苦的生活，如果神圣的人性之爱能培养出天堂之花，即使是温室环境，谁又能抱怨呢？

　　气温是零下 11 华氏度（约零下 24 摄氏度），我必须把墨水瓶放在炉子上使它不至于冻住。冷到极致——一种清澈明亮、使人振奋的冷。而且十分干燥，就算我穿着磨光毛的绒布骑装，也不觉太冷。我现在必须叙述一些别人也许觉得没什么，与我却有关的事。星期二，我们全在天亮以前就起身了，7 点吃早餐。我已有好长一段时间没有见到日出，它琥珀色的光彩逐渐转成艳红，雪覆的山巅一座接一座地燃烧起来，像是新的奇迹。现在刮的是西风，因此我们大家都认为没问题。我只带了两磅行李，包括一些葡萄干、邮包，还在马鞍下多垫了一条毯子。我以前没有在日出前到过公园，那真是光彩万千，麦琴深谷一片深紫色，从这 9 000 英尺的高处，你可以看见 1 500 英尺下阳光普照的公园，沐浴在一片红雾之中，针状的珍珠色山巅直耸而上，山边围绕着深色松树——我光彩、孤寂、奇特的山居之家！紫色的太阳在我面前升起。如果我知道是什么东西使它变成紫色，就不会再往前走半步。我猜是晨雾的玫瑰红云渐渐散去了，露出远处如化学家药水瓶般紫色的太阳。在让自然之王露了一下脸后，浓雾又落下，强风穿梭，雾开始冻结成冰。很快地，"鸟儿"与我就身在一片尖细的结晶之中。那其实是东方来的雾。我已看不见一码外的东西，我放马慢跑，希望能穿过这片迷雾。可是雾越来越

第十六封信

浓,我不得不减缓速度。我继续前行,大约在离木屋四英里的地方,一个像巨大幽灵、长发如雪般洁白的人出现在我面前,就在同时,耳边响起了枪声,我认出是"山中的吉姆"。他从头到脚都冻成了白色,全白的长发使他看起来有上百岁。这整件事真是糟透了,我虽然有理由不悦,但对一个亡命徒的狞笑,我只有接受。他脾气火暴地大骂,把我拉下马来——因为我的手脚都冻得麻木了——他取走缰辔,大步地离去。我们已进了浓密如珊瑚丛的灌木林,我必须跑步才能追得上他,我完全不知身在何处。突然,我们到了他的木屋,亲爱的老狗"铃"也一样全身雪白。这无赖汉坚持我进屋去,他一边发脾气,一边燃起熊熊的火,热了一些咖啡。他说了各种话反对我继续前行,但没提到前路的危险。他所说的后来都成为事实,不过我现在很安全地在这里!你的信比什么都重要,我决定继续行程。他说:"我看过不少蠢人,可是没见过像你这么愚蠢的人——你一点判断力都没有。哼,我,一个老山中人,今天都不愿意下到平原去。"我告诉他,其实我知道他很想去,可是他不能,因为他把马给放了。他大笑,我告诉他有关年轻的莱曼的事时,他笑得更厉害。因此我怀疑,他最近有多少坏情绪只是我们揣测的。

他把我带回小路,以枪弹为见面礼的会面,结果却颇为愉悦。这是趟难以忘怀的古怪旅程,但并没有碰到危险。我认不出沿途的任何地方。每一棵树都成了银色,冷杉的针叶像是白菊花。深涧中积雪盈尺,滑硬的地面上有无以计数的鸟兽足迹。所有的溪流都冻成了冰,我根本说不清是什么时候渡的河。深谷像深不可测的隧道,云雾在其间翻滚,锯齿状的山尖在漩涡状云雾间偶现,又很快地消失。我感觉每一样东西都巨大无比,而且变幻莫测。然后,一个像是多雷[1]所画的幻影素描中的巨大怪物,带着一阵大风向我飞来,暂时冲开了云雾。它由我头顶上呼啸而过,我第一次看到山鹰用利爪抓着一只颇大的野兽飞翔。那是一幅壮观的景象。接着是变了形的深涧,寂静而恐怖,有许多冰桥。随后是细细的冰雨,东风转成了东北风。"鸟儿"全身盖满了奇特的碎冰,它颈部的长鬃毛已成全白。我看出我必须放弃走新路翻山,还是得由老路到圣弗兰,虽然那条路我并没有走过,但我知道那比这条新路容易辨认。雾越来越浓厚,天越来越冷,风更大,雪更厚。可是载着我走了 600 英里的"鸟儿"迈着四只勇敢的蹄子,从没有畏缩或走错一步,或是让我有理由后悔继续前行,它在重重困难中证明了它的价值。我以不错的速度下行到圣弗兰峡谷,在距朗蒙特 13 英里的一间屋前稍稍歇息,弄到了一些燕麦。我从头到脚一身白,衣服都冻硬了。屋中的妇人语气平常地说"把你的脚放到火炉边",我的衣服解冻后又得以烘干。我吃了一盆美味的奶酪加面包。他们说平原上情况更糟,因为暴雪是从东边来的。可是我已习惯了骑行,于是 2 点半我们再次出发,继续前进。很快,我终于碰到了上山去埃斯蒂斯公园的爱德

---

[1] 古斯塔夫·多雷,法国画家,擅长木版画,笔法精细而富有想象力。

华兹,而那之后不久,我碰上了大暴雪——或者应该说,我进入了已经开始了好几个小时的暴雪之中。那时我到达了草原,离朗蒙特只有八英里,我继续挺进,路上恐怖极了。由于雪太密,光线幽暗,夹着细碎冰的强烈东风扑面而来,把我的脸刺得出血。视线只达很短的距离,积雪常在两英尺以上,只有偶尔透过茫茫的飞雪,看到连枯萎的向日葵都探不出头来的积雪,才知道我走在正确的路上。不过我仍在一处荒野迷失了,最后凭着马儿敏锐的辨识力,才得以继续前行。我们摔倒了一次:它把我们带到一面结了冰的湖上,我们摔进水中,距岸得有100码,花了好一番工夫才回到冰上。天气越来越坏,我必须把脸包得严严实实,但刺人的碎冰一直打在我眼睛上——脸上唯一暴露的地方——使我流泪,有一次冻住了我的睫毛。你想象不出当时的情景,我必须脱下一只手套,用手把眼睛打开;至于另一只,由于已经冻得太严重了,只好任凭它冻着,用两层本用于包脸的绒布盖住加以保护。我用冻麻的手指不断把碎冰拨开,才能使一只眼睛保持睁开,这么做使我的手背长了冻疮。当时实在可怕透了。我常想:"如果我是朝南,而不是向东走,该怎么办?如果'鸟儿'不能走了,该怎么办?如果天黑了,该怎么办?"我已有足够的山旅经验,可以推开这些恐惧,保持斗志,但是我也知道有多少人被类似的暴雪埋葬在草原上。我算了一下,如果我在半小时之内到达不了朗蒙特,天就要黑了,我便会因为冻僵而摔下马来。在我怀疑是否还能撑下去后不到一刻钟,出乎意料地,就在眼前的雪雾中，出现了朗蒙特散落的屋群及温暖的灯光，还有宽阔、荒凉、寂静的可爱道路！当我到达旅馆前，已僵得无法下马，旅店的好主人把我抱下马，再抱进屋子。因为没有想到会有客人，除了酒吧间，他们没有生火，于是他们把我弄到他们自己房间的炉前，给了我一杯热水以及一大沓毛毯。半小时后，我恢复过来，准备大吃一顿。就在我到达旅馆前，主人曾对他的妻子说："如果今晚草原上有旅行者，愿上帝保佑他！"

我在那里发现了埃文斯，他受阻于风雪而无法前行。得益于他的努力，我的钱的问题解决了。在这种天气里，一夜安眠后，我又准备好可以一早出发，但考虑到昨天的经验，我一直等到 12 点，确定天气没问题才启程。空气清澈，温度计显示气温在零下 17 华氏度（约零下 27 摄氏度）！晶莹的雪在脚下嘎吱作响。景色光洁美丽！在这样的空气中，如果你在户外只待了一会儿，那么即使不戴帽子或多穿衣服，也不会觉得冷。不过，我还是为自己买了一件羊毛上衣和几双厚袜子，并为"鸟儿"买了结实的雪鞋，套在它的后脚。在那儿，我与一些英国朋友愉快地聊天，为公园的几位男士办了些事，闲逛了一下，等货运列车先开路。不过后来受到你的好消息的鼓舞，我还是自己一个人上路，最后一次离开朗蒙特。我想到初到此地那天，与休斯医生夫妇初识的恼人而酷热的天气，还有那光彩灿烂的大门，以及我们共度的好时光。现在我觉得在这儿跟在家没两样，这里和圣弗兰谷的每个人，都友善地唤着我的名字；叫人受不了的报纸，把我及我的山旅骑行宣扬得众人皆知；草原上碰到的旅行者都客气地与我打招呼，显然是要看看我是什么样的怪物！除了发狂的枪弹见面礼，我所碰到的人不论是态度或言辞全都充满礼貌。这是一个美丽的冰雪世界，雪如此洁白，天如此明亮、蔚蓝！雪深而平坦，几英里路后，我离开了小路，朝暴雨峰方向前进，在无路的草原上走了 16 英里，没有看到任何人、鸟或兽——即使在明亮的阳光下，那孤独的感觉也很可怕。天气冷得恐怖。因为我徒手修理了马镫，昨天的冻疮更严重了。当太阳以说不出的美丽姿态落入山后，艳丽的色彩占满天际，我下马来走最后四英里，在彩色的幽光中前行，没有人看见我。

　　这里的生活还像我前面提过的那样，并没有好转，不过有改变的希望，天气使生活更加艰苦。火炉必须放在客厅，孩子们不能出去，他们虽然乖巧活泼，但要一天到晚与四个大人共处一室，也是很难过的。一位健康有问题的女士，每一餐前都要把鸡蛋、牛油、牛奶、腌肉及腌黄瓜解冻，那种麻烦是你难以想象的。除非留在炉子上，否则任何东西放在房间的任何地方都会冻住。在这山麓地区，没有什么令人感兴趣的东西。我渴望疾劲的风、重叠的山丘、巨大的松林、夜间野兽的吼叫、诗意般的自由，以及无与伦比的快乐的山旅生活。我很难想象这屋外冰封的河流，竟然与埃斯蒂斯公园里的急流或我在朗斯峰上看见的起源于雪水的冰河是同一条河。

埃斯蒂斯公园，12月7日

昨天，温度计上看不见水银柱，所以至少是零下20华氏度（约零下29摄氏度）。我一夜冻得睡不着，不过这奇妙的气候使得我早晨5点半起身时，仍然感觉精神奕奕。我因准备一早动身，把整个屋子的人都吵醒了。我们早餐吃水牛肉，我在8点离开，预计在天黑前走完45英里路，休斯医生及一位在那里过夜的人将与我一起走前面的15英里。我很喜欢那段旅程，与其他人竞速，在醉人的阳光中呼吸清纯的空气，松软的雪被马蹄抛起有如烟尘！我一下子就感到全身温暖。我们在一个狩猎者的牧场稍停用餐，老猎人认为埃斯蒂斯公园冬天进不去，这使我觉得很好笑。这条新路的距离比别人告诉我的要远，他说我无法在晚上11点前到达，如果雪厚，可能根本到不了。我希望两位男士与我一起走到鬼门关隘口，可是他们的马太累了，不能再走。当老猎人听到这事，便愤愤不平地大叫道："什么！那女人一个人进山去？她会迷路，冻死在路上！"不过在我告诉他，星期二我就是一个人在暴风雪中独行，而且在山中已旅行了600英里之后，他把我当成是山民一般地尊敬，而且给了我一些火柴说："你会要宿营的，最好燃上一大堆火，免得冻死。"想到我只身在森林中的火边过夜，让我觉得很可笑。

我们直到1点才动身，两位男士与我一起走了两英里。在那条路上，必须穿过宽阔的小汤普森河18次。他们必须把木材拖

《科罗拉多的落基山脉,莫斯基托小径》

1875年,托马斯·莫兰 绘

阿蒙·卡特美国艺术博物馆

过河，于是河上的冰被打碎又冻起来好几次，造成有的地方厚，有的地方薄。事实上，有的地方我也觉得很糟，冰裂了，我们落入水中，马费了很大力气才艰难地爬起来。男士中的一位虽然很有成就，但并不善骑，不敢在冰上策马，有一两次一脸焦急地爬上岸来，那样子真显得可笑。与他们分手后，我又渡河八次，再骑了六英里，回到旧路上。虽然有的地方积雪高及马鞍，而且也没有人先走过，"鸟儿"却仍表现得很有劲头，我不但没有露宿，也没晚至午夜才抵达，反而在天黑后一小时，就到了距埃斯蒂斯公园四英里的纽金特先生的木屋。天冷得不得了，"鸟儿"也累得寸步难行，事实上，最后三英里我是下马步行的。我由木屋的缝隙中看到灯光，不过听到急切的谈话声，我正想后退，"铃"就开始吠了起来。在它的主人打开门后，我发现那独居的人是在跟他的狗说话。他正不时张望着等我，还准备了一些咖啡，并生了一炉让人喜爱的大火。我也很高兴听到一些公园的最新消息。他说埃文斯告诉他，他们都无法伴我去平原，如果他能去，那他们就放心了。就如苏格兰的谚语："与其唯唯诺诺，不如抽身不管"，如果我不能生活在那里（因为你不会喜欢那里的生活与气候），那越早离开越好。

独自一人骑马到埃文斯那里，感觉很古怪。天很黑，四周的声音也不可辨。年轻的莱曼冲出来接过我的马，里面的灯光与温暖让人开心，但可以看出新"体制"有点不自然。埃文斯虽然陷于困境，但仍然热诚大方。但是接管的爱德华兹即使不算吝啬，也十分节俭,认为我们太不经心,浪费物资,对牛奶等的限制显然令人痛苦。一个以前当过哨兵的年轻人与埃文斯一起上来,他乐天的性格使他期望很高,现在无疑陷于失望。昨天下午,一个我以为是陌生人的绅士来此,相当英俊,衣着整齐,16绺金色发束垂到领子处,不到40岁。他走进来,我再看了一眼后,才认出我们的访客就是可畏的亡命徒。埃文斯礼貌地留他与我们一起进餐,他与那个博学而且见识过不少地方的陌生人有一场充满智慧的奇特谈话。而这位陌生人虽然像个野人般过活,用餐的态度和方式却相当文雅。我注意到,当他在那里时,埃文斯一直有点不自在,而另一人则友善得有点僵硬,我怕他们彼此心中都潜伏着憎恨。吃完饭后,我在厨房做布丁卷,年轻的莱曼像平常一样把剩菜吃得光光,吉姆在唱摩尔人的歌,其他人都在客厅,卡万先生与巴肯先生由溪边上来与我道别。他们说,现在这里与以前的家已完全不同了,我们一起回忆那三周共度的美好时光。莱曼丢失了乳牛,因此我们没有牛奶。没有人做面包,他们把鹿肉做成小肉干,准备餐饭像是件苦差事,而不再像以前那样乐在其中。喝过茶后,埃文斯告诉我他所有的麻烦与忧虑。他是个仁慈、慷慨、热心、没有疑心的人,我相信他是自己最大的敌人。不过我悲伤地感受到,一个像他那样没有强烈原则的人,未来必定极端没有保障。

伊莎贝拉·伯德

LETTER XVII.

第 十 七 封 信

我甚至怀念久已习惯的墙隙中吹进来的阵阵冷风!

这是我在所谓山区的最后一夜。

怀俄明夏延镇，12月12日

最后一晚终于来到。当我看到月光中闪耀的白雪山峰时，我真不愿意这一天到来。在明年5月以前，公园中不会看到任何女人。年轻的莱曼以夸张的语气道出女人的存在所造成的影响，其中多少有点真实的成分。他告诉我，自从我回来后，"粗俗、低级、卑下"的言语不见了，它们"自动停止"了，还有卡万先生及巴肯先生曾对他说他们喜欢一直像有女士在场时那样安静有礼。"到5月，"他说，"我们的态度至少不会过分粗暴。"在过去的两年里，不论是在海上还是在陆地上，我见过一些粗俗的男人。越觉得安静、文雅、自重的女子的"任务"是多么重要，就越觉得那些自说自话、吵闹不堪、过分男性化的固执女子是多么不该放弃这些任务。在这荒野的西部，女性的影响仅次于宗教的影响，只有在女性不幸不存在的情况下，宗教才能不断发挥它有限的力量。最后的一个早晨来到了,我清理好我的房间,坐在窗边欣赏冬日初阳的金红色灿烂光彩,以及一个接一个亮起的山头。我曾说过,这景色并不可爱,但我却不忍离去。

11点,我骑着"鸟儿"离去,埃文斯陪我到纽金特先生那里。他不停地告诉我一大堆事,以致当我走到山坡顶时,忘了回头再看一眼我那巨大、美丽、孤寂、沐浴在阳光中的居所,不过也没有必要,因为我已将它放在我的记忆中带走。如果不是纽金特先生自愿提供服务伴我一程,我是无法离去的。他对女性的侠义众所周知,埃文斯说我不可能找到比他更安全、更好的人来一路照顾我。他又说:"他的心比谁都善良。他是他自己最大的敌人,不过过去的四年他生活得很平静。"在他小屋的门前,我与伴我旅行超过700英里的忠实伙伴"鸟儿"分手,也与待我始终仁慈的埃文斯道别,他甚至在那时还清了欠我的所有钱。愿上帝保佑他及他的一切!他在我离去之前必须先回去,当他把我交给纽金特先生照顾时,两个人还友善地握了握手。[1]

一卷厚河狸皮放在木屋的地上,这位狩猎人拿出一张最好的鼠色幼河狸皮送给我。我租用他美丽的阿拉伯种牡马,它富有弹

---

[1] 几个月后,"山中的吉姆"死于埃文斯之手,他在门口把骑马经过木屋的吉姆开枪打死。这事的前几星期所发生的事十分黑暗、悲惨、恶劣。在我得到的信中,对当时情形及事发的近因有五种不同的说法,我最好什么都不提。这个悲剧实在太痛苦,让人不忍多说。事发后,吉姆尚有足够的时间说出他的陈述,让上帝加以评断,可是在案子到达人类的裁决所之前,他已昏迷死去。——原注

第十七封信

性的大长步子,在我体验过"鸟儿"的短小步伐后,实在觉得很舒服。我们一路都很顺利,我很少需要下马步行。我们完全没走小路,而是直接穿过森林及山麓的开口,直达白雪覆盖的广阔平原。地面经过反复的融化与结冰后,变得光滑如水般倒映着蔚蓝的天空,造成视野上的幻觉。我必须随时回到现实,才能使自己相信看到的不是海洋。吉姆不停地朗诵诗词,一路上尽说些有趣的话题,使路途感觉近了很多,以至于天黑下来时,我还颇为意外。他告诉我他从没有不经祷告就入睡——主要祷告上帝给他一个安乐的死亡。他曾答应我路上不会出现急躁的情绪或咒骂,但并不包括焦虑和啰唆。当天色刚黑时,我们到达一个陡坡,坡底是急而深的圣弗兰河,他开始没理由地对我、马和渡河的事感到焦虑,不停啰唆,似乎认为我会过不去,因为冰曾被斧头敲开,但转眼又看不出是否又冻了起来。我本来必须在峡谷里一个喋喋不休的妇人的屋子过夜,但是,我之前提过的拥有一个干净屋子和宜人习惯的年轻人米勒说,他的屋子现在已装修好,可以让女子留宿,于是我们留在那里,我让自己尽可能住得舒适。他的房子真的可以当典范,用过的东西马上清理干净,因此没有东西是脏的,炉子及炊具锃亮得有如磨光的银器。听两个男人像两个女人那样讨论如何用不同的方法制作面包、饼干,甚至写下食谱,实在是件很有趣的事。独居的男人居然能把屋子弄得如此干净舒适,实在罪过!他们热了一块石头给我暖脚,放足够的木块到火炉中,好让它能燃烧一夜,因为温度是零下11华氏度(约零下24摄氏度）。星星清冷明亮，拱状的大熊星座发出引人遐思的清楚亮光，照亮了整个北方的天空。然而我身处山麓，灿烂的朗斯峰因此不可见了。饭后十分钟之内，米勒就把所有的锅盘收拾得干干净净，然后整个晚上他就可以抽烟享受——一个手脚缓慢的女人可能要到10点钟才能把一切弄妥。除了老狗"铃"之外，还有一条大狗急着要引人注意，另外还有两只大猫，整个晚上都没有离开主人的脚边。天气虽然很冷，但屋子的缝隙都被填满了，因此屋内很温暖。我甚至怀念久已习惯的墙隙中吹进来的阵阵冷风！这是我在所谓山区的最后一夜。

第二天一早，当太阳升起，我们就出发踏上30英里的旅程，那几乎是一步一步完成的，特别是其中一匹马载着我的行李。我不愿意想到这是我最后一趟的骑行，也不愿意去想这是我与山中人的最后联系。我学会了去信任，或甚至有些崇敬这些山中人。再也不会有机会在松节噼啪作响的火边听猎人的故事；再也没有关于印第安人或巨熊令人毛骨悚然的探险传奇；再也听不到单独生活在大自然中的人们谈论大自然或它创造的奇景。平地的忧郁已经开始侵袭我了。圣弗兰峡谷光彩万千，但我们费了九牛二虎之力才渡过那条明亮的河。此河，除了中央令人头痛的两英尺宽的间隙之外，全结了冰。纽金特先生必须把吓坏了的马赶过河，我则由较下游的地方踩着木段渡过，在对岸把吓得发抖的马接应上岸。然后我们就踏上了冰雪晶亮的广大平原。突然袭来的强风使空气冷得无法忍受，我不得不躲到一间屋子里去取

第十七封信

暖。这是今晚到达目的地前所见到的最后一间屋子。我从没见过如此美丽的山岳——包含了层次透明的蓝，壮丽的朗斯峰傲然耸立，还有戴着无瑕白雪顶冠的暴雨峰高高映在空中。山峰闪着生动的光，峡谷落在深处的紫影中，100英里外，派克斯峰突起一片蓝幕。总之，那一个光彩富丽的下午，山岳都罩上了一层生动的蓝色面纱，却丝毫不减光彩，使它们看起来像是在那遥远地方的梦幻之山。直到日落时分，它们又清晰地沐浴在紫与乳白的光影中，而整个地平线，有好长一段，都映满了夕阳的深玫瑰红与鲜橘色。当我们在日光下穿过孤寂的草原，一切宛如在梦中。右边，靠近远处的地平线，草原渐渐平坦；左边，则是雪白如波涛的平原，直抵落基山脉。那一整天，我们没有看见任何人或鸟兽。吉姆大部分时间是沉默的。就像所有真正的山之子那样，即使是暂时的离开都使他憔悴。

日落时，我们抵达了一处房屋聚集、名叫纳马夸的地方，却失望地听闻我们要去的位于圣路易斯的小旅店今晚有舞会。我可以想见，到时候就没有可以私下静处的地方，没有宁静，无法安眠，只剩喝酒与喧哗。最糟的是，吉姆跟人起了冲突，还用了手枪。他还为另一个理由而感到不自在。他说他前一晚做梦那里会有舞会，他必须开枪打死一个人以表达不满！日落后的最后三英里路冷不可当，但是没有东西能比得上夕阳的光彩，以及夕阳下起伏草原上的白雪奇景。当我们到达圣路易斯收留陌生人的奇怪小旅店时，他们很客气，说是晚饭后我们可以独占厨房。我发现

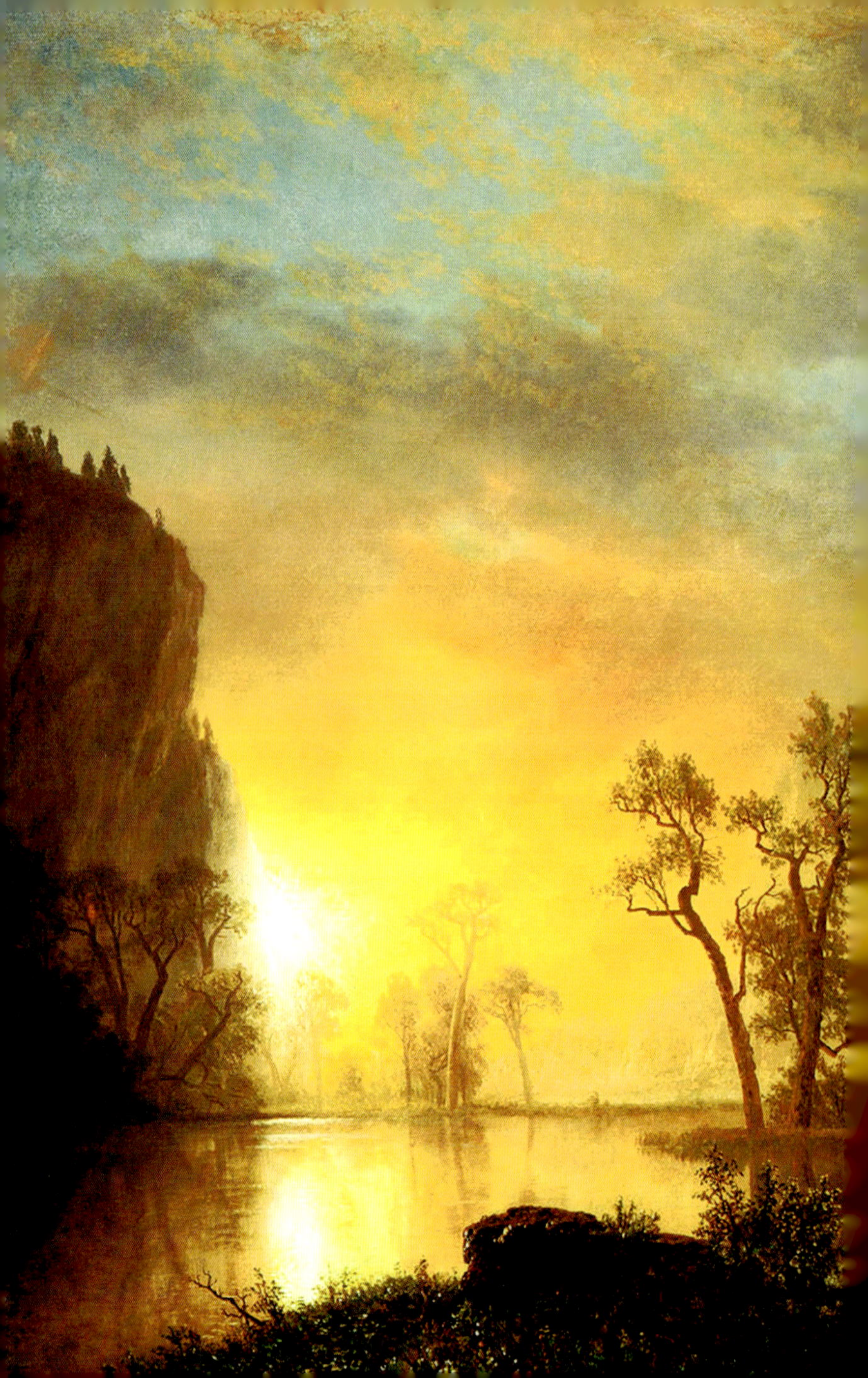

《落基山脉的日落》
1866年,阿尔伯特·比兹塔特 绘
私人收藏

了一个说话滔滔不绝、能干又忙碌的胖寡妇，十分矮壮，能够应付所有的男人及所有的事情。还有一个与她同样艳丽的姊妹，蓬松的头发使她看起来头重脚轻。除此之外，厨房里有两个烦人的孩子，他们不停地啼哭，一会儿又不停地开关门板。除了炉边的一把椅子之外，没有可以坐下的地方，炉上正煮着十人份的晚餐。那忙碌与喋喋不休是无法形容的，女房东问了一大堆的问题，似乎可以装满一整个房间。唯一的权宜之计是我可以睡在临时布置的小房间里，与两名妇人和孩子挤在一起，而且还要等到午夜舞会结束后才能去睡。此外，除了厨房里的一个水盆外，也没有梳洗的地方。在晚餐前，我一直坐在火炉边，习惯了埃斯蒂斯公园的宁静生活，这里的嘈杂声响弄得我疲惫万分。女房东急切地问，与我同来的男士是谁，她说外面的人说肯定是"落基山的吉姆"，但她觉得肯定不是。当我告诉她那些人说得对时，她惊诧道："快告诉我！我想知道！是那位安静、仁慈的男士！"她又说，以前当孩子们吵闹时，她常常吓他们，说他会来捉他们，他每星期会下山来，捉一个孩子回去吃！他能来到她的房子使她引以为傲，好像他是美国总统，我也跟着受到尊敬！这区域的男人都聚在前面的房间，希望他出去抽烟。当他留在厨房时，客人们不停地到窗边及走道上张望。孩子们爬到他膝上，让我安心的是他让他们保持了安静，他允许他们玩他的卷发，那两名妇人高兴极了，眼睛一直不肯离开他。终于，闻起来很糟的晚餐弄好了，十个静悄悄的男人进来狼吞虎咽，吃的时候眼睛一直盯着吉姆。吃完后,似乎没希望得到安静,于是我们去了邮局,在等邮票时,我看到了西部最美丽、最像女人用的房间,是一位看起来美丽文雅的女子布置的。她来问我,与我在一起的男士是否就是"山中的吉姆",才使我有机会看到那房间。她还说,这么一位彬彬有礼的男子,不可能做出别人加诸他身上的那些坏事。当我们回来时,厨房静了许多。诚如女房东答应的,它在 8 点钟被收拾干净。我们可以单独用到 0 点,不太听得见舞会的音乐声。那是很高尚的舞会,附近的拓荒者每两星期聚一次,大部分是结了婚的年轻夫妇,而且完全不饮酒。我给你写了一封信,纽金特先生则抄了他的诗篇《峡谷中》和《没有桥的河》的后一段,他始终带着深深的感情朗诵后一首。整个晚上安详又宁静。他念了他写得非常好的几首诗给我听,又告诉了我更多他的生活。我知道没有人能像我,或愿意像我一样跟他说话,我最后一次敦促他改变生活,以戒酒开始。我甚至告诉他,我轻视一个像他那么有智慧的人成为那种生活的奴隶。"做这样的改变,太晚了!太晚了!"他总是这么回答。唉!太晚了!他默默地流泪。"曾经可能有过一次。"他说。唉!曾经可能有过。除了他自己,他对每个人都很有判断力,我曾经见到他温文有礼、顾念别人,这些个性在男人中本就少见,更何况是在一个有着西部粗俗男性特性的人的身上。当我看着他时,我感到前所未有的怜悯。我当时的想法是,我们那个"不只付出了自己的孩子,并把他给了我们所有的人"的在天上的父,会比他更令人怜悯吗?似乎有这么一下子、自重、更好的期盼，甚至是希望，都进到他黑暗的生活中。突然，他说他决心戒酒，改变他亡命徒的声誉。但是"太晚了"。0点多不到1点，舞会结束，我来到拥挤的小房间——小到一次只能有一个人站起来——一夜睡得安稳而甜蜜。女房东对她的特殊客人有很好的评语："那位仁慈、安静的男士，山中的吉姆！啊，我永远记得！他是个极好的人！"

昨天早上的温度是零下20华氏度（约零下29摄氏度）。我想我从没看过如此明亮的天气。那种名为"落冰"的奇景出现了。空气中的湿气，集聚成羽毛或蕨叶般的形状，这美丽至极的小东西只有在空气稀薄的严寒下才会出现。只需吹口气，它们就会消失。空气中充满了肉眼可见的钻石般的亮晶体，它们似乎只会闪闪发光。天空无风无云，紫色的山脉罩上了蓝色的面纱，显得分外柔和。当格里利的篷车来到时，我在下峡谷遇到的佛德尔先生正坐在上面。他曾表示他很想前往埃斯蒂斯公园，去找"山中的吉姆"一起打猎，因为那样会比较安全。他现在穿得像英国的花花公子，当我介绍他们两人认识时，他伸出戴了合手的柠檬黄孩童手套的手。当狩猎人穿着他古怪凌乱的衣服站在那里时，他温文尔雅的态度，使这个天生粗鄙的暴发户大大松了一口气。[1] 当车子缓缓离去，佛德尔先生有趣地喋喋不休，使我没有想到我在落基山中的生活就这么结束了。即使当我看到在阳光下头发由

---

1 这次的介绍真是非常不幸。这是招致纽金特先生突然死亡的一连串事情的第一个环节，由于这个人（被恐惧压倒的）教唆，埃文斯开了致命的一枪。——原注

金色变成黄色的"山中的吉姆",带着他漂亮的牡马,还有我坐了800英里的马鞍慢慢踏上积雪的平原,回返埃斯蒂斯公园时,我也没有意识到我在落基山中的山旅生涯已成过去!

在平原上走了几个小时,我们来到了格里利。又走了几个小时,在蓝色的远方,落基山脉以及它环绕的一切,都消失在如海的草原之下。

伊莎贝拉·伯德

附录　伊莎贝拉·伯德小传

"伊莎贝拉·伯德是一位完美的旅行者,还没有人有过像伯德小姐那样的历险。"

——英国《观察家》杂志,1879 年

1831 年:伊莎贝拉·伯德于 10 月 15 日生于英国约克郡巴勒布里奇镇的一个中产阶级家庭,排行老大,其下有一个妹妹亨丽埃塔。她 3 岁大时全家移居柴郡泰藤霍尔镇,她在这里度过了愉快的童年时光,直到 11 岁时移居伯明翰。父亲爱德华·伯德是一名牧师,其家族与有名的威尔伯福思(英国博爱主义者,主张废奴)家族有亲戚关系。身为长女的她,成长于高尚、勤勉、受人尊敬的环境,可是由于健康状况一直不佳,青少年时,大部分时间都蜷缩在不同的牧师住宅的阴冷会客室中,忍受着初期脊背病痛及神经衰弱的折磨。当时聪明高傲的女孩因苦于无法接受正规教育,又受到传统社交限制的压抑,普遍都患有神经衰弱这类疾病。18岁时,她甚至开了一次刀,取出生长在脊椎的一粒纤维瘤。那时,她最亲近的伙伴是妹妹亨丽埃塔,她拥有伊莎贝拉所不具有的传统女性的恭敬、温顺、柔和的特质。

1854年:伊莎贝拉23岁,一位有见解的医生建议她去长途旅行,以疗养她的各种疾病。于是,她在1854年7月从利物浦出发,前往拜会住在加拿大爱德华王子岛的堂兄,带着父亲给的100英镑以及一份祝福。父亲希望她尽可能待得久一些,直到身上的钱用光为止。这次旅行让她初尝自由的滋味。新鲜感,加上横越大西洋的壮丽景观,立刻使她兴奋不已。她搭汽轮、坐火车,或搭马车穿越坑坑洼洼的道路,她往西旅行到魁北克、蒙特利尔、芝加哥和辛辛那提,之后到达新英格兰。第一本书《一个英国女人在美国》(*An Englishwoman in America*)以匿名的方式出版,这本书的表现不但显示了她能够发掘历险的趣味,也有生动描述这些旅程的写作能力。

然而,就在她旅归不久,试着像个英国上流社会妇人般过活时,她的健康状况又降到谷底,于是她的医生又开出了到美国旅行的药方,这次她待了将近一年。她的父亲建议她在这段时间调查一下美国宗教信仰复苏的情形,于是,从缅因州到肯塔基州,再到艾奥瓦州,她聆听了不下百次的布道。然而,就在她于1858年回到英国后不久,她的"生活源泉和支柱"——她的父亲去世了。为了遵循父亲的期望,伊莎贝拉在1859年出版了《美国的宗教生活》(*The Aspects of Region in the United States of*

America)。

1860 年：父亲过世后，伊莎贝拉与母亲及妹妹亨丽埃塔往北搬到了爱丁堡，过着标准中产阶级温婉女性的生活，她仍然受着失眠、背痛及沮丧的折磨。1866 年，她们的母亲去世了，自此姊妹俩相依为命。随后，即使在当时受传统束缚的环境之下，伊莎贝拉也无法真正受制于那样的约束。她去了几趟苏格兰西北外海的赫布里底群岛，写了几篇有关岛上佃农可怜景况的文章，使大众对这种情况产生同情，但这只是伊莎贝拉能力的冰山一角。

1868 年：7 月 11 日，伊莎贝拉 37 岁，她以孤注一掷的急切心情，带着患重病的身体，出发前往澳大利亚。但她发现澳大利亚完全不合意，失望之余，立即又出发前往桑威奇群岛。在那里，奇迹出现了：几乎是一抵达那无拘的青葱岛屿，她的疲乏、情绪低落、疼痛都立刻消失了。那个矮小、急躁、严肃、病弱的牧师女儿，一下子脱胎换骨，变成了一个精力无穷、热情勇敢的旅者。那时，她在给亨丽埃塔的信中写道，她纵情于未开化的诗意生活，睡在当地人的茅屋里，与牧人一起去猎小牛，成为有记载以来第二个登上世界最大火山冒纳罗亚火山的白人女性。这座火山有"太平洋的马特峰"之称，海拔 4 169 米。

1873 年：这位脱胎换骨、重燃热情的女子，在离开檀香山后，于 1873 年秋天来到了落基山地区。当时，她停留得最久的科罗拉多，还是不属于美国的未开发地区，当地的法律还在制订中，铁路也还在修建中，这块处女地上居住的是生活简陋、狂饮无度的拓荒者，他们才刚从印第安人手中夺得这块土地。伊莎贝拉在落基山体验到的极致之地，也就是神圣的埃斯蒂斯公园，如今已是个观光客随时可以方便进出的游览区，当时却是美丽绝伦、与世隔绝的处女地。她迫不及待想对世人描述这片土地。至于那个几乎攫取她的心，独来独往的畜牧主及毛皮商——"落基山的吉姆"及他那类人，很快就会像潜行的山狮，在那片快速现代化的土地上绝迹了。

1875 年：怀揣着成为一流旅行文学作家的理念，她的《在桑威奇群岛的六个月》(*Six Months in the Sandwich Isles*) 出版了。这本书广受书评家赞赏，给了她勇气从事美国旅行类主题的书写。

1878 年：伊莎贝拉描写美国旅行的专栏文章首先在上流社会的周刊《休闲时刻》上连载，名为《落基山书札》(*Letters from the Rocky Mountains*)。第二年，专栏文章被结集成书，名为《我渴望疾劲的风》(*A Lady's Life in the Rocky Mountains*)。书中对自然世界生动直率的细述及朴素的记载，得到大西洋两岸读者的广泛关注，《观察家》杂志称"……比大部分小说都有意思"。

伊莎贝拉从落基山探险回来并出了两本书之后，她的健康因为"亲爱的故乡"的黯然山水而再度衰坏，于是她又一次地逃向大自然——于 1878 年出发到日本北部的北海道，随后前往马来半岛。这些旅程成就了《日本僻径》(*Unbeaten Tracks in Japan*)，以及内容丰富的《金色的半岛居民》(*The Golden Chersonese*)。

1880年：伊莎贝拉遭遇了生命中最大的情感考验，她挚爱的妹妹亨丽埃塔因伤寒病逝。她写信给友人说："她不只就这样走了——激发我生命的光与动力都与她一起逝去了。"

1881年：想必是部分由于妹妹病逝这一打击的反弹，她在这件事发生后的来年结婚了，(穿着深色的丧服)嫁给一位长期的仰慕者——约翰·毕晓普医生。自此之后，伊莎贝拉扮演起受人尊敬的医生妻子的角色。可是有许多传言说，这种生活并不适合她，这可以从当时一个恶意的说法看出：据说，毕晓普太太打算去太平洋中的新几内亚旅行，可是后来打消了此意，因为那不是一个可以带男人去的地方！

1889年至1898年：这位仁慈、温雅的丈夫婚后只活了五年。在他去世三年后的1889年，伊莎贝拉已将近60岁，同时不再有任何情感及家庭牵绊，她独自出发到数个偏远的地区，进行了十分勇敢的探险。她骑上了阿拉伯马、牦牛、小山马，旅行至我国西藏西部。之后还去了拉达克地区，横跨伊朗的沙漠及库尔德人聚居区，深入朝鲜半岛与世隔绝的山区，还乘坐帆船及轿子，游历过我国最偏远的省份。1898年，她在万分不情愿的情形下，离开了远东。这些不寻常的探险旅程都记载在《波斯及库尔德斯坦之旅》(*Journeys in Persia and Kurdistan*)、《在西藏人中》(*Among the Tibetans*)、《朝鲜及其邻邦》(*Korea and Her Neighbours*)，以及《深入长江河谷》(*The Yangtze Valley and*

Beyond)。

1901年：伊莎贝拉70岁，她最后一次踏上她鲁莽的旅程，造访摩洛哥的亚特拉斯山区，骑着苏丹送她的一匹必须用梯子才上得去的高大黑牡马，探访北非的柏柏尔人，完成了长达1 000英里的骑程。

1904年：尽管伊莎贝拉这马不停蹄的一生充满穷困与危险，1904年她却是在爱丁堡家中的床上安详辞世的，享年74岁。